U0485063

花开有声 HUAKAI YOUSHENG

时代出版传媒股份有限公司
安徽文艺出版社

个人简介

　　王洁,中国作家协会会员、中国散文学会副秘书长,曾获第二届"三秦优秀文化女性"荣誉称号。出版有《六月初五》《风过留痕》《花落长安》等。曾获第八届冰心散文奖,散文集《六月初五》获第二届丝路散文奖最佳作品奖,《永远挺拔的白杨树》获全国职工散文大赛二等奖,《爱情如海不是美丽的童话》获第七届全国海洋文学大赛二等奖,《一顶草帽》获第九届"漂母杯"华人华文母爱·爱母主题散文诗歌大赛一等奖,《丝路回想》获"禧福祥西凤酒·丝绸之路杯"第三届全国青年散文大赛银奖。

花开有声

HUAKAI YOUSHENG

王 洁 ◎ 著

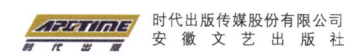

安徽文艺出版社

图书在版编目（CIP）数据

花开有声/王洁著.—合肥：安徽文艺出版社，2020.1
（2021.5重印）
ISBN 978-7-5396-6766-9

Ⅰ.①花… Ⅱ.①王… Ⅲ.①长篇小说－中国－当代 Ⅳ.①I247.5

中国版本图书馆CIP数据核字（2019）第189205号

出 版 人：段晓静
责任编辑：汪爱武　　　　　　　　装帧设计：徐　睿

出版发行：时代出版传媒股份有限公司　www.press-mart.com
　　　　　安徽文艺出版社　　www.awpub.com
地　　址：合肥市翡翠路1118号　邮政编码：230071
营 销 部：（0551）63533889
印　　制：安徽新华印刷股份有限公司　　（0551）65859551

开本：880×1230　1/32　印张：12　字数：300千字
版次：2020年1月第1版
印次：2021年5月第3次印刷
定价：49.80元（精装）

（如发现印装质量问题，影响阅读，请与出版社联系调换）

版权所有，侵权必究

目录

诗意与叠影　胡平　■　001

传统文化的湮没与人性复归　艾克拜尔·米吉提　■　006

第一章　窗外的天空　■　001

第二章　沉默的群体　■　007

第三章　为理想任性一回　■　016

第四章　李家坝中学　■　023

第五章　崭新的苦生活　■　034

第六章　教师，新的职业　■　044

第七章　被遗忘的男孩　■　051

第八章　第一次交锋　■　059

第九章　爸爸,你能来看我一下吗　■　067

第十章　惹人怜爱的付文娟　■　074

第十一章　师生相遇电影院　■　082

第十二章　教室里的厮打　■　089

第十三章　探访牛寨村　■　095

第十四章　远方的来信　■　106

第十五章　与马焕明的再次交锋　■　115

第十六章　阳光,并非照到每一个人身上　■　123

第十七章　想说调研不容易　■　133

第十八章　一次艰难的走访　■　139

第十九章　一曲命运的悲歌　■　146

第二十章　来自校长的支持　■　157

第二十一章　普通而又贵重的礼品　■　166

第二十二章　文君的忧伤有谁懂　■　174

第二十三章　离别的痛　■　182

第二十四章　带来幸福的"蓝精灵"　■　190

第二十五章　君子协议　■　202

第二十六章　完美的答卷　■　210

第二十七章　春节,团圆的节日　■　217

第二十八章　来自黄土地的问候　■　223

第二十九章　春节,有人欢乐有人愁　■　230

第三十章　陕北,我又来了　■　238

第三十一章　赌来的班主任　■　245

第三十二章　董磊的情与痴　■　251

第三十三章　特别的文艺晚会　■　258

第三十四章　一次美好的春游　■　269

第三十五章　难忘的游历　■　280

第三十六章　相见时难别亦难　■　289

第三十七章　端午节的欢乐与哀愁　■　296

第三十八章　不一样的快乐儿童节　■　308

第三十九章　来势汹汹的病　■　316

第四十章　　摸底考试遭遇滑铁卢　■　323

第四十一章　梦想，原来并不遥远　■　332

第四十二章　慨当以慷，忧思难忘　■　339

第四十三章　幸福来得猝不及防　■　346

第四十四章　别让儿童再留守　■　350

后记　■　363

诗意与叠影

胡 平

认识企业家兼作家王洁,缘于参加她的长篇小说《花落长安》研讨会。那是一部写商战而又无意于多写商战的作品,写的多是诗情。后又读到她的散文集《风过留痕》,我感到篇篇情愫婉转,诗意更浓。现在又领略她的新长篇小说《花开有声》,便完全感受到了她的诗人气质。文学作品本身是传递人类情感的一个载体,许多优秀的小说或散文,皆可称为诗篇。

诗人也可以成为好的企业家,80后的王洁证明了这一点。她身上似乎具有两种互相冲突的气质,而追求完美、重情轻利的性格不仅帮助她获得不少创作上的张力,也使她在事业上得益。读她的作品和读其他作家的作品多少有些不同,她的作品中隐约浮现出的作者身影分明是叠影,具有别样的魅力。

有两种作家,一种离开"深入生活"便写不出新鲜场景的,一种不需要专门深入生活也足有内容可写的,因为他们整天就泡在题材之中,王洁属于后者。她写商场是如此,把里面的门道写得清清楚楚;写《花开有声》也是如此,质感较强。《花开有声》写对乡村留守儿童的援助,王洁曾在农村长大,并且多年来经常参与帮扶留守儿童的活动,先后资助小学生、初中生60余人,资助大学生20余人。所以,王洁既是一位浸在生活里的作家,也是一位能影响自己周围人生活的作家,她的不少诗情已然化为美好的现实。这样一位作家,只要写,字里行间定然有拨动人心弦之处。

目前,中国农村留守儿童数量呈明显下降趋势,但仍是一个庞大的群体。虽然政府和有关方面正在不断加强对留守儿童的帮扶力度,但这一社会问题很难得到迅速解决。对于留守儿童的真实处境和感受,局外人很难深入体察。救助留守儿童近十年,王洁仍感到需要更多的人来关注这个群体,尽快实现"全社会扶贫"的局面,于是便有了写一部长篇小说的愿望。显然,文学作品特有的亲和力,可以让人们平易地进入乡村情境,通过一处处景象、一个个人物,感同身受地去了解"另一些人"的生存状态。特别是当读者对作品里人物的命运产生真切同情时,小说所产生的社会效应便不可忽视。

这是一部将作者的亲身见闻传与公众,呼唤更多人伸出援助之手的作品,它超出了普通文学创作的初衷。

留守儿童大多家境贫寒。从小说和作者的记叙里可以看到,村中许多孩子的生活是非常窘迫的。他们有些在深冬还穿着夏日的凉鞋,衣着单薄,袖口有破洞;只吃腌菜,就一口菜吃好几口米饭;写作业用的是剩下不到一寸的笔头,一个作业本要写得密密麻麻才肯翻页。这些,都是平日惯于随便弃物的城里人难以想象的。同时,留守现象给许多儿童带来心理问题,有些甚至很严重。如书中所写,张承峰的父亲因外出打工遭遇不测而身亡,母亲改嫁,这些致使张承峰情绪低落,他由一个优秀生变成一个差生。他和弟弟都不愿再接受母爱,内心充满酸楚。王志的父母长期不在身边,这使他先是迷恋网络,后造成女孩怀孕。当女孩被迫堕胎疯掉后,他又不堪忍受家人的责骂投塘自尽。徐文君的家境不错,经常收到父母从国外寄来的礼物,但这丝毫不能使她感到快乐,她时时陷入郁郁寡欢中。我们相信,作者所写的,多为她亲眼看见的真切情景,是现实促使她拿起笔来,将复杂感情灌注进一部情节曲折的作品中,使众多读者有所触动,引起共鸣。在这里,小说便成为沟通大众心灵的有力媒介。人们读小说,只是为了消遣,而小说带给人们的,却不只是消遣。

小说主人公刘晓慧,是个与作者一样具有爱心的女子。她只是偶然获悉农村留守儿童的情况,便被他们的生活状况所震动,主动放弃苏州的优越生活,报名前往陕北支教。自然,她的举动很难被亲友们,包括男友陈建海所理解,但她还是毅然前行——尽管来到李家坝村后,她发现孩子们的情况比原先想象的更严重,教学工作更难开展。虽然她此举显得轻率,甚至有些任性,但这恰恰表现出刘晓慧这一代人的某些特色:城市90后一代仍主要为独生子女,家庭条件多数比80后一代更为宽裕,同时他们也更为自由奔放,富有朝气,不甘平庸,执着于梦想。所以,作者塑造了一个特立独行、卓尔不群的新女性。

班主任马焕明是个不算很特别的教师,他心里将学生分成三六九等,只关注与升学率有关的"好学生",对张承峰这样的"差生"不屑一顾,甚至没注意过他个子矮,坐在最后一排看不清黑板上的字这个事实。刘晓慧不同,在她心里,每位学生都是平等的,那些受冷落的孩子更值得关心。她不仅为保护张承峰数次与马焕明发生冲突,而且去探访张承峰的家庭,了解到他的不幸,帮助他克服困难、改变处境。她也察觉到付文娟、徐文君等留守儿童心理上的阴影,给予他们精神上的慰藉,使他们努力自立自强。她拿出自己的积蓄奖励家境贫寒的学生,组织社会捐赠,最终也做到使班级整体取得良好的学习成绩。小说这种文体,善于在人物关系的纠缠变化中讲述故事。作者在故事中构建了马焕明与刘晓慧的对比较量:前者只关心升学率,实际是只关心自己;后者更关心他人,经常牵挂弱者的遭际,因而读者看到的是一个温暖、善良、可爱的支教女教师形象。这是一部强固人类同情心的作品。

另一方面,作者没有把刘晓慧写成一个毫不利己、专门利人的女神,她有过自己的苦恼与动摇。毕竟穷乡僻壤的生活使她感到艰难,遥遥无期的工作令她一时望不到远景,男友与她的关系已经变得很紧张,这些,都不免使她开始怀疑最初的选择,产生平常人难以避免的纠结。将心比心,普通读者是完全能够体谅她的,她的形象也更让人感到亲近、鲜活。她最终坚持下来了,读者们也松了一口气,给予她真诚的敬意。

故事发展到终局,往往出现高潮,不过酝酿高潮也是需要些技巧的,王洁做到了这一点。前面,她已做了足够的铺垫:董磊的追求,考验了刘晓慧的爱情,陈建海的看望也就来得自然;端午节时,学生们反过来陪老师过节了,以往一直是刘老师给他们以关怀;最后,当暑期过去,学生们忐忑不安地期待着看到老师的身影时,刘晓慧出现了,引来众人的欢呼,欢呼解开了悬念,而欢呼的到来又显得并不突兀。一切都有前因后果,小说家往往是因果链条的巧妙编织者。

王洁仍走在探索创作奥秘的路途上,她的小说和散文会越写越好,越写越开阔。她是社会生活的积极参与者,也是自觉的体验者和热情的书写者,生活的馈赠对于她来说也会是双重的。

(胡平,文学评论家、作家、中国作协小说委员会副主任。多次担任鲁迅文学奖、茅盾文学奖等国内重要文学奖项评委,作品《松花江上》获中宣部精神文明建设"五个一工程"奖。)

传统文化的湮没与人性复归
——浅评王洁长篇小说《花开有声》
艾克拜尔·米吉提

  这是一部看似轻松的小说,但读起来你就会感受到它沉甸甸的分量。小说描写了苏州姑娘刘晓慧,大学毕业后在一个高端公司做白领,衣食无忧,生活安逸,收益丰厚,又有男友,应当说这是很多人梦寐以求的生活状态。一次参加婚礼,她和老同学加"舍友"相遇。一年没见,她发现老同学变了很多,皮肤黝黑却充满活力,仿佛身上有着无限的力量。一问才知,老同学大学毕业后便直接选择了去山区做一名支教老师。那一刻刘晓慧才知道支教是怎么回事,才知道这个世界上还有那么多需要关爱和应当受到公平教育的孩子。于是,她毅然决然告别了那种平静如水、一成不变、毫无生气的日子,独自开始了在陕北李家坝中学支教的历程。

  小说通过主人公刘晓慧的亲见亲历,通过她的视线和感悟,向我们展示了贫困地区农村生活的一幕幕真实现状。

  从20世纪80年代中期开始,农村出现了离开土地进城务工的农民工潮。人们最初沉浸在争做"万元户",脱贫致富奔小康的喜悦之中。但随着岁月的步伐,人们逐渐意识到一个巨大隐患,那就是留守儿童问题。王洁的长篇小说《花开有声》,就是从这样一个独特角度切入,直面现实,写出了黄土地的呻吟,和一群留守儿童的残缺童年,他们的泪水、他们的心酸、他们的追求、他们的梦想。其实,中国几千年的文明是与土地直接相连的。传统价值观就是建立在坚实的土地之上。在20世纪初,推翻帝制建立共和后,五四运动提出"打倒孔家店",试图扬弃被视为封建糟粕的文化传统。后来虽然经历过"文革",农民却没有离开过土地,因此,许多乡村文化依然保存下来。但是,巨大的民工潮的出现令人猝不及防,几亿农民——全是青壮年——离开土地进城打工(包括到国外打工)之际,便已离开了土地,离开了那片土地所承载的历史文化,这才是让我们几千年的乡村文化一夜之间被割裂、湮没(仅剩下关于春节、元宵等的节日文化)的真实现状。长篇小说《花开有声》恰恰写出了被割裂的这一幕。那滴血的疼痛,就在那些留守儿童和老人心中,经由留守儿童的双目化作泪水长流。不过,通过作品读者发现人心未泯,人性正在回归。做父母的就应该养护后代,这是人的本分和天性使然,不能为了金钱去牺牲下一代的幸福。小说致力于揭开这一生活的真谛。

刘晓慧第一眼看到李家坝中学的学生,出乎她的想象,他们并非像城里初中生那样一个个身着漂亮整洁的校服,脸上洋溢着阳光欢快的微笑,周身散发着蓬勃的青春气息。站在她面前的孩子们个个衣着朴素,还有个别的孩子甚至可以用"衣衫褴褛"来形容。至于书包,也是千奇百怪,有的根本不能称为书包,只能说是个简单的旧布袋子,上面布满了大大小小、层层叠叠的补丁。大多数孩子稚嫩的脸上布满了灰尘,丝毫看不到亮丽的光泽,一双双明亮却又充满忧郁的眼睛让人看着心碎。虽然她心里早有准备,但当这一切真切地展现在眼前时,她还是有些惊讶,像是被什么东西堵住了胸口一般,有一种喘不过气来的感觉,说不出地憋闷和难受。但孩子们的眼神是清澈的,如一汪汪清泉,这让刘晓慧多少有些欣慰,但更多的是心酸和无奈。

当刘晓慧从学生张承峰那怯生生的眼神和身上破旧的衣服开始探寻根源时,问题的症结便逐渐展现在她和读者面前。正如小文娟所说:"在我们班里,张承峰应该算是最郁闷的了……我爸妈跟文君的爸妈虽然都在外地工作,但他们至少每年都会回来一两次,每年过年的时候都会陪伴在我们身边,而他永远都不会再有父母的陪伴了。"是的,"他爸爸过世了,他妈妈改嫁了,他妈妈从来没有在过年的时候回来陪伴过他和他弟弟"。张承峰的爸爸,在张承峰上三年级的时候死于工地事故。打那以后村外的"望夫石"一度成为他的"望父石"。幼小的张承峰总觉得他爸爸还活着,还可以顺着那条路回来,而爸爸再也不可能回来了。显然,离开了土地的人们,命运多舛,飘忽不定,甚至给他们的后代留下了巨大的阴影和挥之不去的痛楚。张承峰和弟弟张平峰现在只能跟着爷爷奶奶过日子。爷爷奶奶也没有什么收入来源,依靠仅有的土地度日,还要带着两个孙子,这一家几近赤贫的生活一下展现在刘晓慧面前。而在全班55个学生中,竟然有26个是留守儿童,比例之高,出乎刘晓慧的意料。此前她没有想到,竟然还有这样一个群体不被人关注,他们逐渐成为社会的伤痕。想到这里,她暗下决心,以后要多多关注这些留守儿童。如果说刘晓慧毅然决然选择到陕北支教或许是出于某种任性或一时冲动,那么从现在开始她觉醒了,她将她的支教与关爱、教育这里的留守儿童连接在一起,作品也由此自然而然地把读者的视线引向这片黄土地深处。

读者看到的是一幅令人触目惊心的画面。在这些留守儿童心灵深处,因常年缺失父母亲情和言传身教而产生的失落感衍生为一种孤独、抵触,乃至隐隐露出敌视环境、敌视社会的端倪。张承峰、张平峰兄弟俩因失去父亲和缺失母爱,在心底已经开始积怨。当有一天母亲带着同母异父的妹妹来到家里时,他们所表现出来的冷漠与敌意,让人不觉心寒。天真无邪的心灵不该是这样的!如不及时进行感化教育,他们幼小的心灵有可能会埋下仇恨,产生反社会倾向。这就是留守儿童问题的严重性和症结所在。我们通过作品,已经号到了这一社会脉搏。尽管一个人的作用是渺小的,但是刘晓慧敏锐地意识到这一点,自觉地用她的心灵和行为来温暖、感化一群留守儿童,成为我们这个社会潜在的弥补和修复机制的链条之一。

外出打工获得财富的父母们的一厢情愿,并不为这些留守儿童所接受。比起丧父失母的张承峰兄弟,徐文君的家境应当说是相当优裕的。但是,徐文君要的不是父母寄来的礼物,小说恰恰为读者揭示了这一点。在接到父母从国外寄回的礼物时,徐文君内心是痛苦的。"她早就预料到会如此,但心里还期盼着。现在看到这些写满英文字母的东西,徐文君没有半分欢喜,反而觉得非常刺眼。它们好像在向她炫耀,它们又成功地把她的爸爸妈妈留在了国外。"小说进一步揭示道:"此刻,她需要的不是礼物,而是父母,哪怕是父母的一个简单的微笑与拥抱……"被刘晓慧亲昵地称为班上的"三朵小金花"之一的付文娟,每次听到老远传来的大巴车的喇叭声,眼睛就会死死地盯着大巴车,眼神里充满期待,心里想,爸妈会不会就在车里?是不是回家看她来了?当大巴车驶过,渐行渐远时,付文娟的眼神也由期盼变得失落。此时的刘晓慧在想,什么时候能让温暖的光芒照射进每一个留守儿童的心底,驱除他们内心所有的阴霾和忧愁,让他们开开心心、快快乐乐地成长?所以她对付文娟的妈妈说:"爱护孩子的最好办法就是不要让他成为留守儿童。"她坦言:"但文娟妈妈你要知道,作为老师,我们再怎么努力,也没有办法替代你们家长在孩子心中的位置啊。有时,真的需要在事业和孩子中间做出选择啊!"

刘晓慧家访走遍这些留守儿童的家庭,致力于给这些幼小心灵注入"知识是改变命运最有力的武器"的理念。刘晓慧感到真正让人揪心的是,这群留守儿童的上学条件与她小时候的没法比,她以前认为全天下所有的孩子都是和她一样无忧无虑的,从没想到还有这么多生活贫困的孩子。她走访傅圆圆家时得知,这个学生的父母九年没回家了,杳无音信,傅圆圆和她年迈的奶奶相依为命。刘晓慧感慨自己以前受点委屈就会想不开,觉得不公平,今天看到傅圆圆这么小却这么懂事,她突然觉得自己很可笑,还不及一个十岁的小女孩。我们十分欣慰地看到刘晓慧的内心也在成长。她觉得自己在这儿过得很快乐,感到从没有过的充实和满足。

刘晓慧发动在新媒体工作的同学李雪,帮她在媒体上呼吁,调动社会公益力量来支持这些贫困留守儿童。这引来"蓝精灵"公益组织和董磊等人,他们为这些孩子募捐到大量物资,送来大量书本、文具等学习用品和衣物,还有部分捐给学校的资金。刘晓慧也由此成为李家坝中学从建校到小学、初中合并后号召募捐第一人,为学校立了大功。他们把这些学习用品送到了真正需要的留守儿童手上,让孩子们感受到社会的关爱。正如王校长所说:"我们不仅要心存感激,还应该以实际行动来报答他们的这份爱心。……长大成为有用的人,能为这个社会做贡献,回馈家乡,回馈社会。"由此,我们看到刘晓慧开阔的视野,感受到她调动社会力量为这些留守儿童送来温暖,让他们切身感受到社会的关爱,使他们走出心灵的阴影,自觉融入这个社会,在社会的怀抱中成长。

　　刘晓慧的这些善意用心得到了回报,学生们感受到人生的美好。在刘晓慧的循循善诱和坚持下,付文娟终于同意参加合唱《我想有个家》。这不仅让付文娟战胜了心理障碍,而且让班级获得了荣誉。对于付文娟等孩子来说,这也许是一个新的开始,他们的性格活跃起来。在春天的那片草地上,许萌萌不禁高喊:"喂,天空,我好喜欢你!"付文娟喊道:"喂,大地,我好喜欢你!"徐文君喊道:"喂,太阳,我好喜欢你!"许萌萌又喊道:"喂,小河,我好喜欢你!"付文娟又喊道:"喂,杨树,我好喜欢你!"徐文君又喊道:"喂,草地,我好喜欢你!"这满含青春朝气的声音,从这片草地上向外扩散,引来路人羡慕的目光。瞧,喜欢自然,喜欢美,这就是人性的本核,在这三位留守儿童身上,我们看到一种人性的回归。这就是刘晓慧老师所渴望见到的,也是她孜孜以求的真实变化。更为可喜的是,张承峰的学习成绩上来了,语文考了全班第二,连他顽皮的弟弟张平峰,也在刘晓慧的关心下成了一个好学生。那一天,张承峰打扫完教室，欢快地回到家时，张平峰已经在家帮奶奶烧火煮饭了。他一边烧火，一边背诵课文。多么温馨的一幕！刘晓慧内心的强大、胸怀的博大，也使她的男友陈建海信服并得到他的认同，他放下在苏州的生活，和她一起来到李家坝中学，一同投入支教。这既是刘晓慧意想不到的，也是担忧刘晓慧老师会离开的留守儿童们所梦寐以求的。相信刘晓慧和陈建海会在这里收获爱情，更会收获人生更大的果实。

在实现全面脱贫进入小康以后，贫困问题会依然存在，我们要敢于正视和面对这一社会现实。感谢这个新时代，长篇小说《花开有声》为我们塑造了刘晓慧这样的热血青年，她以忘我的奉献精神前往贫困地区支教，以自己火热的心温暖了那些留守儿童的心，让他们绽放出灿烂的笑容，敞开心扉，拨开云雾，告别痛苦，树立自信，立足现实，面向未来，实现中国梦。脱贫首先要脱去精神之贫困，这就是作品崭新的艺术价值所在。

（艾克拜尔·米吉提，哈萨克族，著名作家，十一、十二届全国政协委员，《中国作家》原主编。代表作有《努尔曼老汉和猎狗巴力斯》《哦！十五岁的哈丽黛哟……》《凤凰花开》《我的苏来曼不见了》《巡山》等。曾获1979年全国优秀短篇小说奖、全国少数民族文学奖、哈萨克斯坦总统二级友谊勋章。有作品被译为英、俄、日、德等多种文字。）

第一章　窗外的天空

跟随着熙熙攘攘的人流,刘晓慧走出苏星大厦,来到大厦前面的公交站台。在苏州,苏星大厦是高级白领们最向往的地方。这栋宏伟的建筑自建成后,就成为苏州的地标性建筑。这儿陆陆续续入驻了许多知名大企业,来这儿上班的自然都是苏州白领中的白领。

刘晓慧大学毕业才一年,以她的资格与学历,本来是很难进入这栋大厦工作的。不过,她父亲的一位朋友是位很成功的企业家,刘晓慧称其李叔,他的公司就在这座楼里。经父亲推荐,刘晓慧顺利地应聘到李叔的公司,成了让许多人羡慕的白领一族。

在李叔的公司工作的一年时间里,她生活得惬意而舒适。刘晓慧对工作没有太大的动力,可能是对现有的生活早已麻木,她感觉自己仿佛凡尘俗世里的一粒尘埃,正按着既定的轨迹随风飘荡。此刻,她神情呆滞地站在公交站台,站台上很拥挤,她几乎没有办法站稳。几辆公交车驶过来,即刻就被人潮围住。刘晓慧挤了好几次,都没能够挤上公交车。她叹了口气,斜靠在公交站台边的立柱上,无奈地望着嘈杂的前方。

这时手机响了,她拿起来一看,是男友陈建海打来的。接通电话,男友颇具磁性的声音传来:"晓慧,你在哪里?怎么那么吵?"

"别说了,刚下班,正准备挤公交回家呢!这会儿人实在是太多了,我挤了几次都没能挤上去。"

"唉,挤什么公交嘛。我不是说了,我没有去接你的时候,你就直接打的回去。"

"打的?那多贵,我这不是想省点儿钱嘛。"

"省什么省啊,我也不缺这么点儿钱。这样吧,你先别急着回家了,来金都大酒店吧。"

"怎么啦?又是你朋友来了,要我去作陪啊?"

"嗯。浩哥来了,我请他在金都大酒店吃饭,你一块儿吧。"

"我不想去了,今天有点累。"刘晓慧说,"我想早点回家休息。"

陈建海还想坚持,见刘晓慧态度很坚决,只能放弃,说:"那你早点回家吧,但别挤公交了,打个的回去吧!"

刘晓慧挂掉电话,看见还是有很多人在等着挤公交。半小时后,刘晓慧才挤上公交车。

回到家时,母亲早已做好了饭菜等她回来。刘晓慧看着桌上摆放着她最爱吃的糖醋排骨、红烧鲤鱼,却丝毫提不起胃口。母亲似乎觉察到了什么,轻声问道:"这些菜不都是你喜欢吃的吗?"

刘晓慧斜靠在椅子上,说:"唉,我也不知道今天是咋了,一整天都提不起兴致,一点儿胃口也没有。对了,妈,我爸还没有回来吗?"

"本来是要回来的,半道上又被朋友叫去吃饭了。唉!天天都是应酬。"

"爸爸在企业做老总,应酬多是难免的。"刘晓慧为父亲辩解了一下,然后草草地吃了几口饭,回到卧室,一头扑到床上,厚厚的席梦思床垫差点把瘦小的她弹起来。刘晓慧翻过身来,随手拿起床头的遥控器打开空调后,便望着窗户开始发呆。

厚厚的窗帘把外面的光线严实地遮住了,这让刘晓慧感觉很沉闷。她起身走到窗边,用力把窗帘拉开,房间霎时亮堂了许多。她又顺手推开窗户,外面新鲜的空气夹杂着泥土的芬芳扑面而来。刘晓慧转身回到床上,像刚刚那样仰面躺着,注视着窗外。她看到窗外树枝摇曳,偶尔还有小鸟飞过,心里想,如果自己能像窗外的小鸟一样自由地飞向辽阔的天空该有多好。

手机响了,她知道肯定又是陈建海打来的。虽然是男友来的电话,但刘晓慧丝毫提不起精神来,电话响了许久,刘晓慧才懒洋洋地接通电话。"晓慧,到家了吗?"陈建海关切地问道。

"早就到了,你呢?还在跟朋友喝酒吗?"手机里声音嘈杂,刘晓慧颇不耐烦。

陈建海小声说:"是啊!不过我在酒店外面给你打电话呢!你不愿过来,是不是身体不舒服啊?"

"没有,呃,只是有点累。"

"是不是最近工作太辛苦了?那你好好休息休息吧,我待会去看你。"

"你别过来了,建海,你好好陪你的朋友,我真没有什么事,休息一下就好了。"

"哦……好吧!那你好好休息。"陈建海有些不大情愿地挂了电话。刘晓慧却如释重负,懒洋洋地又回到了床上。

才躺了不到半小时,手机铃声又响起。她以为又是陈建海打来的,犹豫了许久才拿起手机,一看竟然是大学好友周莉莉打来的。刘晓慧与周莉莉在大学里是死党加闺密。形容闺密,有一句名言叫"你信不信有一种感情,一辈子都不会输给时间",这句话当时俩人都很坚信。但毕业后,天南地北的,感情真的不如在学校时那么亲密了。她们从刚走出校园时的每天几通电话和几十条聊天信息,到后来的两三天甚至一两周才联系一两次,以至于近半年以来,也难得联系几次。

这会,见周莉莉打来电话,刘晓慧急忙接通。周莉莉的语气里有些嗔怪,道:"晓慧,大半天不接我电话呀!"

"哪有啊,莉莉,我以为是别人的电话呢!你近来如何?这么久才想起我呀!"

"唉!别提了,这段时间都快要忙死了。"

"忙什么呀,莉莉?肯定又高升了吧?涨工资了吧?"刘晓慧调皮地打趣道。

"工作还不是那样,四平八稳的。至于工资嘛,也仅仅是混饱肚子,哪能跟你比?刚出校门就一脚踏进那么好的公司,薪水高不说,还找到一个优秀的白马王子,让咱们这些同学羡慕得要死啊!"周莉莉跟刘晓慧就这样你一言我一语地相互调侃对方。

"莉莉,不知道什么原因,我总感觉待在公司里提不起兴致来,丝毫找不到工作的状态,一点也不开心。"刘晓慧继续说道,"我还是经常想起学校的那段时光,怀念以前的校园生活。那时候的我们才是真的无忧无虑。虽然生活清苦、枯燥了些,但像风一样自由。"

"哈哈,你还真是长不大啊!"周莉莉接着说道,"晓慧,其实今天我给你打电话,是想告诉你一件事——我下个月就要结婚了。"

"什么?"刘晓慧颇为吃惊,"你要结婚了?跟马伟涛?恭喜啊!这么说,你们可是咱们同学里的第一对了。不过,怎么这么快就把自己送进围城里呢?"

"我也不想这么快把自己给嫁了,是他表现得太积极,催促好多次了。还有他父母,整天喊叫着要抱孙子呢。"

"哈哈……那你爸妈舍得让你这个宝贝女儿就这么嫁了啊?"

"我爸妈当然不舍得了。不过,他们说尊重我的意见。我爸妈对马伟涛的印象很好,也挺满意的。"

"哈哈,不过说起你那位啊,可真是很会来事。当初你们谈恋爱时他还帮我们宿舍做了不少事呢。热情又大方,确实很不错,也是值得托付终身的人。那我恭喜你了啊,莉莉,你们终于修成正果了。具体婚期定了吗?"刘晓慧追问道。

"就下个月8号,到时候你可一定要过来呀。哎,晓慧,别光说我了,你呢?你与你的那位现在什么情况啊?是不是也该步入婚姻殿堂了?"周莉莉充满关切地问道。

"他爸妈跟我爸妈都同意我们俩的事情,也一直催促着让我们赶快订婚呢,但我还是有些犹豫。"刘晓慧说这句话的时候,语气里流露出一丝既无奈又无助的感觉。

"晓慧,你还犹豫什么?找了个那么好的男友,典型的高富帅,对你还那么体贴,我看你若是不早点下手呀,说不定就会被其他人给抢跑了……"

"你说得也是,别人也都这么劝我呢,但我就是说服不了自己,我甚至都不知道自己心里究竟是怎么想的,莉莉。"

"晓慧,虽然我不知道你心里到底是怎么想的,我甚至都不知道你到底想要什么,还是在等什么。不过,我倒是要劝你一句,女人的青春是短暂的,终归还是要走进婚姻,家对一个女人才是最重要的。"

俩人聊了一个多小时,才恋恋不舍地挂掉电话。刘晓慧斜靠在床头,耳边不断地回响着周莉莉所说的一番话,似乎瞬间有了世事沧桑之感。忆一年前,班上的一群女生一起上课,一起打饭,一起遛公园,一起看电影,一起评论男生,一起鄙视某个看不顺眼的老师……那段时光回忆起来是五颜六色的,大家都充满着激情和对未来生活的憧憬。可是现在呢?仅仅一年时光,同学都各奔东西,似乎每个人都被生活固化了,失去了往日的神采与快乐。毕业才一年,就有同学要结婚了,可结婚之后呢?生孩子?带小孩?操持家务?做黄脸婆?总之,越想越后怕。刘晓慧也不知道自己胡思乱想了多久,竟然就这样睡着了。

第二章 沉默的群体

第二天早晨,还是敲门声把刘晓慧叫醒的。她迷迷糊糊地睁开眼睛,问:"谁啊?"

门外传来母亲的声音:"晓慧啊,这么晚了你还不起床啊。你看你,都啥时候了,不用去上班啊?建海来了,说是要送你去上班呢!"

"哦,建海来了?我也不知道怎么睡到这会儿了,我现在就起来。"

刘晓慧急急忙忙穿上衣服,简单地洗漱了一下就跑下楼去。陈建海坐在客厅的沙发上正跟父亲火热地聊天呢。看到刘晓慧风风火火地跑下来,陈建海忙问道:"晓慧,今天怎么醒得这么晚?"

陈建海的家距离刘晓慧的家并不远,大多数情况下他都会接送刘晓慧上下班。俩人正处在热恋中,颇有一日不见如隔三秋的感觉。昨天一天没有见到女友,陈建海今天便早早地来到刘晓慧家,正好赶上刘晓慧的父亲刘兴邦还没上班,俩人便坐在一起闲聊了一会儿。见刘晓慧下来,刘兴邦也跟着说道:"晓慧,今天怎么起来这么晚?建海等你好久了。"

"哦……我也不知道,睡过头了吧。"

"没事的,伯父,晓慧最近工作太忙了,让她多睡会儿没关系。

晓慧,收拾好了吗?我送你去上班。"

刘兴邦欣慰地看着陈建海,起身说道:"那我也去上班了。"然后出门朝着车库走去。

陈建海开着前不久买的马自达轿车,随着拥堵的车流缓缓行驶。他打开音乐,想舒缓一下女友的情绪。刘晓慧坐在副驾驶座位上,有点心不在焉地望着车窗外发呆。

"晓慧,你怎么了?一副闷闷不乐的样子!是哪里不舒服,还是遇到什么事情了?昨天在电话里就感觉你不大对劲,到底发生什么事儿了?"陈建海显得有些着急地问道。

"呃!没事的,建海,只是有些感慨而已。昨天我同学,就是之前跟你提到过的我那位大学闺密来电话了,说她马上要结婚了。"

"她结婚你感慨什么呀?"听刘晓慧这么一说,陈建海哈哈大笑了起来。

"我是在想,时间过得可真快,才出校园一年多,似乎就是两个世界了。同学都要结婚了,以后的人生似乎也可以看到了,结婚生子,操持家务,养孩子。"

"每个人不都是这样吗?这才是生活!说到这个,我正想跟你说呢,我爸妈昨天问起我们的事儿了,也是想让我们早点升华革命友谊呢。"陈建海狡黠地一笑,继续说道,"这事不能总这么拖着啊,连浩嫂都在笑话我太'无能'了,连一个美女都搞不定。"

"你能不能正经点儿啊?"刘晓慧狠狠地瞪了一眼男友,"结婚?这也太早了吧,我还没有做好思想准备呢。"

陈建海侧过脸来,瞅了一眼女友,见刘晓慧一脸惆怅地望着车窗外发呆,有些不解地问道:"晓慧,你是不是有什么心事?怎么看上去很忧郁啊?你心里到底是怎么想的?"

"真没有,有时就是想……去外面看看……"

"也是,我最近事情太多、工作太忙了,好久都没有陪你出去旅游了,都是我不好。"陈建海满脸歉意地说道。

"不是这意思,建海。唉!反正一时半会儿也跟你说不明白。"

陈建海一走神,差点撞到了前面的车子。他慌忙一刹车,巨大的惯性让俩人都受了不小的震动。

陈建海倒吸了一口气,一个劲儿地说:"对不起,对不起,晓慧,吓着你了吧?"

刘晓慧确实被吓得脸色惨白,她定了定神说:"没事,你专心开车吧。"

陈建海双手紧紧地握着方向盘,俩人没有再说一句话,只有略带伤感的音乐在车内循环播放着。

没多久,车子便驶到了苏星大厦前。刘晓慧下了车,两个人依然没有说一句话。陈建海的公司在苏星大厦向西几百米处的另一幢写字楼里,刘晓慧下车后,他便开车朝自己公司驶去。

刘晓慧的办公室在苏星大厦的11层,推开门进了办公室,她发现同事们早已进入了工作状态。她强迫自己微笑,很礼貌地跟同事打招呼。跟她办公桌紧挨着的同事小雯见刘晓慧来了,赶忙凑过头来小声问道:"晓慧,今天怎么这么晚?这不像你的风格啊,第一次见你上班迟到。"

"早晨睡过了。今天怎么这么安静?"

"你忘了？昨天通知说李总今天要过来召集全体员工开会，所以大家自然要表现好一点啊。"

"哦！"刘晓慧这才想起昨天下午公司行政部的开会通知。这么说，李总就在旁边不远的办公室里，难怪每个人都表现出一副忘我的工作状态。刘晓慧笑了，她突然觉得这样的生活有点假。

上午十点整，会议准时召开，李总总结了上个月公司的整体业务情况，又规划了下半个月的工作内容和进度。之后是公司副总和各部门负责人挨个汇报工作，会议持续了两个多小时才结束。

会议结束后，李总就离开公司了，下午公司的气氛明显轻松不少。员工们一边忙着手头的工作，一边小声地聊着天。晓慧与小雯也在有一搭没一搭地聊着，突然小雯像是被什么惊到了，发出一声长长的叹息。

刘晓慧诧异地问道："小雯，你怎么了？"

小雯抬起头来，眼圈已经泛红，让人感觉眼泪都快要掉下来了："这些孩子好可怜！"

"什么好可怜？"刘晓慧急切地追问。

"我用QQ传给你看吧。"

小雯发来链接，刘晓慧迅速点击打开，原来是一组关于留守儿童的新闻报道，还配了几张相关的照片，里面报道了好几个留守儿童的故事。

随着沿海经济日益发达，内地与沿海的差距也进一步拉大，大量的内地劳动力去沿海打工，家里留下了一个个孤独的孩子，他们承受着与他们的年龄极不相称的精神与生活上的压力。刚刚让小雯震惊和感动到快要流泪的是其中一则新闻报道里的一封信——《爸爸,我不恨你》。

爸爸,我永远不会忘记七年前的那一幕,妈妈因为你好赌成瘾而服毒自尽。此后,你就出外打工去了。开始几个月,你还给家里寄点钱,可后来越来越少。我还以为是你没有找到事情做,可后来从别人那里得知,你仍旧好赌,打工挣的钱全部让你输掉了……

就这样,一年后你与我们彻底失去了联系,我和爷爷相依为命。爷爷已经七十多岁了,身体越来越不好,眼睛已经看不清楚东西了,连照顾自己都很困难,现在还要养活我,还要到处找钱供我读书。我们每天吃了上顿没下顿,家里仅有的一点米、面、油还是好心人送的,但爷爷也总是不舍得吃。我已经记不得有多久没有吃过一口肉了,每天都是白水煮土豆。见我经常吃不饱肚子,爷爷特别伤心,我真害怕哪一天爷爷的眼睛完全看不见了。爸爸,我的童年为什么如此不幸?从小没有了妈妈,现在连你也扔下我不管了。我恨自己生在这样一个不幸的家庭里,我特别心疼爷爷,但我更恨你。每个夜晚,我都会躲在被窝里偷偷地哭,经常是哭着哭着就睡着了,又常常会在梦中被冻醒……我好想妈妈,好希望妈妈还活着,好想让妈妈陪在我身边……

爸爸,你已经有四五年没有回家了,记得两年前的那天晚上,你突然打来了电话。当我听到电话里你喊着我小名的时候,那一刻,我甚至忘记了对你的所有仇恨,忘记了你所有的不好。你告诉我你很快就会回家来看我和爷爷,你还说要买好吃的给我,要给我买新衣服、新书包,我和爷爷兴奋得几天都没有睡好。爷爷每天都会去村口等你,每天放学我都会第一个冲出教室,想早点跑回家看见你的身影。

  2013年春节,你回来了。那个春节因为有你,我和爷爷特别开心,家里也充满了生机。这也是自从妈妈去世后,我度过的最幸福、最快乐的一个春节。我依然很清楚地记得,正月十六那天早晨,你又要外出打工了。那天雪很大,你提着行李走在前面,我紧紧地跟在你身后,我是多么不想让你离开我,不想你扔下我和爷爷去打工,但我知道你要出去打工挣钱,要养活我和爷爷,要供我上学。看你头也不回地走出村口时,我多想跑过去让你抱抱我,我多想大声叫你一声"爸"! 但是我只能在心里一遍一遍地叫着你……我知道,你不愿意回头看我,是因为你心里同样很难受,你不想让我和爷爷看见你难过的样子……

  可是从那以后,我便再也没有看到过你,也等不到你回家。爸爸,我甚至连你的声音都快要忘记了,我不敢想象等你再回来的时候,你会不会连我都认不出来了。我已经长高了,声音也变了,我也好害怕爷爷等不到你回来的那一天。爸爸,你到底在哪里? 你为什么不回家看我和爷爷? 我和爷爷天天都在想念你,时常在梦里梦到你……爸爸,无论你有没有挣到钱,我都不会怪你,都不会恨你,我只盼望着你能够早点回来,能够记得回家的路,回来陪我和爷爷过春节。

爸爸,我不恨你,这个春节我跟爷爷等你回家!

刘晓慧读着这封信,鼻子一阵阵地发酸,眼泪早已抑制不住地挂满脸颊。她缓慢地抬起头,用手擦掉脸上的泪水。这样孤独却又懂事的孩子,这种心灵上的创伤与煎熬,是她无法想象的。她也时常怨恨生活,埋怨命运对她不公平,尤其是在她遭遇到烦心事,表现得尤为消极与悲观的时候。可是此刻,当看到这组报道时,她突然间觉得自己犹如生活在天堂里一般快乐、幸福。身边有疼爱自己的父母、有深爱自己的男友,还有一份不错的工作,原来自己一直生活在蜜罐里而浑然不觉。

因为这组报道,她又特意在网上搜索了一些有关留守儿童其他方面的新闻报道。不看不知道,原来这个弱势群体竟然如此庞大。其中有一篇报道记载:有1.2亿农民常年于城市务工、经商,产生了近2000万留守儿童。88.2%的留守儿童只能通过打电话与父母联系,其中53.5%的人通话时间在3分钟以内,并且64.8%的留守儿童是一周以上或者更长的时间才能与外出的父母联系一次,有8.7%的儿童甚至与父母是没有联系的。49.7%的孩子表示想和外出打工的父母在城市生活,但也有44.1%的被调查对象明确表示不想和外出打工的父母在城市生活。有24.2%的留守儿童与照顾他们的成人很少或从不聊天。有专家推算,在一些农村劳动力输出大省,留守儿童在当地儿童总数中所占比例高达18%—22%。父母双方都外出流动,儿童不能与父母在一起生活的情况在全部留守儿童中超过了半数,比例高达 56.17%。因人口流动引发的农村留守儿童问题已经成为不可忽视的社会问题。最后,文中打出醒目的黑体字:"谁来关注农村留守儿童?"

整整一下午,刘晓慧两眼一直死死地盯着电脑屏幕,查看着与留守儿童相关的资料。了解得越多,心里所受到的冲击就越大,以至于一下午她都没有心思去做其他的事情。直到旁边的小雯跟她挥手道别时,她才意识到已经到了下班点。

她很麻利地收拾了一下桌面,顺手关掉电脑。正好这时陈建海打来电话,说马上就要到苏星大厦楼下了,让刘晓慧收拾好下楼。

等她走出一楼大门时,陈建海也刚好到了。回去的路上,陈建海不停地给刘晓慧讲着公司里的事儿,早晨下车时的不愉快似乎早已抛到了九霄云外。但刘晓慧一直沉默着,见男友一副兴高采烈的样子,她偶尔侧头回应上一两句。陈建海很快觉察到了女友的不对劲,不断追问:"晓慧,你今天怎么了?是不是有什么事儿瞒着我?晓慧,你快告诉我到底发生什么事情了,对我都不能讲吗?"陈建海显得有些着急,声音明显抬高了许多。

"我下午看到一些有关留守儿童的新闻报道,感觉那些孩子好可怜……"

她把下午在网上看到的有关留守儿童的情况讲给男友听。陈建海听后,轻叹了一口气说:"是啊,这些孩子真是可怜,听着都让人觉得心疼。"

"建海,我真想帮帮他们,如果他们在苏州,我现在就想跑去看他们呢。"

"别说风就是雨的,你以为自己是救世主啊……"陈建海微笑着调侃道,"不过,我们可以邮寄一些物资给他们。"

"是啊,至少这也是一种办法。"

第三章　为理想任性一回

一晃几天过去了,月历也翻过了一页。

7月8日是周莉莉结婚的日子。

7月6日,周莉莉打来电话,再次邀请刘晓慧出席自己的婚礼。她还告诉刘晓慧一个令她高兴的消息——大学室友都会来!这可是她们毕业后一年里第一次室友大团聚。

第二天,刘晓慧坐高铁来到了武汉,早已守候在车站出口的周莉莉和男友看见她便迫不及待地迎了上去。经过将近一个小时的市区大拥堵,三个人终于到了周莉莉的家。果然,当年的大学室友李芸儿、冯珍珍、黎天甜、郑菲菲都应邀而至。周莉莉把昔日的室友们安排到距离自己家不远的一家四星级酒店歇息。几个同学都笑着说:"赶快去忙你的吧,新娘子,我们几个正好可以聊聊天、叙叙旧。"

安顿好室友,周莉莉便返回家准备第二天的婚礼。

周莉莉一走,李芸儿、冯珍珍几人就来到刘晓慧的房间叙旧。别后一年,再见时分外亲热。虽然时光流逝,记忆模糊了许多东西,但带不走的是满满的校园往事,烙印在脑海里的是关于青春的片段。

刘晓慧说:"离校才一年,我就感觉世事变幻,还是怀念在学校时的生活,那时的我们才是真的快乐啊!"

李芸儿说:"是啊!真踏入社会了,才知道什么叫作世事难料。不过你挺好的,工作好,生活好,还有个那么好的男友整日守护在你身边,多令人羡慕啊!瞧瞧你,比以前在学校时白皙了不少,皮肤也更水嫩了。"

冯珍珍说:"晓慧本来就是我们班上的大美人呢!如今过着养尊处优的大小姐生活,不水嫩才怪呢。"

刘晓慧被几个室友你一言我一语说得脸颊通红:"瞧你们说的,都来取笑我是吧?你们不也一样吗?一个个都比以前时尚、漂亮了。呃……芸儿,你倒是比之前在学校时黑了不少。"

郑菲菲说:"是啊!芸儿大美女,你以前可是跟晓慧并驾齐驱,是我们班的'绝代双娇'。今天见你,真的是黑了,也瘦了。"

李芸儿笑了,说:"我哪能跟你们比啊!我这一年到贵州那边的一个山区支教去了。"

"啊?"芸儿的一番话让几个同学都震惊了,一个个呆呆地望着李芸儿。

刘晓慧说:"芸儿,你说什么?你去贵州山区支教了?"

"是啊!去年毕业后,我本想去深圳工作,无意中看到一篇关于支教的报道,我就改变主意,报名参加支教了。"

对于刘晓慧、冯珍珍、黎天甜、郑菲菲等人来说,"支教"这个词虽然也听过不少次,但总感觉离她们很远。没想到自己身边竟然就有这么一个好同学做起了支教的工作。她们知道支教其实是非常辛苦、非常不容易的。

几个昔日的同室好友怎么也没有想到,像李芸儿这样一个水灵娇小的女孩子竟然会去支教,她们在震惊之余对李芸儿有了种刮目相看的感觉,同时心中涌动着许多复杂的情绪——既觉得不可思议,又对她的大胆举动表示敬佩。

说到支教,气氛远远没有刚才那样轻松了。李芸儿说:"这一年支教,我感觉自己整个身心都受到了洗礼,虽然辛苦,也把自己晒黑成了这样,但我觉得非常值得。"

一旁的刘晓慧认真地说道:"讲讲你支教的故事吧。"

李芸儿便继续说道:"在那里见到的,与我们之前所见到的,与我们在大城市里所见到的,相差得实在是太大了。如果不是走出去,真的无法想象竟然还会有那么贫困落后的地方。"

"到底有多穷啊?"几个人不约而同地追问道。

"我给你们看一些照片吧!"李芸儿拿出手机,找出一些照片给她们看。几个人看到照片时,似乎被时光机拉回到了几十年前。这些画面她们在小时候也没有见过——那些低矮潮湿的茅草房,那一条条蜿蜒崎岖的泥泞小道,那片原始的还未开发过的土地,那一个个衣着破烂、面无表情的小孩和老人……

"真想不到,都什么年代了,竟然还会有这样的地方。"刘晓慧自言自语地说。

"还有比这更穷的地方呢。那些地方交通闭塞,一年都见不到一辆小车子,一年吃不上一顿肉的家庭多得是。"李芸儿说,"虽然条件艰苦,没有城市里的舒适和繁华,但是那里远离污染与喧嚣,多了宁静与安详。白日里,蓝天白云;晚上,漫山遍野的萤火虫,还有池塘里的青蛙和草垛子旁蛐蛐的鸣叫声,那是一种令人心旷神怡的、静谧的美。虽然地方有些落后,但是大山里的人很淳朴。他们那里真的是道不拾遗、夜不闭户。那里的人如果知道你是支教教师,都会充满感激地对你说:'让你们来受苦了。'听到这些暖心的话,什么苦啊、累啊都抛诸脑后了。"

刘晓慧看着李芸儿神采飞扬的样子,不禁感慨,正如李芸儿所说的,去这样的山区支教,能彻底改变一个人。眼前的李芸儿虽然看上去容貌不如在学校时那般光鲜靓丽,但整个人更有内涵与魅力了。

"最主要的是那里的孩子真的很需要我们这些支教老师。那个地方太封闭了,大部分的孩子从出生到现在都没有见过外面的世界,从来就没有走出过大山。他们的世界就是整个小山村,还有用破门板做成的黑板与掉灰的粉笔。他们对外面的世界一无所知,但是他们渴望了解,而我们就是他们了解外面世界的最好渠道。有了我们,孩子们才知道什么是因特网,才知道火车与轮船长什么样子,什么是高铁和高楼大厦。"

几个人默默地听着李芸儿讲故事,每个人的心灵此刻仿佛都受到洗礼。冯珍珍说:"我说怎么这近一年都联系不上你呢!原来你是去升华灵魂,干这么一件伟大的事情去了。你这家伙,保密工作做得也太好了吧。"

"其实我也是想看看自己到底有没有毅力在那种地方待下去。那儿的信号很不好,有时甚至连电话都打不出去。好在莉莉结婚赶巧是我回老家的时候,才没有错过这个大喜讯。一听到消息,我就赶快过来跟大家相聚。"

李芸儿支教的事让刘晓慧大为震撼,她突然间觉得自己这一年完全是在虚度光阴。她走到窗户边,看着远方的天空,心里有了一个大胆的想法——她也要走出去!

……

从武汉返回苏州的路上,刘晓慧坐在车窗边,痴痴地望着窗外。这次参加莉莉的婚礼,她感触颇多。中午,在婚礼现场,看着新郎新娘伴随着《婚礼进行曲》,牵手缓缓走上布置精美的舞台,彼此真情相拥,她十分动容。然而,最让她念念不忘、始终萦绕心头的是李芸儿所说的贵州山区支教的事。她决定走出去,不想在这个年龄让过多的安逸束缚住自己,即使前方风吹雨打,为了风雨后的彩虹,也要努力争取一回。

回到家后,她做的第一件事就是上网搜索哪里需要支教老师。她将相关的网页全部浏览了一遍,吃惊地发现,竟然有那么多贫困山区的学校需要支教老师。其中有篇报道她特别关注了一下,讲的是革命圣地延安那边的大山里仍然有不少的留守儿童和孤寡老人,山区的教学条件相当差,急需教师。对于延安,刘晓慧既熟悉又陌生:熟悉是因为经常在书本上、报纸上看到那个地方,知道那儿是革命圣地,哺育了一代革命儿女;陌生是因为她从没去过延安,就是陕西也没去过。

苏州是江南水乡,每一寸风土都充满着小桥流水的韵味,陕北那个地方又会是什么样的呢?会是漫漫黄土、垒垒窑洞吗?会是红高粱片片、牛羊遍地吗?总之,那儿的一切都让刘晓慧感到好奇,她决定去陕北。

刘晓慧在网上搜索了几处陕北那边需要支教的学校。她注意到一个名为李家坝中学的地处大山深处的学校,目前急需支教老师,上面还留有一位王姓校长的联系电话。

经过一番思想斗争后,她毅然拨通了电话。电话很快接通了,里面传来一个五十岁左右的男人声音,操着一口浓重的陕北方言。

"喂,你是哪位?"

"您好,我叫刘晓慧。是这样的,我在网上看到您的电话的,您是王校长吗?"

"是的,我就是。你找我吗?"

"是啊,王校长,您那儿是不是招支教老师啊?"

"嗯!是招支教老师,怎么,你愿意到我们这么贫穷的地方来支教?"

"是这样的,王校长,我是已毕业一年的大学生,我想去您那边支教,可以吗?"

"呃……毕业一年了,那应该是已经工作了啊。我看你电话号码,你是苏州人?"

"是的,我是苏州人,目前我在我们当地一家企业上班。"

"你能来,我当然是非常欢迎的,我这儿目前急需一位语文老师。只是我们学校条件很一般,陕北这地方不知道你了解多少,有没有来过。我们学校所处的位置还是挺偏远、挺落后的,并且常年缺水,比起你们苏州的江南水乡实在是相差太远了,只怕你过来吃不了这份苦。你刚才说你已经工作了,听着应该还是一份很不错的工作,要放弃你目前的工作过来,会不会……"

"王校长,您放心,我能吃苦,只要您肯接受我就可以。至于工资,我可以不要。"还没等对方说完,刘晓慧就急切地回应道。

"你能来,我们当然欢迎,我代表李家坝中学全体师生谢谢你!"

"太好了,王校长,那就这么说定了。"

放下电话,刘晓慧做了一个深呼吸,瞬间有种豁然开朗的感觉。这也许是她长这么大做出的最为疯狂、最有主见,也最大胆的一次举动,没有征求父母的意见,也没有跟男友陈建海商量。她不知道,如果被父母和男友知道后会是什么样子。他们会不会被自己的这一疯狂举动所吓倒?他们肯定会强烈阻止不让自己去的。此刻,她已全然不顾了,她想选择自己喜欢的生活方式,想做自己喜欢的事情,让自己真实地活一次。在填写了申请报告后,她迫切希望能够尽快到李家坝中学去支教。

她将要面对的是什么?她已经隐隐能觉察到,也能想象得到。她要面对的不仅仅是父母以及男友的强烈反对……然而这一次,她决定任性一回。

第四章　李家坝中学

一个半月后,一辆从西安出发的大巴车载着一车乘客驶向延安方向。

一车人,大多操着陕北口音,他们你一言我一语地谈论着什么。坐在右边第三排靠窗户的一个看上去二十岁出头的女孩子,打扮时尚,长相清秀,带着一股江南灵气,在整个车厢中格外引人注目。女孩眉宇间充满愁容,两只眼睛直直地盯着车窗外发呆,这女孩便是刘晓慧。她昨天一早乘最早的航班落地西安,今天的行程是去李家坝中学,它在离延安市区十几公里的大山里。车窗外的景致不错,天高云淡,正值中午,高速公路上的车辆也很少,路平坦地向前延伸着。但刘晓慧无心欣赏美景,脑子里一直在回想昨天的事儿。

她一个人拖着沉甸甸的几大包行李孤零零地来到苏州机场,心里总在盼望着奇迹能出现——陈建海能在她登机之前的最后一刻出现在她眼前。但直到上了飞机,陈建海的身影也没出现。

他强烈反对她来陕西支教,其实这也是意料中的事。刘晓慧铁了心,一定要过来支教。她回忆起临走时陈建海对她说的一番话,陈建海说:"晓慧,我知道你很有爱心,也是一个非常善良的女孩,但是献爱心的方式有很多啊!我们可以捐钱捐物,甚至我可以在假期时陪你一起去看看那里的孩子,但真的不至于,也没有必要辞去一份令人羡慕的工作去那里长期支教吧?这代价也太大了。"

陈家父母跟儿子陈建海一条战线,他们也不想刘晓慧一个人去那么遥远且偏僻落后的小山沟里支教。陈家父母在刘晓慧临走的前一天晚上将她叫到家里,试图帮助儿子说服刘晓慧打消支教的念头。他们和善且充满关切地劝着刘晓慧:"一个女孩子家的,孤身去那么偏远的地方多不安全啊!待在家里多好,有那么好的一份工作还不知足啊!你和建海也都不小了,有时间就好好商量一下你们的婚事,这女孩子呀,迟早都是得嫁人的……"

辞工作的那一刻,刘晓慧感觉自己也是有些犹豫的。当她敲开李总的办公室门,向李总说明离职的理由时,李总也是耐心地劝导她:"晓慧啊,我知道你是个善良的好姑娘,但是你可要想清楚了,一定要放弃工作去那么偏远的地方支教吗?本来我还想重点培养你,想让你独当一面呢,可是现在……真是遗憾啊!我希望你再冷静考虑考虑。"

刘晓慧婉言谢绝了李总的好意,毅然决然地辞职了。她一定要到外面去看看,苏州的繁华与安逸的生活不应该是她的全部。李总无奈地摇头,最终在她的辞职申请书上签了字。在她转身要离去的那一刻,李总叫住了她:"过去后,如果在那边不适应、待不习惯的话,千万别硬撑着,公司的大门永远为你敞开着。"

最反对刘晓慧支教的当属她的父母,在得知刘晓慧要跑到那么偏远落后的一个地方去支教,她的父母甚至怀疑她是受了什么刺激,尤其是刘母,急得哭了好几次,她着急、无奈,又不忍心责怪女儿。刘母小心翼翼地对女儿说:"晓慧,从小到大你没有受过苦,没有离开过爸爸妈妈,最近咋了?怎么会一下子心血来潮要跑到那么远的地方去支教?早就听说那个地方特别落后,环境不好,到处都是黄土,听说喝水都困难,你要是去了,万一有个什么事儿,我和你爸爸又不在你身边,那怎么办?再说了,你若真这样走了,建海怎么办哪?他心里能接受?能愿意让你去吗?他父母已经给我们打过好多次电话,催促你们早点结婚呢。"

看着父母伤心的样子,晓慧不停地安慰着:"爸、妈,你们就让我做一次主吧!我真的想去外面的世界看看,一个人除了工作和爱情,还有很多其他的事情需要去了解、去做呢。"

刘母无奈地看了一眼坐在对面的刘父,长长地叹了口气说:"真不明白你这丫头是咋想的,到底是着了什么魔?"

因为这件事,陈建海极不高兴,与刘晓慧争吵过好几次。他见刘晓慧心意已决,只得自己生闷气。昨天,刘晓慧在打车去机场的路上,原本想给陈建海打电话解释一下,但犹豫了半天,还是放弃了,她觉得发短信可能更好一些。于是,她掏出手机编辑了一条短信发给了陈建海:

建海,我已经在去机场的路上了。这一次我是任性了点,可我真的很想去看看外面的世界。毕业一年来,我生活得很安逸,有着一份令人羡慕的工作,有温暖幸福的家庭,有疼爱我的父母。我知道你对我也很好,我从心里非常感激你。但是我越来越发现,我正慢慢地迷失自我。虽然生活得很舒心,但我丝毫开心不起来,我自己都弄不明白是什么原因,直到上次参加莉莉婚礼时得知李芸儿去贵州支教的事情,她的那些经历让我瞬间明白,我有个梦想——要到外面的世界去看看、去走走,也希望能为那些生活在偏远山区的留守儿童做点事。我想,你应该会理解我的。

然而,她没有收到陈建海的回复信息,刘晓慧带着惆怅的心情离开了苏州。

以前,刘晓慧每次出去旅游的时候,都与同事或同学一起,去过的地方大多是知名景点或旅游名城。她从没有到过陕西,更别说还要去千里之外的大山里跟那些留守儿童待上一年。现在,她只能硬着头皮一路前行了。

她跟李家坝中学的王校长约好了,王校长会在延安汽车站接她。正当刘晓慧胡思乱想之际,客车已经驶进了延安市区,沿着有点残破的水泥路缓缓向前行驶着。没多久,她便看到前面一栋建筑上的几个烫金大字:延安市汽车站。到站后,刘晓慧开始有些莫名地紧张不安,她不知道在这块陌生的土地上,等待她的将会是什么。

等其他乘客都下车之后,她才拉着行李箱,拖着疲倦的身体,走下客车。天色比之前暗淡了不少,她迅速往出口处走去。到了出口处,她看到人群中有一位五十岁左右、穿着白衬衣、肤色黝黑的中年男人,双手举着一块纸牌子,上面写着"接苏州刘晓慧"。

刘晓慧赶忙走过去,问:"您是王校长吗?我是刘晓慧。"

王校长看了看刘晓慧,说:"你就是刘老师啊。我是王校长,我们在这等你很久了。"说着,他指着身边一个三十岁左右、长相憨厚、神情腼腆的年轻小伙子说,"这位是孔老师,孔夫子的后代,哈哈哈。"王校长一番幽默的介绍,让站在身旁的孔老师有些脸红,他不好意思地冲着刘晓慧说:"刘老师,别听王校长胡说,我就是一起来接您的,欢迎您来李家坝中学支教。"

王校长忙附和:"就是就是,我差点忘了说了,欢迎你来我们李家坝中学支教,刘老师。"

孔老师一边热情地接过刘晓慧的行李箱,一边说道:"刘老师,您一路辛苦,行李我来拿,车子在前面。"

三个人边走边聊着出了车站大门,路边停着一辆破旧的桑塔纳轿车。王校长笑着说:"这可是我们学校唯一的车子,今天专门开来接城里来的贵客。"

"太麻烦你们了,王校长,孔老师。"

"啥叫麻烦?"孔老师一边把行李箱放进车子后备厢,一边说,"像您这样从大城市来到我们这么落后的地方,这才叫麻烦呢!这儿的生活可比不上你们大城市啊!"

"哈,没关系,我能吃苦,我也想改变一下自己嘛!"刘晓慧笑着说。

"我们上车说吧,去学校的路还远着呢,再不走可就晚了。刘老师刚来,还是早点回去休息吧。"

车子往市区外驶去,出了市区,不远处就是此起彼伏的山脊,一层层的山峰若隐若现,像极了一幅浓墨重彩的山水画。

小车在郊外的乡村道路上行驶着,一路颠簸。王校长指着车的前方说道:"刘老师,我们学校就在山那边。"

刘晓慧长舒了一口气,说:"感觉没多远啊!"

"呃,也不算远,开车也就一个来小时。"

"不会吧?看上去很近啊。怎么要一个来小时?"刘晓慧有些惊讶地问道。

"看上去只是山那边,可是,刘老师,这弯弯曲曲的,一山一重天啊!"

"是啊。这儿路不好走,起伏不平、坑坑洼洼的,车也没有办法开快,虽然看上去很近,但实际开过去还是要花点时间的。"

"哦!"刘晓慧若有所悟,"李家坝中学的学生都是这周边山区的孩子吗?"

"是啊。都是山区的孩子,每天都是步行来上学,有的上下学往返需要一两个小时呢!"

"那么长时间?"

"是啊。山里的学生不比你们城里的,他们实在很苦,却很能吃苦。哦,顺便给刘老师介绍一下我们学校的情况。我们学校始建于1960年,当时是小学,共六个年级,一、二、五年级各两个班,三、四、六年级各一个班,每班平均25人,全校200多名学生。近年来,因为大部分农村主要劳动力出去务工,学校的学生越来越少,两年前就把小学六个年级和初中三个年级合并到一个学校。目前学校有教师27人,一半以上在五十多岁。大部分学生的家庭比较贫困,学校整体师资较为匮乏。但总的来说,我们学校在我们这个县条件还不算最差的,属于中等。不过,跟你们大城市相比,可就差太远了。"

"没关系的,王校长,我出来本就是想让自己锻炼锻炼,条件差一点没事儿。听说这儿大多是留守学生,为什么会有那么多啊?"

"我们学校所在的区域属于陕北比较偏僻、贫困的地区,这个你现在应该也看到了。粮食作物主要以小麦、玉米等为主。我们所在的乡共有15个村子,人口也就六七千人,总耕地大概2万多亩,林地面积近2万亩。基本上没有什么工业,全是农业或副业,加上这个地方常年缺水,基本靠天吃饭。一般来说,每个家庭全年的收入也就1万元左右。正因为收入太少,以至于无法保障正常的家庭生活开支,他们只有外出谋生。在我们这儿,有一半以上的家庭会选择外出打工,整个村子里很难看到年轻人的身影,基本上都是老人带着孩子生活。"

孔老师一边开车,一边默默地听着王校长的介绍,这时插话道:"其实我觉得,能出去打工的还算不错的,算比较上进的人,至少能通过努力增加一些收入,改变一下生活状况。还有一小部分人不愿出去,待在大山里靠天吃饭,艰难维持生活。"

"这么说吧,"王校长说,"不是说勤劳的中国人民吗?中国人民一向是很勤劳的,而我们陕北人民更勤劳!现在政策好了,国家也在积极想办法帮助我们这些还生活在贫困地区的人民。放在以前,你应该了解到,陕北家家都住在窑洞里。现在不同了,国家拨款兴建起了许多统一规划的类似小城镇的地方,让所有人都能有新房子住。国家每年还拨款补助生活,可以说现在陕北人民的基本生活问题都得到了解决,起码保证了他们最低的生活需求。不过,这似乎也促成了一部分人的惰性和依赖心理。"

"唉……"刘晓慧望着外面,黄土向前延伸,似乎到了天的尽头。

车子向右拐进一条狭窄的水泥路,突然一个急刹车,嘎的一声,停了下来。王校长有些不高兴地说:"小孔,你是怎么开车的?"

就在车前面,有一群山羊正在黄土路上慢悠悠地溜达。王校长这才笑起来说:"原来是这群小家伙啊!"

"山羊?!"这似乎是老天给刘晓慧的一个惊喜。对于一直生活在江南水乡的刘晓慧而言,亭台楼阁、花雀鸟禽见过不少,但是山羊,她之前只在电视里见到过,如今亲眼看到成群结队的山羊,她感觉很惊喜。她急忙说:"孔老师,麻烦你开一下门,我要下车看看山羊。"

王校长与孔老师哈哈大笑,相继下了车。王校长说:"刘老师,山羊在我们这儿可是最常见的动物了,漫山遍野随处可见。"

刘晓慧说:"可我之前只在电视里见过。"说着,她小心翼翼地走到一只体型较大的山羊旁边,近距离观察。看着山羊憨态可掬的样子,还有那一小撮标志性的小胡子,她心里一下子乐开了花,她不自觉地用手去抚摸山羊身上的毛。山羊咩咩一叫,似乎是对刘晓慧的回应,她开心极了,伸手就向羊耳朵摸去。站在一旁的孔老师说:"刘老师,羊耳朵可不能摸呀,否则羊一发怒可能会踢到你。"

刘晓慧伸在半空中的手一下缩了回来,她摸着胸口说:"还好你说得及时,不然我真摸过去了,吓死我了!"

王校长走过来说:"没想到你会这么稀罕这些家伙。我们这儿别的东西不多,山羊几乎是家家户户都有的。"

刘晓慧在一旁乐个不停,来陕北之前的那种惴惴不安的情绪随着笑声逐渐散去。

二十分钟后,三人终于抵达李家坝中学。这是一个用围墙围起来的学校,围墙比较新,应该是不久前才建起来的。上面用白灰刷了好些标语,还有小广告。前面一道围墙的正中间是大铁门,铁门很简易,但看起来很结实,很安全;紧挨着铁门边的是门卫室。桑塔纳车开到铁门边,小孔摁了下喇叭。

没多久,门开了。开门的是个六十来岁的老头,他热情地用家乡话与他们打招呼。王校长说:"老丁,这位姑娘是来我们学校支教的刘老师,从江苏那边的大城市来,以后要在我们这儿生活了,你要多提供方便,多照顾啊!"

老丁连忙说道:"哦,哦,知道了,王校长。哟!这么洋气的城里姑娘,跑这么远的地方来,可是要受委屈了。"

刘晓慧忙说:"丁伯,哪里话,我来这儿就是要锻炼自己的。"

到了学校,三人从车上下来,孔老师绕到车后,打开后备厢取下刘晓慧的行李。刘晓慧放眼望去,映入眼帘的是一栋三层楼的教学办公楼,看上去比较新,办公楼坐落在主楼的后面;而主楼的前面则是一个空间很大的操场,操场前方,是一根大旗杆,此时旗杆空空,并没有挂上国旗;主楼与教学办公楼之间是一排平房,要比主楼陈旧得多,看上去有十来间的样子。此时已是晚上八点,校园外漆黑一片,校园内也没有什么人。

王校长说:"这栋主楼,才建了不到三年,是上面拨款建的,后面的那栋平房是教师宿舍,目前已住了好几位老师。我已为你安排好了,你就住6号宿舍,六六顺嘛!房间也已经收拾好了。"

刘晓慧说:"谢谢王校长。"

俩人陪同刘晓慧来到了宿舍。宿舍区一共有八间房,前面两间是饭堂,从饭堂过去从右往左数,是1到6号宿舍,能看到1、2、3号宿舍都有灯光,说明已有教师住在里面。王校长与住在里面的教师们打起招呼,并向他们介绍起刘晓慧,大家相互友好地打着招呼。

来到6号宿舍门前,王校长从口袋里掏出一串钥匙说:"这锁是前两天我们总务处统一换的,你要是怕不安全,也可以自己再买把锁换上,这个可以到学校报销。其实不换也没有多大关系,里面是可以反锁的。"

刘晓慧看了看,是把新锁,说:"不用了,王校长,就用这锁吧。"

王校长开了门,然后把锁与钥匙都交给刘晓慧。

刘晓慧打开门一看,里面是一张上下两层的架子床。床的下铺有被褥,上铺没有放东西。架子床旁边有一张书桌,似乎是用过几年的书桌,样子比较老旧。除了床、被、书桌,还备了一些塑料脸盆之类的生活用品,应该是在她来之前专门买回来的,都是崭新的。宿舍看上去虽然有些陈旧,但很整洁。总的来说,宿舍环境比刘晓慧想象中的要好一点。

王校长说:"刘老师,这间宿舍是这排宿舍中里条件最好的一间,上半年住的也是一位支教的老师——从北京来的汤老师,她是个很爱干净的姑娘,房间一直保持得很整洁,所以就专门留下来给你住。"

"谢谢王校长,这儿很好,比我想象中的要好,我很喜欢。"

"那就好,你不嫌我们这儿简陋,太好了。今天很晚了,我与孔老师先回去了。明天是8月30日,你到教务处报到,让教务处安排你以后任教的班级。平时生活上有什么需要,你可以找总务处,也可以直接来找我。9月1日开学,希望刘老师能够教出好学生、好成绩,也希望刘老师在这儿工作、生活愉快。"

说过之后,王校长与孔老师才告辞回去。

第五章　崭新的苦生活

王校长他们走后,刘晓慧一人呆呆地坐在床沿边,想着这一天所发生的事情,有种做梦般的感觉。昨天她还身处繁华的都市,仅仅一天的时间自己就来到这么陌生偏远的山区,但她心里清楚这是她自己的选择。如果不出意外的话,她将在这儿待上一年时间。在这样一个陌生的环境,远离父母、远离朋友、远离繁华,这一年将会是什么样子呢?

突然一阵刺痛,一只蚊子叮在她白嫩纤细的手臂上。她一巴掌拍死了那只正叮咬自己的蚊子,手臂上留下一丝鲜红,显然已被叮咬过了。抬头环视宿舍的墙壁,上面趴满了蚊子。这时她才意识到耳边一直嗡嗡作响的声音,原来就来自这满屋子的蚊子。

竟然有这么多蚊子?这让她原本还不错的心情马上黯淡了不少。好在宿舍配有蚊帐和蚊香,她迅速放下蚊帐,点燃蚊香,但屋内的蚊子仍然嗡嗡叫个不停,这让她感到有些烦躁不安。一天的疲劳奔波,原本想美美地睡上一觉,但此刻竟没有了一丝睡意,她不知道这漫漫长夜该如何度过。

突然感觉到肚子有些饿了,她走出宿舍,屋外漆黑一片,蚊子成群结队地在屋檐下微弱的灯光四周嗡嗡盘旋着,似乎在向刘晓慧示威这里是它们的天下。刘晓慧苦笑,第一次感觉到条件的艰苦。来的时候太匆忙,一路上也没有顾得上吃东西,此刻肚子明显地在向她抗议。这么晚了,哪里有东西吃?好在早上临出发前买了几盒桶装方便面。她返回屋内,发现宿舍靠着墙的木板上放着一台电磁炉,虽然看起来有些老旧,试了试还能用,只要有水就可以泡方便面吃了。

可水在哪里?她再次出门,借着微弱昏黄的灯光,看见在这排平房的最左侧,靠围墙处,有一个手动压水井。这种水井小时候她在农村的亲戚家见过,要用力压动上面的钢制手柄,才能从井里抽出水来,如今在江苏农村早已看不到这种压水井了。

水井旁边放着两只红色的小塑料桶。刘晓慧走近一看,塑料桶里还有一些水,而且隐约能看见漂浮在水面上的几只蚊子的尸体,估计是用来引水的。她把水倒入钢管里,用力向下压手柄,却无法压动,又连续压了几次,手柄仍然纹丝不动。这时有几只蚊子趁机进攻,刘晓慧的身上、脸上霎时多了几个红疙瘩。正在心烦意乱之际,从3号宿舍出来一个年轻男子,朝刘晓慧这边走来。刘晓慧见突然走来一个年轻男子,有些紧张且不好意思地问道:"你是?"

男子笑嘻嘻地冲着刘晓慧说:"你是新来的吧?我也是来这儿支教的,我姓柳,我帮你压水。"

"那怎么好意思?"

柳老师接过压水柄,说:"都是同事,有什么不好意思的?"

接过刘晓慧手中的压水柄,柳老师用力压了几下,便哗哗地出水了。刘晓慧走近一看,水有些浑浊发黄,她不由得皱了一下眉头。柳老师继续压着井水,笑着说:"现在还好,我去年刚来的时候,水都是黑的,看着都怕。不过多压几下,水就会清,你刚刚来可能不大适应,慢慢就会习惯了。"果然,柳老师反复压了多次后,水慢慢变清了。看着塑料桶中通透、干净的水,刘晓慧这才放下心来。

柳老师帮忙将装满水的塑料桶提到刘晓慧住的6号宿舍,对刘晓慧说:"我们都是支教的,我是山东人。以后遇到什么事,如果需要我帮忙,你随时可以来找我。"

"你来这里多久了?"

"我来这里支教已经一年了,准备再支教一年。这儿的条件确实有些差,说实话,我挺佩服你们这些女生的,能来这儿支教,是需要很大勇气的。"

"瞧你说的,你们男生能做的事,我们女生咋就不能做?"

"那可不一样,男生毕竟在各个方面都要比女生更有优势。我先走了,今天不打扰你休息,明天我们再聊。"说着,柳老师便朝自己宿舍走去。

刘晓慧泡好了一桶方便面,也许是太饿了,她狼吞虎咽地便把这碗平日里根本不爱吃的方便面解决了。然后她草草地在简易的洗澡房里冲了个澡,随即上了床,拉好蚊帐,关灯睡觉。

此时正是农历八月初,窗外一钩新月挂在枝头。月光从窗纱处漏进来,再透过纱帐,星星点点地洒到被子上,形成斑驳的图案。这图案虽然不规则,但很静美。

农村的月光似乎要比城里的月光更美、更亮、更迷人,此时的她却无心欣赏,两只眼睛盯着窗外发呆,虽然很困倦却怎么也睡不着。第一次如此决然地离开家乡,第一次走进这么陌生的环境,第一次奋不顾身地选择另一种生活,以后会如何?明天太阳仍会升起,但明天对于她又意味着什么?她不知道。这一夜,她久久不能入睡。

第二天早晨,惺忪的双眼被一阵强光刺痛,睁开眼,阳光早已爬上床,刘晓慧心想,怎么会睡到这么晚?仔细倾听,外面人声嘈杂,校园里十分热闹。她忙翻身起来,简单地洗漱了一下,看了看手表,已经十点多了。

打开门,果然外面有很多老师模样的人,在教学办公楼那边来来往往。

她想起昨天王校长所说的,今天她要到教务处去了解分班情况。她来到教学办公楼,问了一下,教务处在三楼的右侧,便直奔三楼。原来三楼的右侧全是办公室,从楼梯往右走,有初一、初二和初三年级老师的办公室,再就是会议室、总务处和教务处,再往前,是校长办公室和副校长办公室。

刘晓慧来到教务处,里面有两三个人正在谈论着什么。见到刘晓慧进来,大家都抬起头盯着她看,刘晓慧优雅的气质、姣好的面容及时尚的着装与本地人形成明显反差。一位四十来岁、戴着眼镜的中年女人问道:"请问你是?"

"我找教务处吴主任。"刘晓慧说。

"我就是,有什么事吗?"中年女人说。

刘晓慧忙走过去,说:"我叫刘晓慧,我是来支教的。"

"哦哦,我知道,王校长已经跟我说过你的情况了。你辛苦了,欢迎你来我们学校支教。"

旁边的另外两位老师听说这位漂亮的女青年是来支教的,也都凑过来热情地跟她打招呼。

吴主任说:"听王校长说你要过来,我还真有点担心啊!你们这些从小在城市长大的孩子,突然来到我们这样荒凉的黄土高原,要不了多久就会被我们这儿的风给吹坏了。"

"没事,我能吃苦。"刘晓慧笑着说,"吴主任,我想知道我所教的班级及科目情况。"

"你普通话这么好,又是中文专业的,你教初一的语文如何?"

"好啊,吴主任,我服从学校安排。"

吴主任微笑着点了点头,说:"太好了,那你就带初一(3)班与初一(4)班语文。我来看看,初一(3)的班主任是马焕明,初一(4)班的班主任是柳成鹏。"

吴主任看着班主任名单对刘晓慧说:"柳成鹏也是来支教的,山东人,现在教初一英语。这个小伙子人特别好,非常聪明,你们年龄差不多大,沟通起来应该也很容易。这马焕明马老师嘛,他现在教初一数学,人也不错,比较直来直去,你们私下要多沟通沟通啊!"

刘晓慧笑了笑说:"没问题,吴主任,我会好好跟同事相处的。"

"那就好。"

"吴主任,你刚刚所说的柳成鹏老师,是不是住3号宿舍的那位男老师啊?"

"是啊,你们见过?"

"对啊,我昨天见了,他还帮我打水了呢。特别热心。"

"是啊,他是个热心肠的小伙子,来这儿支教整整一年了,今年是第二年。"

刘晓慧点了点头,然后说:"吴主任,那我现在还需要走什么程序吗?"

"我给你开个派遣证吧,你到初一年级办公室,找年级主任郑主任。郑主任会安排你上课的事,你也会见到马焕明老师和柳成鹏老师的。"

随后,吴主任开了一张派遣证递给刘晓慧。刘晓慧转身要出去时,吴主任叫住了她,说:"你晚一点到总务处去一下,领一些生活必需品,平时如果有什么困难也可以找总务处。"

刘晓慧感激地点了点头。出了门,正好遇到从校长办公室那头走过来的三个人,中间正是昨天去车站接她的王校长,他的身边跟着两个人,一胖一瘦。见到刘晓慧,王校长笑着说:"小刘,刘晓慧老师。"

"您好,王校长。"刘晓慧也微笑着打招呼。

"你昨天刚到,宿舍比较简陋,是不是没有睡好?"

"嗯!"刘晓慧的脸微微发红,有些不好意思地说道,"是有一点不习惯。"

"我们这里条件比较差,以后我们会尽量想办法给你们创造好一点的生活条件。"

他对着那个胖一点的中年人说:"我来介绍一下,这位是牛校长。"然后又对着站在另一边瘦一点中年人说,"这位是范校长。"然后指着刘晓慧说,"这位是我们学校新来的支教教师,苏州人,刘晓慧。"

两位副校长同时伸出手友好地说:"欢迎你啊,刘老师。"

王校长又说:"小刘,你这是要去哪里呢?"

"我刚到教务处报了到,现在要去初一年级办公室。"

"好啊,我们陪你一起过去吧。"

刘晓慧一行四人来到了初一年级办公室,里面有七八个人,其中就包括昨天见过的柳成鹏。见到几位校长与一年轻的女子进来,里面的人都站起来了。

王校长说:"各位老师,我来介绍一下,这位年轻美丽的姑娘是从苏州来我们学校支教的。从今天起,她就加入到我们的队伍中来了,让我们欢迎她。"

初一年级办公室里响起了热情的掌声。

刘晓慧脸一红,有点不好意思:"谢谢校长,谢谢各位老师。我初来乍到,还没有什么教学经验,以后还望在座的各位老师多多帮助和支持。"

王校长说:"小刘能从繁华的大城市来到我们这山旮旯,就是对我们老区最大的支持。这份爱心,让我很感动。我们学校条件比较差,对于我们学校来说,只有尽量安排和照顾好支教老师的工作与生活,才是回报他们的最好方式,大家说对不对啊?"

几个老师异口同声地说:"是啊!校长说得对。"

"所以我要求在座的各位老师,能够尽你们所能地帮助包括小刘在内的所有来我们这儿支教的老师。"随后,他对办公室里的一位五十多岁的、戴老花镜、头发有些稀少的男子说:"郑主任,小刘的工作就麻烦你安排一下,她新来乍到,尽量照顾一下她。"

"放心吧,王校长。"郑主任微笑道。

"小刘,你与郑主任对接吧。我们还有其他的事,就不陪你了。"说完,王校长三人便走了出去。

刘晓慧慌忙道谢:"谢谢各位领导关心,我一定会认真带好班级,不辜负各位领导和老师对我的厚爱。"

"刘老师,你来一下。"郑主任说道。

刘晓慧轻轻地在郑主任对面坐下。郑主任说:"你就带初一(3)班与(4)班的语文课吧!"

"好的,主任,吴老师已经告诉我了。"

"那我现在把这两个班级的班主任老师叫过来,你们相互认识一下。马老师,柳老师,你们过来一下。"

一位右脸有颗痣的中年男老师及刘晓慧昨天见过的柳成鹏很快走了过来。

郑主任郑重地向刘晓慧介绍说:"这位是初一(3)班班主任马焕明马老师。"

马焕明马上伸出手来说:"你好,刘老师。"

刘晓慧也友好地回应:"你好,马老师。"

郑主任又指了指站在自己对面的柳成鹏说:"刘老师,这位是柳成鹏老师。"

柳成鹏笑着说:"郑主任,我们昨天已经见过了。你好,刘老师,欢迎加入我们的队伍。"

"既然你们已经见过了,那我就不用再多介绍了。马老师,柳老师,学校准备让刘老师带你们两个班的语文。"

"好啊,非常欢迎。"柳成鹏与马焕明对刘晓慧的到来表现出极大的热情。

接着,郑主任又将刘晓慧逐一介绍给了初一年级的其他老师。一小时后,刘晓慧从初一年级办公室出来,来到总务处。总务处要比其他几个办公室小很多,里面只摆放了两张办公桌。靠墙的办公桌旁坐着一位个头瘦小、年龄有些偏大的男子。他见走进来一位时尚高挑的大美女,有些诧异地看着她。

"您好!我是新来的支教老师刘晓慧。"

"哦,你是刘老师?"

"对对,是我。"

"王校长跟我说过,有一位年轻漂亮的支教老师要来我们学校。原来是你啊,果然是位大美女啊!"

刘晓慧感觉有些不好意思,说道:"是校长让我来您这儿的。"

"请坐,我是想跟你说一下咱们学校关于支教老师的待遇问题。哦,对了,我姓蒋,你可以叫我蒋老师,也可以跟他们一样叫我老蒋。"

这位老蒋是学校总务处负责人,主管学校的后勤工作。他认真地向刘晓慧介绍了学校对支教老师的相关政策及待遇。原则上支教老师是没有工资待遇的,但学校每月会适当给几百元的补助金,用于日常生活。而这些补助金大都是由当地相关教育机构和志愿者协会提供的,可以保障支教老师基本的生活。另外,学校有食堂,学生、老师可以交费吃饭,而基本的生活用品会由学校免费发放。介绍完之后,蒋处长一再抱歉地表示:"学校条件有限,目前也只能做到这样,学校食堂要过几天才会正式开放,所以这几天只能辛苦一下,自己买菜做饭。"

"没关系,我自己可以的,蒋老师。"刘晓慧说。

"这儿的环境还是太差,尤其是晚上,蚊子特别多……"

"是啊,实在是太多了,昨晚我都被咬了好多个包。"

"所以我要提醒你,多准备一些蚊香、花露水之类的东西。这儿的蚊子可是很毒的,之前有人被蚊子叮咬后还上过医院呢。"

刘晓慧心里一颤,倒吸了一口凉气。

就这样,一上午过去了。由于学校食堂没有开放,中午她只能泡点方便面凑合着填饱肚子。方便面可是刘晓慧从小到大最抵触的食物,而现在似乎要变成她的家常便饭了。晓慧突然间鼻子有点发酸,这跟自己在苏州的生活是没有办法相比的。

第六章　教师，新的职业

下午，刘晓慧参加了全校教师动员会。王校长向全体教职员工介绍了两位新来的支教教师，一位是刘晓慧，另一位也是一个二十出头的女青年——纪老师，是县教育局分配来的，个头没有刘晓慧高挑，长相甜美可爱。

随后，两位新来的支教老师分别在大会上做了自我介绍及工作表态。散会后，教务处的吴主任找到刘晓慧："刘老师，学校安排你在9月1日开学那天，代表新教师做一个简短发言。"刘晓慧听罢，急忙说道："吴主任，我刚刚来，对这儿的一切都还不了解，纪老师是当地人，比我更了解这儿的情况，还是让纪老师做发言吧。"

吴主任笑着说："刘老师，你就别推辞了，这是学校的决定，你就准备发言稿吧。"见没有办法拒绝，刘晓慧只得点头应允下来。

回到宿舍已是晚上八点多钟了，如果说白天还能用忙碌来冲淡思乡之情的话，那么夜晚的孤寂却如一把尖刀刺痛着刘晓慧的心，她有些害怕夜晚的到来。此时，她双手抱膝呆坐在简易粗糙的木质床头，昏黄的白炽灯泡散发出来的光晕向外层层扩散，给整个房间涂上了淡黄的色彩。此时，蚊子在耳边来回忙碌着，那一阵阵嗡嗡的声音让刘晓慧更加烦躁。蚊香和花露水似乎起不到多大的作用，劣质的蚊香散发出的刺鼻气味充斥着整个房间。晚上，她仍然吃的是泡面,这已是她来到这儿之后吃的第三顿方便面了。整个屋子都充斥着泡面和劣质蚊香的气味,她突然感觉胃很不舒服,有种作呕的感觉。可是她知道,这对于从小就习惯了饭来张口、衣来伸手的自己来说,这是她自己的选择,方便面在这里已经算是很奢侈的食物了。想想这些,她仿佛又找到了些许安慰,也没有刚才那么难受和焦躁了。

月光透过窗户洒了进来,刘晓慧翻来覆去睡不着,她想家人,想朋友,更思念男友陈建海。陈建海已有好几天没有联系她了,她觉得陈建海这次可能真的失望了。想到此,她的胸口就一阵阵的刺痛。她拿起手机,一遍遍地翻看着电话通讯录,一个个熟悉亲切的名字和身影在她眼前不断闪现,可是她竟没有勇气拨通其中任何一个电话号码。这时手机响了,是母亲打来的。这让她心跳加速,已经两天了,终于盼来了亲人的电话。

接通电话的那一刻,她的心跳好快。电话里传来母亲疲惫又充满关切的声音:"晓慧,那边安顿好了吗?情况怎么样?一切都顺利吗?"

"妈,我前天晚上就到学校了,后天就正式上课了。"

"唉!你这孩子呀,干吗非要去那么远的地方?妈知道你是个求上进的孩子,一心想要锻炼自己,想要追寻你的梦想,但也没必要跑那么远的地方啊!你在那边习惯吗?你走的这两天,我跟你爸爸都没有睡过好觉。"

听母亲这么一说,原本就已经在眼眶里打转的泪水瞬间奔涌而出,但刘晓慧强忍了回去。她知道这是她自己的选择,她也不想让母亲为此而更加担心。"妈,我没事,我在这边挺好的,学校的领导和同事对我都很好。"

"哦,那就好,妈就放心了。"母亲继续对她说,"妈知道你争强好胜,晓慧,如果在那边待着不习惯,就回来吧。我和你爸爸都希望你能在我们身边。"

"妈,我知道的。我不在家,您跟爸爸一定要保重身体,照顾好你们自己。我、我假期就回去看你们。"

母女俩你一言我一语地抱着电话聊了半个多钟头,临挂电话时刘晓慧终于还是没能忍住,问了一句:"妈,这几天有没有看到建海?"

"哦,没有啊,我已经有好些天没有看到他了。怎么,他也没有跟你联系吗?不是妈说你,你这次的决定实在是太草率、太冲动了。建海心里有想法也是正常的,这次你可不能怪他。你呀,什么都好,就是太任性。"

"哦……"刘晓慧沉默良久,说,"妈,我要睡觉了。"

"好吧,晓慧,在那边有什么需要或者不顺心,就打电话给我和你爸爸啊。"

"好的,妈,我知道了。"

放下手机,刘晓慧再也控制不住眼泪。她觉得没有什么时候比此刻更加思念父母,向来不轻易流泪的自己此刻为何眼泪来得如此澎湃汹涌?是委屈,是思念,还是对眼前这艰苦又陌生的环境的迷茫和不适应?总之,她需要痛痛快快地哭一场。

这一夜,睡眠依然很遥远,遥远到她自己都不知道是在什么时候睡着的,醒来时,已是第二天上午了,宿舍外传来一阵阵吵闹声。透过窗户,她看到校园里有很多学生和家长来回穿梭,今天是返校报名的日子。

在她的印象当中,初中学生应该一个个身着鲜艳整洁的校服,脸上洋溢着阳光欢快的微笑,周身散发着蓬勃的青春气息。但是此刻她看到的,与她印象中的相差太远。孩子们都衣着朴素,还有个别的孩子只能用"衣衫褴褛"来形容。至于书包,也是千奇百怪,有的根本不能称为书包,只能说是个简单的旧布袋子,上面布满了大大小小、层层叠叠的补丁。稚嫩的脸上丝毫看不到亮丽的光泽,展现在刘晓慧眼前的是一张张布满灰尘,看起来有些脏兮兮的脸,一双双明亮却又充满着忧郁的眼睛让人看着心碎。虽然心里早有准备,但当这一切活灵活现地展现在眼前时,刘晓慧还是有些惊讶,她感觉像是被什么东西堵住了胸口一般,有种喘不过气的感觉,说不出的憋闷和难受。但孩子们的眼神是清澈的,清澈得如一汪清泉,这让刘晓慧多少有些欣慰,但更多的还是心酸和无奈。

中午将至,刘晓慧到校门外的小卖部买了半袋小米,用电磁炉煮了点稀饭,就着点榨菜,津津有味地吃起来,眼前浮现的却是刚才在校园里看到的那一张张稚嫩、令人心疼的面孔。这让她觉得自己原来是多么不知足,她突然觉得端在手中的小米粥吃起来无比舒服和香甜,她有种释然的感觉,同时心里有一种动力和信念在滋长着。

想着明天就正式开学了,她有些紧张,准备用下午的时间来完成明天的演讲稿。

9月1日这一天在刘晓慧的惴惴不安中到来了。李家坝中学早上八点的升国旗仪式后,校长和教务处主任分别发言。之后,教务处主任面向全体师生,说道:"请各位老师和同学以热烈的掌声欢迎新来我校的刘晓慧老师发言。"

掌声雷动,学生们热烈的掌声更是持续了许久。刘晓慧怀着忐忑不安的心情走上了临时搭建的发言台,展开一直被自己紧紧握在手里的发言稿,有些紧张地念道:

尊敬的王校长、尊敬的各位老师、亲爱的同学们:

大家早上好!

我叫刘晓慧,很荣幸能来到红色革命圣地——延安的李家坝中学。对我来说,今天是一个有着特殊意义的日子。更令我激动的是,从今天开始,我由一个城市白领正式成为一名光荣的支教老师。

来这里,需要很大的勇气和信念,我也因此遇到了很大的阻力。到这里的三天时间,给我印象最深、令我极为震惊的是这里艰苦、荒凉、闭塞的生活环境。在我做这个决定之前,身边的亲人和朋友都劝我不要过来,他们不希望我放弃高薪工作,不希望我放弃陪伴父母的时间,更不希望我从一个环境优越的大城市来到这样一个偏僻陌生的山村,从事这样一份艰苦的支教工作……可我依然选择放弃原有的一切,因为我认为值得。人生就是需要不断地挑战自我,而我愿意选择用这样的生活方式来锻炼自己。我坚信,通过自己的努力,我一定会成为一名优秀的支教老师。

同学们,当我看到你们那一双双清澈的眼睛时,我仿佛一下子回到了儿时,回到了我的初中时代。我和你们一样,站在操场上,唱着国歌,看着国旗升起;跟你们一样,随着音乐做广播体操,在操场上追逐嬉闹、做游戏。我忽然觉得,跟你们在一起,仿佛时光倒流,我是你们的支教老师,我更想成为你们的朋友。

一寸光阴一寸金,时光是上天赐予我们无比珍贵的礼物。"花有重开日,人无再少年",我曾经跟你们一样,拥有天真烂漫的少年时光,坐在课堂享受美好的学习生活,琅琅的读书声是我学生时代最美好的回忆。然而对于今天的我来说,那样的生活早已成为过去,并且永远都不会再回来了。我很羡慕你们啊!我甚至常常后悔没有好好地去珍惜属于我的学生时代,没能够多读一点书,多汲取一些书中的营养。所以,我希望同学们能够好好珍惜这份属于你们的宝贵时光,不要把遗憾留给自己。

在未来的一年里,我将与你们携手同行。

谢谢大家!

刘晓慧一番声情并茂的讲话获得了热烈的掌声。开学典礼持续了两个多小时才结束。

初一新生忙着找教室,各个班级的班主任也要到班级里去安排新生座位。刘晓慧则被教务处吴主任叫了去。

"刘老师,从今天起,你正式加入我们李家坝中学。"

刘晓慧有些腼腆地笑着说:"吴主任,我还真有些担心,毕竟之前没有当过老师……"

"每个人都是这么过来的,都会有第一次,做老师的过程也是自我学习、成长的过程,我相信你会很快适应并胜任这份工作的。"

"谢谢吴主任的鼓励,我会努力的。"

随后,吴主任从柜子里拿了一摞书递给刘晓慧:"这些是教科书,还有笔记本,有时间就多看看,做好备课工作。"

刘晓慧双手接过吴主任递给她的教科书,用袋子装好,准备出去的时候,吴主任又善意地提醒了她一遍:"刘老师,你现在是教初一(3)班与初一(4)班,初一(4)班的班主任柳成鹏老师人很好,跟你年纪也相仿,相信你们一定能配合好。但是初一(3)班的班主任马老师,性格有些偏执,办事作风比较守旧呆板,之前还出现过体罚学生的现象,有家长因此找到学校反映过。考虑到他是老教师,也是为了学生好,平时工作也认真负责,没有大过错,校领导也多次找他谈过话,你以后在与他沟通时一定要注意方式方法,希望你们能够愉快相处。"

"好的,谢谢吴主任提醒。"

第七章　被遗忘的男孩

　　刘晓慧来到自己的办公桌前坐下,她对面是马焕明,旁边分别是英语老师与历史、地理老师。她细细回想吴主任的话,可能马焕明的性格不大好相处吧。想到此,她暗自一笑,自己不过是来这儿支教的,只待一年便走,就算是他性格难相处,又能有多大的矛盾冲突呢?

　　胡思乱想了一会,她便开始备课了。下午她就要正式地去面对学生,以一个老师的身份。

　　她走到教室门口时,进进出出的学生好奇地打量着她,这让她有点羞涩和紧张。

　　上课铃声响起后,刘晓慧走到讲台上,轻咳了两声,下面的嘈杂声小了一些。

　　"上课!"她说。

　　坐在三排中间的一个男生喊了一句:"起立!"很显然,他是刚刚当选的班长。

　　"老师好!"学生们稀稀拉拉地站了起来,声音也不是那么整齐、洪亮。刘晓慧叹了一口气,说:"你们可是最有朝气的年龄,怎么说话这么有气无力呢?我们再来一次,好吗?"

　　"好。"下面有学生应和着。

"坐下!"

学生们都坐下了,刘晓慧再用力喊了一声"上课"。坐在第三排的班长也用力喊了一声"起立"。这时,下面的学生哗地全站起来了。刘晓慧会心地笑了笑,说:"坐下!"

又哗的一声,所有学生都坐了下来。

"同学们好,我姓刘,以后,就由我来教你们语文。"这时,她发现坐在后排右边角落的几个男孩子在那儿交头接耳,还不时地朝着她笑。晓慧严肃地问道:"后面的那几位同学,你们在谈什么呢?谈得这么投入,可不可以告诉老师?"

那几个学生面面相觑,还是不停地笑。刘晓慧心里有点不悦,她指着最后排那个个头比较高的男孩子,说:"那个高个头的男生,你站起来一下。"

男生见点到自己了,只得摸着头站起来。

"你叫什么名字呢?"

"老师,我叫陈立伟。"

"哦,陈立伟,你们几个在谈论什么呢?"

"老师,我们在谈论、谈论你。"

"谈论我?谈什么?说给老师听听。"

陈立伟说:"我们几个人都认为,你是我们学校最漂亮的老师。"

一句话逗得全班学生哈哈大笑,还有学生应和道:"是啊,刘老师最漂亮了。"

刘老师双颊一红,竟然不好意思起来。学生们更加肆无忌惮地一起大笑,有个别胆大的学生一边笑一边说:"快看刘老师也害羞了,脸都红了。"刘晓慧努力镇定下情绪说:"谢谢你们对老师的赞美和认可。不过,现在是上课时间,可不是闲聊的时间。陈立伟同学,知道吗?"

"知道了,老师。"陈立伟坐了下来。刘晓慧开始讲课。这是她人生中第一次上讲台,面对着这些大山里的留守儿童,她的心怦怦乱跳。好在讲了一段时间后,情绪平复了许多。第一堂课下来,勉勉强强算是把备课内容讲完了,没落下什么知识点,这多少让刘晓慧安心了一些。

第二堂课在初一(4)班,初一(4)班的班主任柳成鹏已站在初一(4)班的门口,见到刘晓慧忙打招呼。刘晓慧说:"柳老师,你怎么在教室?你下午也有课吗?"

"没有,我是班主任嘛!上午来班上安排学生座位,选班干部。下午我也没有什么事,就过来看一看,怕学生顽皮,为难新老师。"

刘晓慧笑了,说:"还是你想得周到,初一(3)班有些学生太顽皮,竟然还开我的玩笑呢。"

"顽皮是孩子们的天性,不顽皮才不正常呢。"

正说着,上课铃响了。所谓的上课铃就是挂在学校门口大树上的一个破钟,到了时间就由守门的丁师傅拿着根粗木棍使足了劲儿去撞击。钟声悠扬,不知道的还以为这儿有一座古庙。刘晓慧走上初一(4)班的讲台,也许是因为有班主任在旁边,课堂纪律比初一(3)班要好得多。学生起立、坐下,包括喊那句"老师好"都整齐划一。没有干扰,刘晓慧的这堂课显然发挥得比上一节课要好得多。

两节课过后,刘晓慧返回办公室。办公室里,马焕明也在。见刘晓慧进来,马焕明微笑着冲她点了点头,关切地问道:"刘老师,下课回来了?今天是你第一次正式上课,感觉如何?"

"还好吧。"刘晓慧微笑着回答。

"是不是有些学生很顽皮啊?如果有过分顽皮不服从管教的学生,你可以告诉我,我会帮你去教育他们。对于一些顽劣的学生,刘老师你可不能纵容啊,该惩罚时就得惩罚。"

"哦,好的。谢谢马老师。"

刘晓慧坐在自己的办公桌前,回忆起今天自己的上课首秀,感觉没有出什么差错,只是略微有些紧张,她在心里暗暗告诉自己一定会提高、会进步的。随后,她便埋头开始新一轮紧张的备课。

就这样,上课一周后,刘晓慧对学生有了些了解,教学也逐渐得心应手了。但横亘在她面前的难关不是别的,而是语言。虽是新时代的初中生,但是大多数学生仍然习惯用方言,本地的老师也大多用方言来教学和与学生沟通,而刘晓慧与学生之间的交流成了最大的障碍。这让她觉得很苦恼,有时甚至需要找会说普通话的学生来进行翻译。

另一件让她感觉郁闷的事,就是课堂纪律。尤其是初一(3)班的上课纪律非常差,无论她如何认真讲课,下面总是闹哄哄的。一堂课下来,能够全神贯注听讲的学生并不多。而初一(4)班课堂纪律就好得多,学生们从开课起就能进入学习状态。从作业批改情况来看,初一(3)班学生的成绩也普遍不如初一(4)班。对于刘晓慧来说,她期望的是两个班的成绩能齐头并进,最好是一个都不落下,个个学生都优秀。

所以她更多地把注意力和精力集中到初一(3)班的学生身上,尤其是那些成绩差的学生。这一天,她批改初一(3)班学生的作业,出错的地方实在太多,这让她颇为失落和烦躁。其中有一道题,明明是上午刚刚讲过的,竟然有一个学生还是做错了。她看了一下作业本,是一个名叫张承峰的学生。她仔细回想了一遍,印象中好像并没有叫张承峰的。可眼下,这个名叫张承峰的学生交来的作业,几乎全是错的,就连最基本的常识性题目也全错了。她长长地叹了一口气,又特意翻看了一下张承峰前几天的作业,同样错得一塌糊涂。该名学生的成绩怎么会如此差呢?难道他从来不听课吗?

第二天下午,是她的课。待学生坐下后,她说:"同学们,昨天我们学习了新的一课,讲了不少新的知识点,今天我们再巩固一下。"随后她在黑板上写下了一段话,"这段话的意思,昨天我已经在课堂上讲过了,今天我想请一位同学上来给大家讲一遍。"

她看了看下面的学生,也许是这道题过于简单,学生们个个都表现得很踊跃,有些学生手举得高高的,一脸期盼地想要上来表现一下。刘晓慧观察了片刻说:"请张承峰同学上来给大家讲一下吧。"没有人作答,但所有的学生都不由自主地把头朝向教室最后一排最靠边的角落看去。

见没有人站起来,刘晓慧抬高音量大声问道:"哪位是张承峰同学?请张承峰同学上来。"

这时,有一名学生站起来了。虽然是站起来了,但并不比坐在他前面的学生高多少。看得出来,这名学生个头不高,且很消瘦,头发也乱蓬蓬、脏兮兮的,感觉有段时间没有理发了。

刘晓慧说:"你是张承峰吗?"

"是,"他说话声音很小,似乎回答给自己听,"我是张承峰。"

"那你上来做一下这道题目吧。"

张承峰有点犹豫,但还是向讲台走去。全班学生的目光都随着他身体的移动而移动。到了讲台,刘晓慧看得更清楚了,张承峰看上去也就十一二岁的样子,个头不到一米五,在班上算是矮小的。衣服很是脏旧,上衣袖口处破了好大一个洞,可能是怕人看到这个破洞,他用手指轻轻地钩住了这个洞。在众人的注视下,他始终低头看着地面,似乎地面上有他要找的东西。

"张承峰同学,你来做一下这道题目吧。"刘晓慧轻声地对他说,心里却升起一股难以名状的同情。

"我……"张承峰似乎想抬起手,却又不敢。刘晓慧明白了,他是想掩饰袖口的破洞。刘晓慧走到他身边,说:"让老师帮你把袖口挽起来吧,这样方便你答题。"说着,她走过去,很仔细地帮张承峰把衣袖挽了两圈,有破洞的地方很好地掩盖住了。

张承峰这才走到黑板前,拿起粉笔,看着黑板上的题目,半天都无从下手,最后勉强写了个答案,还是错的。这么一道常识性的题目都答错了,下面已有同学笑出声来。张承峰答错题,这在刘晓慧的意料之中,遗憾的是自己怎么从来没有关注到这个身材瘦小的男孩。

本来还想再多问他几句,见他一副受惊般的模样,瘦小的身躯伴随着紧张而不停地抖动着,原本想批评他几句的刘晓慧改变了主意,她小声地说:"张承峰同学,你先回到座位上去吧。"

张承峰如同一个做错事的孩子,怯怯地低头快步回到自己的座位——最后面的最边角的位置。刘晓慧平静地说:"刚刚张承峰同学把这道题答错了,可能是老师昨天讲得不够清楚,现在我再讲一遍吧。"说着,她又把这道题很认真仔细地讲了一遍。

这是下午最后一堂课。当下课钟声响起时,意味着一天的学习结束了,学生们也就可以放学回家了。见学生们三三两两地收拾东西走出了教室,张承峰这才拿起书包准备离开。刘晓慧走过去,语气中充满关切地说道:"张承峰同学,你跟我来一下办公室吧。"

"哦……"他眼中顿时流露出惶恐不安的神情。

"不要紧张,老师就是想跟你聊聊学习情况。"刘晓慧微笑着说。

张承峰没有说话,默默地跟着刘晓慧来到办公室。办公室里空无一人,其他老师都已经下班了。刘晓慧坐在椅子上,然后指着旁边的一张椅子对张承峰说:"你也坐下吧。"

"我……我……"

"别紧张,快坐下吧。"

"谢谢老师。"

"张承峰,你是9月1日起就来上课了吗?"

"是的,老师。"

刘晓慧本想问那为什么我之前没有见过你,话到嘴边又觉不妥,便说:"我看了一下你的作业,似乎错得很多啊,能告诉老师是什么原因吗?"

"我……"张承峰始终怯怯地低着头,两只手紧紧地捏着衣角。

"是不是老师讲得不清楚,你没有听懂?"

"不……不是,老师。"

"那你能告诉老师是什么原因吗?"

"老师……我、我坐在后面,我看不到黑板上的字。"张承峰终于鼓足了勇气,小脸憋得通红,结结巴巴地说出了其中的原委。

"哦!"刘晓慧猛然想起,张承峰个头矮小,又坐在最后一排最靠边的位置,难怪看不到呢。

"那你怎么不跟班主任马老师说呢?"刘晓慧充满怜爱地问。

"我、我不敢。"张承峰头更低了,双手使劲地揉扯着衣角。

刘晓慧似乎明白了什么,她沉思了片刻,说:"你先回去吧。"

这一晚,刘晓慧彻夜难眠。与之前不同的是,这一次她不是想家人、想男友,也不是因为环境的恶劣而影响到她的睡眠,从下午离开办公室后,张承峰那怯怯的眼神与神情、那身破旧的衣服无时无刻不浮现在她的眼前和脑海里。

这么小的一个孩子,本应该是在父母跟前撒娇,有着阳光般的生活,可是在他身上似乎这一切都与他无关。是什么样的原因和遭遇让这么点大的孩子表现得如此怯懦和自卑? 一连串的疑问充斥着刘晓慧的大脑。但不管如何,她感觉得到,他需要她的帮助,或者可以说,她感觉自己有责任和义务去帮助这个男孩。

第八章　第一次交锋

第二天上午,恰好马焕明也没有课,他坐在办公室里看书。刘晓慧走了过去:"马老师,我昨天上课时,注意到了一个学生。"

马焕明笑着问:"哪个学生?班长刘敏?文艺委员许萌萌?学习委员徐文君?还是别的学生啊?"

"都不是。你知道张承峰吗?"

"张承峰?哦、哦,我想起来了,是那个坐在最后一排边上的小个子男孩吧?"

"是啊,是他。"

"怎么,是不是他不好好听课,惹你生气了?其实你没必要生气,他一直都是那样的,没有一科成绩好,我怕他影响到其他学生,就安排他坐最后一排了。"

"是的,他的成绩非常差,上课注意力也不集中,昨天我专门找他谈了话,问其原因,他说是坐在最后一排听不到我讲课,也看不到黑板上的字。所以我想,你能不能帮他调换一下位置,调到前面来坐?"

"哈哈!刘老师,总会有一些学生天生就不喜欢学习,你没有必要把时间与精力都耗费在他们身上。我们应该把注意力放到那些优秀的学生身上,这样可以保证升学率。"

"马老师,你怎么能这么说呢?"刘晓慧不自觉地声音就大了起来,"他们都是你的学生啊!你怎么能将学生分成三六九等呢?"

刘晓慧认为老师绝不能这样对待学生,更何况他还是班主任。刘晓慧有些愤愤不平地与马老师起了争执,办公室里的其他几位老师——柳成鹏、纪老师,还有其他几位任课老师都不知所措地看着他们。马焕明没有想到刘晓慧竟有如此激烈的反应。见刘晓慧如此激动地质问自己,他说:"刘老师,我只是表明我的看法,我教学数十年了,也算是有资历的老教师了,在教育学生方面,我有我的观点,我相信我的经验。你这才来多久啊?这屁股底下的凳子都还没暖热乎吧。"

"是的,在教学经验和时间方面,我算是晚辈。但我明白一个道理,人与人之间应该是平等的。你是班主任,为什么在你的心中要将学生划分等级呢?他们都是孩子啊!他们是站在同一起跑线上的孩子。我虽没你有经验,但我深信,只要老师用心对待每一个孩子,一定不会有差学生!"

"这你可就冤枉我了。刘老师,我可从来没有给学生分等级,但确实有一些学生不喜欢学习,天生就不是读书的料,成绩自然就跟不上去。那我们怎么办?总不能因为一只老鼠坏了一锅汤吧。"

"你这是什么话?谁是老鼠?马老师,你这样说未免有些过分了吧!"

其他几位老师见这儿吵起来了,便围过来好言劝和。马焕明见状,感觉脸上有些挂不住了,情绪有些失控地用手指着刘晓慧大声吼道:"刘老师,我才是班主任。"

其他老师纷纷劝阻说:"有什么事好好商量嘛,大家在一起工作,都是为了孩子,千万别伤了和气。"也有老师说:"现在的这些孩子啊,确实有个别真是烂泥扶不上墙,怎么教也教不会,就是不认真学习。"

一旁的柳成鹏说:"马老师,要不就先把那个小孩调换到前排,先观察观察,犯不着因为一个孩子这么伤和气啊,咱不都是为了孩子吗?"

这时,王校长走进办公室,笑着说:"怎么这么热闹啊?"

众人没有说话,王校长问刘晓慧:"怎么了,小刘老师?哦,老马,你们这是咋了?怎么还吵上了?"

刘晓慧把内心的愤愤不平向王校长表达出来,王校长听后哈哈大笑,说:"俺还以为出了什么大事呢,原来是为一个学生的座位呀。我看这样,你们俩人各有自己的观点,有观点是好事,但观点的对错很容易判定,这样吧,先把那孩子的座位调到前面观察一段时间,如果还是不好好学习,到时再说吧。不过,个头小的学生本就应该往前面安排。老马啊,这个你就尽快安排一下吧。"

马焕明说:"王校长,我只是觉得……"

王校长摆了摆手说:"老马,俺们大男人,就别拘于小节了。就这样定了吧,现在都去吃饭吧。"

听王校长这么一说,马焕明有些不好意思地对刘晓慧说:"刘老师,明天我就将张承峰调换到前排,看看会不会有好的结果。其实俺们目标是一致的,都是希望班里的学生好。"

下午回到宿舍,刘晓慧还是有些闷闷不乐,柳成鹏便过来安慰她。

刘晓慧又说起上午的争执。柳成鹏道:"马老师说了,我们的目标是一致的。"

刘晓慧勉强跟着笑了笑:"是啊,我们都是为了学生好。我怎么也想不通,身为一名人民教师竟然还有这样的思想,还将学生划分等级,贴上差生的标签。"

柳成鹏笑了笑,安慰道:"别这样把自己关在屋子里生闷气了,这样会越来越想不通的,要不我陪你出去走一走?"

"好吧!"刘晓慧也觉得有道理,随手拿起床头的一件粉色外套便向外走去。柳成鹏打趣道:"刘老师,这外面的蚊子多,你这样穿着裙子出去,只怕会被蚊子攻击得体无完肤。"

"哈哈,我差点儿忘了。"说着,刘晓慧返回屋内拿起放在桌上的花露水朝自己狠狠地喷了几下,又拿起一把折扇,这才走出宿舍。

学校外面就是小镇,学校门口的路贯穿小镇中心,是小镇的主街道。

"这会儿也没有什么地方可去,看来我只能陪你轧轧马路了。"

刘晓慧笑着点点头。

俩人出了校门,向北走去。这条路稀稀疏疏地间隔着几根电线杆,杆上斜拉着几盏孤零零的路灯。柳成鹏说:"刘老师,看你今天跟马老师争论的样子,我才明白什么叫巾帼不让须眉啊,完全一个女中豪杰!"

"呵呵,让你见笑了,柳老师。"

"你呀,有时太较真了。"柳成鹏笑了笑,"当然我不是说你较真不好,但对马老师那样的人,说话还是得注意方式方法的。"

"我只是觉得很奇怪,都什么年代了,怎么还有这种思想的人?"

"其实马老师这个人还是很好的,只是思想比较陈旧,做起事来有些呆板,喜欢凭自己的直觉来判断和下定论。之前也有个别老师反对他这种过于主观的处事方式,也有老师和学生家长向校方投诉过,但学校一直未做出处理,可能是考虑到他资格比较老,教学也很认真负责。他就是性子太直,做事有些武断。相处久了,你就会知道他这个人其实还是很不错的。"

"我只是不愿意看到任何一个学生被歧视,尤其是被老师歧视。"

"我跟你的感受一样,可以想象到,这样会给孩子的心理带来很大阴影。刘老师,你是怎么想到来李家坝中学支教的啊?像你这样漂亮时尚、生活在大城市里的女孩子,怎么会愿意跑到这么偏远的贫困地区支教啊?你是刚刚大学毕业吗?"

"我毕业一年多了,之前在苏州一家投资公司上班。"

"哦,这就更怪了,一般来支教的,多是大学刚毕业,为的是以后更好分配工作。你有那么好的一份工作,怎么还想着支教?"

"其实,之前整日待在高楼大厦里工作,朝九晚五,从来没有想过支教。每天八小时工作,每周都是双休日,工作之余不是去看电影、约好友逛街聊天,就是四处去旅游。那样的生活很快乐也很安逸,但心里总是觉得缺少点什么,工作起来也越来越觉得没动力和激情了。前段时间同学聚会,听我同学李芸儿讲她支教的故事,我才突然觉得,自己看似生活得无比舒适,实际上是自己把自己困在了思想的囚笼里。这让我想起了温水煮青蛙的故事,我可不想成为那只被温水俘虏并煮熟的青蛙。"

"所以,你就出来了?"

"对啊!我想趁着年轻,趁着现在还有这份勇气的时候来改变、挑战一下自己,想让我的人生变得更加有意义,更加丰富多彩。你呢?柳老师,你怎么会选择来这么偏远的地方支教呢?"

"我与你有些不同,我是师范生,毕业之后,我本想考研,国家有政策,支教的老师考研是可以加分的。我就想着,不如一边支教,一边复习,为考研做准备。所以我就选择来李家坝中学。打心底来说,我来的目的有几个:其一,因为我自己是从农村走出来的,我知道农村孩子对知识的渴望,却又苦于教育资源稀缺;其二,对于我个人来说,这也是个锻炼与学习的机会,支教可以让我得到实际性锻炼,学校也不失为一个好的学习平台;其三,对我以后的考研会起到很大帮助。本想支教一年也就算了,结果这一年竟过得如此快,我突然发现自己舍不得走了,舍不得这儿的学生,而我自己也还有很多地方需要学习与提高,所以就留了下来,想再继续支教一年。"

"你也应该有女友了吧?你出来支教,你女友会同意?"

"不同意,上个月写信给我,分手了。她不能理解我,而我也无法给予她想要的生活,我想分手可能是最好的结局吧!"柳成鹏说着,从兜里掏出一包烟来,说,"不介意我抽支烟吧?"

"没关系,你抽吧。你女友应该是希望你能够回到她身边吧。"

柳成鹏点着烟,深吸一口说:"也许吧。她是上海人,家庭条件很好。她要我去上海找工作,希望我们一起在上海生活。"

"这不是很多人梦寐以求的吗?"

"这我知道,可我更清楚如果我去了上海,就真的一无所有了,除了她。在学校里,我是校足球队主力,又是文艺社团的积极参与者,学习成绩也不错。可是我去了上海,又能做什么?我只是一个普普通通的本科生,在上海那样的大都市,我或许连一粒小小的尘埃都不是,大街上随便挑几个,学历都比我高,我有什么竞争资格?所以我想考研,想再提升一下自己,但是她等不及了。"

"是啊,现实总是很打击人,总是那么残酷与残忍。"

"你呢?你男友应该也不愿意你出来支教吧?"

"是啊,就因为支教这事儿,我们已吵过无数次了。我来陕西的时候,他都没有送我去机场。我想,或许他是恨我恨到极点了吧。"提到男友,刘晓慧的情绪一下低落了许多,之后没有说什么话,俩人便回到了学校。

回到宿舍,刘晓慧怎么也睡不着。想起今天柳成鹏说的那些话,柳成鹏的女友因为柳成鹏支教而与他分开了。自己呢?男友陈建海到现在都没有联系自己。她在心里不停地问自己,如果因为支教,男友也与自己分手了,那样值不值得?自己是否能够承受得起这样的打击?她不自觉地回忆起了与男友相遇相识的情景,现在想起来,已一年多了。

不过,让刘晓慧欣慰的是,那次争执之后,张承峰被班主任马焕明由原先的最后一排调换到了第三排右侧的位置,并且在很短的时间内,他的学习成绩也明显地提高了不少。

第九章　爸爸,你能来看我一下吗

这一天,刘晓慧在课堂上布置了一篇作文,题目是关于自己的父亲、母亲,要求写出自己的真情实感。

第二天下午,作文全部收回来了。晚上,刘晓慧点着蚊香,在宿舍昏黄的灯光下,开始批改作文。一篇篇作文,充满了孩子们对父母和亲情的感悟。这让她想起了自己上初中时也写过此类命题作文。当时她也是把自己对亲人的情感倾注到文字里,而现在,她却在批改着这样一篇篇饱含深情的文字,这让她感到既温暖又亲切。时光匆匆,人生本就是在扮演着不同的角色。

看了几篇作文之后,她发现竟然有好几篇作文里都提到了父母在外打工,自己与爷爷奶奶或其他亲属在一起生活的情景。这让她深感震惊,想不到这里的留守儿童竟有这么多。这也让她想起两个多月前,还在苏州上班时看到的那篇作文——《爸爸,我不恨你》。当时,就是那篇稚嫩却又饱含真情的文字让她深受感触,才使得她下定决心前往山区支教的。

她低头继续翻看着作文,这一篇是张承峰的。见是他的作文,刘晓慧的心微微颤了一下,她早就想了解一下张承峰的家庭了。了解每个学生的家庭情况,也是她布置这篇作文的目的之一。

作文题目是"爸爸,你能来看我一下吗",这样的标题,让刘晓慧内心一震,她认真地看着张承峰的文字,似乎也走进了张承峰那孤寂而又内向的心里。

爸爸,你知道吗?我总是会想起你,我多希望你就在我的身边。我总是会想起你,虽然你的模样我已记得不是很清楚了。我记得,在我八岁那年,你就离开了家。我清楚地记得,你最后一次离开家时的情景——你拖着一个大大的行李包,是那种编织袋样的包,坐在根叔那辆老旧的摩托车上。临走时,我追出门,哭着说:"爸爸,我想跟你一起去。"你笑着说:"承峰,爸爸出门打工,过年就回来看你,会给你带很多好吃的,爸爸还会给你买新衣服。"

根叔的摩托发动了,你随着根叔的车渐渐远去,升腾起来的黄色灰尘迷住了我的眼睛。你走了,去远方的城市打工了,我天天在家盼着你给我带好吃的,盼着你买新衣服回家。我时常会想象你回家时带给我的五颜六色的水果糖、棒棒糖,还有许多我梦寐以求的玩具。我像所有的小孩子一样,期盼着春节的到来。因为春节来了,你也就回家了。

后来,我记得大概是中秋节的时候,妈妈被邻居叫过去接了一个电话,回来就哭晕过去了,爷爷奶奶也都跟着一次次哭晕过去。只有我跟弟弟不明白,不明白他们为什么会哭得那样伤心,也不知道发生了什么事情。此后,在很长的一段时间里,爷爷、奶奶还有妈妈他们常常会默默流泪,却什么也不告诉我。

几个月过去了,马上就要过年了,别的同学家里都挂起了灯笼,他们一个个都喜气洋洋等待着过年。只有我们家没有红灯笼,甚至连一点过年的味道都没有。但我还是很高兴,因为春节来了,你也就快回来了。但妈妈说你不会回来了,再也不会回来了,说你去了很远很远的地方……当时我与弟弟抱头痛哭,我以为是你不要我们了。后来我才知道你是因为在干活的时候发生了意外,被汽车撞了,再也没有醒过来。

爸爸,我恨你,我恨你为什么要去那么远的地方,为什么不带上我和妈妈还有弟弟。如果你当时没有去外地,或是去的时候带上了我们,或许一切都不会发生。爸爸,在你离开我们两年后,妈妈也走了。妈妈走的时候,爷爷奶奶哭得很伤心,我跟弟弟似乎也感觉到了什么,我怕妈妈走了也不会再回来,但也没能留住妈妈,她还是离开了我们。

爸爸,我真的很恨你,但有时候我也很想你。听妈妈说你是去了另一个世界,说那里没有贫穷,没有饥饿,说去那儿的人都会变快乐。爸爸,那边真的是妈妈说的那样吗?

自从妈妈走后,我很少再见到她。可是,爸爸,我多么希望你能够回家再看看我和弟弟,看看爷爷和奶奶。我们都很想你,你曾经答应要给我买好吃的,答应春节回家给我买新衣服,这些难道你都忘了吗?

爸爸,你能回家看我一下吗?哪怕是在梦里。

爸爸,我真的好想你啊!

刘晓慧看着张承峰的作文,鼻子也跟着发酸,泪水早就涌了出来。她拿起纸巾擦了擦眼泪,心情久久无法平静。在她二十多年的人生岁月里,她所见到和接触到的都是阳光明媚的生活,是父母慈爱的眼光,是小孩子天真的笑脸,她觉得人世间都是这样的,并且理所当然是这样的。到陕西李家坝之后,她第一次接触到社会的另一面,原来,人世间不只有花好月圆,还有贫困落后和悲欢离合啊!

她把所有学生的作文都认真看了一遍,粗略算了一下,全班五十五个学生中,竟然有二十六个是留守儿童。也就是说,近一半的学生是留守儿童,这比例之高,大大出乎刘晓慧意料。她没有想到,竟然有这么一大批群体不被人关注,他们逐渐成为社会的伤痕。想到这,她暗下决心,以后要多多关注这些留守儿童。

第二天上午没有刘晓慧的课,她到集市上买了一些菜,还特意多买了一些肉,回来多做了几样饭菜。中午放学时,她来到初一(3)班,正好赶上学生们放学出来,见刘晓慧在教室门口,学生们纷纷与她打招呼。等其他学生走得差不多时,张承峰才收拾起东西准备回家,走到教室门口时被刘晓慧叫住了。

见刘晓慧叫他,张承峰一愣,说:"刘老师,您、您叫我吗?"

刘晓慧笑了,说:"当然是叫你,难道我们班级里还有第二个张承峰吗?"

"有什么事吗?"张承峰很紧张地问道。

"没什么,你跟我到宿舍来一下吧。我想找你说说话,行吗?"

"哦……好吧。"张承峰不大情愿地跟着刘晓慧来到她的宿舍,他一路上胡思乱想着,是不是自己做错事又要挨批评了?

到了宿舍,见刘晓慧的宿舍收拾得整整齐齐的,张承峰有些无所适从地紧张。刘晓慧微笑着搬来一把椅子说:"坐下吧。"

张承峰小心翼翼地坐到凳子上,却始终低着头不敢说话。

"老师,我……我……"

他已经做好了被刘晓慧批评的准备。

"我昨晚看了你写的作文,写得很好啊!"

"哦……"张承峰似乎松了一口气。

"你写的全都是真实的吗?"

张承峰点了点头,没有说话。

"你爸爸在外打工,然后出事故了?"

张承峰眼眶红了,低着头怯怯地回答道:"嗯,是的,老师。"

"你能给老师说说你印象中爸爸是什么样子吗?"

"我爸爸?个头高高的,身材很魁梧。只是打我记事起,他就一直在外打工,我和妈妈还有爷爷奶奶只有每年过年的时候才能见到爸爸。"

"那你知道爸爸在外面做什么工作吗?"

"听爷爷奶奶说是在工地上干活儿。"

"你记忆中爸爸对你好吗?"

"爸爸每年就回来一两次,多是过年时才回来。每次回家时,他都会给我们带很多好吃的东西。那时,妈妈还没有走,他每次回家也会给妈妈带一些好看的衣服。每次爸爸回家便是我们全家最开心、最幸福的时刻。"

"后来,他就出意外了?"

张承峰哭了出来,呜咽着说:"嗯。那是在我八岁的时候,我记得很清楚,当时是跟我爸爸一起出去打工的根叔打的电话,打给我妈妈的。他告诉妈妈爸爸被车撞着了。我妈妈听了就哭晕了过去,后来爷爷奶奶知道了也一直哭。爷爷的身体本来挺好的,那一次后就老了很多,我经常看见爷爷一个人流泪,奶奶也经常生病。"

刘晓慧递给张承峰一张纸巾,轻轻地拍了拍张承峰瘦小的肩膀,又问:"后来你妈妈也走了,是吗?"

张承峰红着双眼说:"嗯。后来我妈妈也离开了家。我知道是因为家里太穷了,爸爸出车祸后还借了很多钱给奶奶看病。爸爸走之后不到两年,妈妈就跟李叔叔走了。"

"你妈妈是重新嫁人了吗?"刘晓慧小心地问道。

"嗯。听村里人说妈妈改嫁了。"

"那她平时会回来看你们吗?"

"会,只是很少,听妈妈说她住的地方离我们家很远,有十几里路,好几个月才会来一次。每次回来,她都会给我们带一些吃的穿的,有时还会偷偷给我点钱。"

张承峰的情绪已明显平静了许多,他叙述着母亲改嫁的事,似乎是在讲述着别人的故事,但刘晓慧的眼泪已在眼眶里打转。

"看你作文里,你还有弟弟?"

"是啊!我还有弟弟,他比我小三岁,现在在上小学。"

"你家里现在就你、你弟弟还有你爷爷奶奶?"

"嗯,只有我们四人了。"

"你爷爷奶奶多大年纪了,承峰?"

"爷爷今年六十二岁,奶奶也有五十九岁了。"

"哦。那你家离学校有多远啊?"

"走路需要四十分钟吧。"

"你每天都是这么步行上下学的吗?"

"嗯。"

刘晓慧沉默了,大脑里一片空白。

"刘老师,没有其他事的话,那我就先回家去了,爷爷奶奶还在家等着我呢。"说着,张承峰便站起来准备出门。

"承峰,你今天不要回去吃了,就在老师这儿吃午饭吧。"

"那怎么行呢,老师?不行不行。"说着,张承峰就向门外走去。

刘晓慧说:"承峰,你现在回家已经晚了,再过不到一小时就要上课了,你回去会来不及的,就在老师这儿吃点吧。"

张承峰还在犹豫,刘晓慧已经给他盛了满满一大碗饭,又夹了很多肉菜,然后把碗塞到张承峰手里,轻声说:"快吃吧,吃完了好好去上课。"

张承峰眼眶红了,双手接过饭碗,看着满满一大碗丰盛的饭菜,泪水不禁从眼眶里滑落出来。吃着这美味的饭菜,张承峰心里是如此温暖。这一切对张承峰来说,来得太突然了。

第十章　惹人怜爱的付文娟

下午第二节课是刘晓慧的课,刘晓慧拿着刚刚批改过的一摞作文本,说:"同学们,我昨天看了大家的作文,写得都很好,感情真挚,真情流露。不过我从中看到很多同学的家长常年在外地打工,也就是说,我们这所学校里有很多同学是留守儿童。"

全班学生安静地看着刘晓慧,刘晓慧继续说:"我自己从小就生活在一个幸福的家庭里,除了上大学那几年在学校住宿以外,从小到大都与爸爸妈妈在一起,我知道,父母不在身边的那种感觉是很孤独的。记得我刚上大学的时候,因为要住宿,一周才能回家见父母一次,我经常偷偷地哭。我想,你们也一样,常年见不到父母,内心一定充满了孤独与期盼吧?

"但是,我们不能因此而怨恨父母。我相信,天下没有不爱子女的父母,也没有不爱故乡的游子。他们之所以舍下你们,背井离乡去外地打工,是为了通过他们辛苦的劳动换取更多的钱供你们上学,让你们过上好日子。他们虽然在千里之外,但他们也一定会像你们牵挂他们一样牵挂你们。

"有时候,我们没有办法去选择生活,只能被动地让生活选择我们。我们被动地被生活选择,但我们不应该被动地接受命运所有的安排。当命运向我们露出狰狞的面孔时,我们可以还之以微笑。"

刘晓慧的一番话,让全班学生不自觉地鼓掌。坐在第二排正中间的女生付文娟更是一边鼓掌一边流泪。与付文娟同桌的许萌萌见此景,忙掏出手绢轻轻地帮付文娟拭去泪水。

刘晓慧看到付文娟流泪了,问道:"文娟,你怎么了?"

许萌萌说:"文娟的父母也在外地。"

"哦。"刘晓慧想起来了,付文娟在作文中提到过。

"文娟,别哭,老师相信你很坚强。"

付文娟尽量控制住自己的眼泪,用力地点了点头。这一堂课,刘晓慧讲的是鲁迅的一篇散文,讲得很精彩,但是付文娟没有办法全神贯注地听。刘晓慧课前的一番话让她想起了自己的父母。许萌萌注意到付文娟的异样,不时小声劝慰她。

下午放学后,付文娟无精打采地背着有些沉重的书包向教室外走去,许萌萌紧跟过去,俩人并肩往前走。

"文娟,你今天情绪好像很低落。"许萌萌关切地说。

"唉,萌萌,我想我爸妈了。"

"又想你爸妈了?记得前不久,你爸妈不是给你写过信,还寄了很漂亮的礼物吗?"

"是啊,就是上上周吧。"

"你爸妈经常给你寄东西,文娟,有很多东西我们都没有见过呢,我觉得你比我们班大多数同学幸福多了。"

"生活方面我爸妈总是尽量满足我的要求,可是,不知道为什么,每次看到别的同学可以搂着爸爸妈妈撒娇,我就会很难过,很羡慕他们。"

"你这叫不知足。"

"其实之前我挺恨我爸妈的,总是丢下我一个人。可是今天刘老师的话让我明白了,其实他们也都是迫不得已,没有人愿意舍弃自己的孩子背井离乡。正如刘老师所说的,可能我在想念他们的时候,他们也在加倍地想念我呢,所以我心里就更加难过。"付文娟说着又开始抽咽起来。许萌萌连忙安慰:"别想那么多了,文娟,今晚到我家去玩吧。"

付文娟与许萌萌住同一村庄,从学校到她们家也就二十几分钟的路程。此时她们俩已差不多到家了,许萌萌担心付文娟一个人会更伤心,便想让付文娟到自己家里去。

"总是去你家,不好吧?"付文娟有点犹豫。

"这有什么不好的,文娟?我们是什么关系?铁杆!现在有个什么词?叫什么'闺密',对不?我们不就是闺密吗?"

一句话让付文娟笑了,她说:"闺密?似乎只有大人们之间才会这样称呼吧。我们就是铁杆哥们。"

"但我们也不是男孩子啊!如何称铁杆哥们?还是叫铁杆姐妹吧。"

付文娟笑意盈盈地说:"好,就由你吧。铁杆姐妹就铁杆姐妹吧。其实我认为,我们就应该是亲姐妹。"

"怎么这么说呢?"

"你看,我们这么好,又同桌,这绝对是超级组合啊!而且,我爸妈都很喜欢你,他们还说要认你做干女儿呢。"

"是吗？你爸妈人真好,可他们会真的喜欢我吗?"付文娟认真地说道。

"哎呀,你不知道啊！我爸妈是真的很喜欢你。平时我要是出去玩,如果是与其他同学,我爸妈总是找各种理由反对,他们总希望我多做作业、多学习,或是在家看电视都可以,就是不许我出去找其他同学玩。可如果我说是要找你玩,我爸妈从来都不会说我,还让我向你学习呢。所以我只要想出来玩的时候,就说是去找你呢。"

付文娟瞪着双眼说:"你呀,看来我时常替你背黑锅啊！"

"你不替我背,谁来背？谁让我们是铁杆姐妹呢,对不对?"

"狡辩!"付文娟假装生气。许萌萌看了,忍不住哈哈大笑。

"好了,文娟,到我家去吧。昨天我爸妈还问起你呢,说你好长时间没有去我家了,还问我们是不是吵架了呢。"

付文娟笑了笑,说:"好吧,我帮你背了黑锅,我得向爸妈揭发你。"

"那可不行啊……"

俩人说笑着,便来到了许萌萌的家。

许萌萌的家是一栋两层的小楼房,建造得很精致,在这个大多是普通平房的村庄里显得格外醒目。付文娟跟着许萌萌进了大门,许萌萌就冲着正在院子里打扫卫生的母亲说:"妈,你看,我带谁来了?"

许萌萌的母亲王明瑛在镇上工作,这会也刚下班回到家不多久,见到付文娟来了,很高兴地说:"文娟,是你啊。有一阵子没有见到你了,我昨天还在问萌萌呢,是不是你们俩闹别扭了?"

"阿姨,没有啊。刚开学不久,功课有些紧张。"

"功课再多也要注意休息,快进来吧。萌萌,你们先看一会电视吧,我去给你们做饭。"

付文娟跟着许萌萌来到房间里,俩人放下沉沉的书包,这一周功课实在太多了,此刻她们感到难得的放松。

许萌萌的弟弟许苗苗正在看电视,见两个姐姐进来,许苗苗很懂事地请两个姐姐陪他一起看电视,说:"姐,文娟姐,你看《家有儿女》里的刘星,太可爱了。"

许萌萌与付文娟陪着许苗苗一起看《家有儿女》。《家有儿女》虽然演的是两个家庭组合成一个家庭的故事,但是里面一家人其乐融融,不乏生活乐趣,喜剧效果迭出,逗得许苗苗笑得前俯后仰,许萌萌也拉着付文娟的手笑个不停。突然间,她发现付文娟的手有点发抖,再一看付文娟虽然在笑,但是眼里有泪花,忙问:"文娟,你怎么了?是不是又想你爸妈了?"

"是啊。只有每年过年时,我们家才会有这样开心幸福的时刻。"付文娟显然还是抑制不住对父母的思念,一边说着,一边委屈地流着眼泪。

"你呀,看什么都会想到父母。再过几个月,你爸妈就会回家了,到时你一定会很开心的。"

付文娟带着泪花笑了笑,说:"很晚了,我得回家了。"说着,拿起书包就向门外走去。许萌萌说:"文娟,吃完饭再走吧。"这时许萌萌母亲王明瑛见付文娟拎着书包要回去,忙从厨房里出来,说:

"文娟,你别走,饭都做好了,吃完了再走。"

"不了,阿姨,我爷爷奶奶在家等我回去吃饭呢。"

"哦,我给你爷爷打个电话吧,快把电话号码告诉阿姨。"

"阿姨,我还是……"

"还是什么?快把你家电话告诉我,我来跟他们说吧。"随后,王明瑛迅速拨通了付文娟爷爷付田华家的电话,算是把文娟"强留"下来了。

正吃饭时,外面摩托车声在门口停下来了,许萌萌兴奋地说:"肯定是爸爸回来了。"

果然,外面大踏步走进来一个身材魁梧的中年人。许萌萌连忙起身迎了上去:"爸爸,是爸爸回来了。"付文娟也连忙站起来问好:"叔叔。"回来的是许萌萌的父亲许乔山,他见到付文娟便笑着说:"哟,是文娟来了啊,好久都没见你来家里玩了。早知道你今天要来家里,叔叔就买点好吃的带回来。"

一旁的许萌萌嘟着嘴调皮地说道:"爸爸你好偏心,对文娟比对我还好呢,我还是你女儿吗?"

许乔山笑着说:"那没办法,文娟就是惹人疼爱。再说了,谁让我跟文娟的爸爸是发小,并且还是铁哥们呢!"

许萌萌对付文娟说:"文娟,你看你把宠爱我的爸爸都抢走了。"文娟羞红了脸,说:"你也笑话我啊!"全家人都笑了。

吃过饭,王明瑛又留付文娟在家看了一会电视,然后许萌萌和付文娟一起做了作业。到了晚上八点多,付文娟才背起书包回家。许乔山夫妇不停地叮嘱说:"文娟,路上小心点。"王明瑛看着付文娟渐渐远去的背影,说:"这孩子真惹人疼啊!"

"是啊!"许乔山说,"父母都不在身边,跟着爷爷奶奶在一起,家里生活条件也一般,这孩子内心一定很孤独,也够可怜了。"

"她父母出去打工,也是为生活所迫呀。"

许乔山坐了下来,掏出一根烟,点着,吸了一口,说:"可惜了,她爸爸付祖荣也是我的发小,当初在学校里,祖荣的成绩特别好,每次考试都是全年级的前几名。当时大家都认为他铁定可以考上大学的。而我的成绩比起他差远了,当时就连班主任预测高考时,都没有把我列入可以考上的学生行列里。

"那一年考试成绩出来,竟然出乎所有人意料,我考出了从来没有考出过的好成绩,上了大专。而祖荣没有考好,最后连大专也没有考上。这样的结果是所有人都没有想到的。记得高考成绩公布后,祖荣很长一段时间都把自己关在家里,不愿出门,也不愿意见任何人,这件事对他的打击很大。"

王明瑛说:"能不受打击吗?高考差不多决定一个人的一生啊!"

"是啊,我理解他的心情,也劝过他,让他复读一年再考。可是他后来放弃了复读,这一点我到现在都想不明白。后来我上了大专,他务农了。没几年时间,本来一个斯斯文文的书生,晒得又黑又瘦。"

许乔山又狠狠地吸了一口烟,继续说道:"两年后,我毕业了,他去外地打工了。先是到成都,听说到那边后不大如意,接着又去了珠海、东莞、深圳、上海等地。现如今在杭州,漂泊了好几年,听说这两年比之前稳定了一些。有时我在想,从当初上学时的成绩来说,现如今打工的应该是我,他应该是去机关单位的。"

王明瑛喝了一口茶,说:"生活有时就是这样。文娟这孩子,应该像她父亲的性格。你看她多懂事多乖巧,跟她爸一样斯斯文文的,也特别好学。"

许乔山说:"是啊,文娟像她爸,完全是一副书生的样子。后来,她爸出去打工了。刚开始每年我们还会见上一两次,再后来就很少见面了。有时候好不容易碰上了,他好像有点故意疏远我。"

王明瑛说:"可以理解,本来他成绩要比你好,没考上大学不说,现在生活上也有那么多的不如意,所以我经常叫萌萌带文娟到家里来。其实她这样长期跟爷爷奶奶生活在一起,对孩子的成长也不是很好。我有个想法,想叫文娟搬到我们家跟萌萌一起住,她们俩还能做伴儿,你觉得呢?"

"好啊,文娟好学,乖巧又懂事,她跟萌萌一起住,可以互相探讨、互相学习,对成绩提升也有好处。"夫妻俩谈论着付文娟,直到很晚才睡。

第十一章　师生相遇电影院

从许萌萌家回去,已是晚上九点多了。付文娟的家是一栋普通的小平房,此时还亮着灯。付文娟推了一下门,门没有上闩,一推便开了。爷爷正在客厅里看电视,奶奶在房间里不知忙活什么。见到孙女进来,爷爷问:"文娟,今天怎么回来这么晚?"

付文娟关好门,说:"爷爷,我到许萌萌家玩了,后来她妈妈留我吃饭,又看了一会电视,还写完了作业,所以晚了。"

"许萌萌妈妈给我打了电话,我知道她留你吃晚餐。不过以后还是别太晚了,不安全。"

"我知道了,爷爷。"

听到俩人说话,奶奶便从房里走了出来,说:"老头子,孩子难得有空,多玩一会就多玩一会呗。文娟,许萌萌一家人对你真是好啊!"

"是啊,奶奶,萌萌对我好,她爸妈对我也很好,经常会送一些礼物给我,还叫我去他们家吃饭。"

"乔山跟你爸爸是从小玩到大的好哥们啊。只是后来乔山考上了大专,又进了机关工作,现在生活挺好;而你爸爸,虽然那个时候成绩比他要好,但高考失利,没有许乔山分数高,这命运就完全不同了。"

爷爷付田华装好烟斗,吸了一口烟,说:"你呀,又翻那些老皇历,都是过去多少年的事了。祖荣平时都比乔山考得好,可惜高考失利。人这一生啊,真的捉摸不透。所以说啊,文娟,你得好好学习。那句古话怎么讲来着,'万般皆下品,唯有读书高'。"

"我知道了,爷爷,那我回房间去了。"付文娟住的是一个小房间,屋里收拾得很干净,放了一张床,一张桌子和一个简单的小衣柜。桌子上堆满了书,一只小台灯。

回到房间,她本想看一会书再睡,可想着父亲的那些事儿,怎么也睡不着。她为父亲那多舛的命运难过,心里暗暗发誓,以后一定考个好学校,更好地回报父母。

第二天是周末,早晨,付文娟还在睡觉,就有人敲门。一听是许萌萌的声音,付文娟忙起床开门,许萌萌笑盈盈地站在门口。

"怎么了,萌萌?"

"文娟,你看今天天气多好啊!我们去镇上看电影吧?"

"看电影?不去。有看电影那钱还不如多买点书呢!"

"哎,文娟,这次看电影不要我们出钱,我爸爸的朋友送了两张电影票,我爸爸不想去看,就给了我,让我叫上你去看呢。"

"哦,那好,只是去镇上挺远的,走路去得几十分钟呢,来得及吗?"

"走什么路?我骑了自行车呢。"

许萌萌指着门口的自行车说:"你看。"

门口果然停了一辆崭新的自行车。付文娟笑了,说:"你考虑得真周到,那好,等我洗漱完就去。"

俩人出门去镇上,爷爷奶奶不放心地一再叮嘱道:"文娟、萌萌,你们俩骑车,要注意安全啊。"

"知道了。"付文娟笑着说,"爷爷、奶奶,我们又不是三岁小孩子。"俩人欢快地离开,爷爷奶奶在后面注视着俩人走了好远才回家。

从许家村到镇上,骑自行车不过十来分钟路程。这是家老式的电影院,放的还是胶片电影。验票进场,俩人选了靠中间比较好的位置。今天放映的是部喜剧片,演员精湛的演技把整个影院的人都逗乐了。正开心着,许萌萌忽然看到右前方有一个熟悉的身影,她仔细看了看,突然悄悄地对付文娟说:"文娟,你看,我好像看到了刘老师。"

"哪个刘老师?"

"就是我们的语文老师,美女刘老师。"

"在哪?我怎么没看到?"

许萌萌悄悄往右前方一指:"那不是刘老师吗?还有她旁边的似乎是柳老师,初一(4)班的班主任。呃!还有一个,似乎也是新来的,是不是那个纪老师?"

付文娟顺着许萌萌手指的方向看去,果然在右前方的位置坐着刘晓慧,她左边是新来的纪老师,右边是柳成鹏。

"文娟,你说刘老师怎么与柳老师一起来看电影呢?你说他们会不会是一对……"

"不知道,不会吧?不就是看一场电影嘛!再说还有纪老师呢,你咋不说纪老师?"

"嗯,但我们刘老师那么漂亮,喜欢她的人肯定很多。"

"是啊,等会散场,我们晚一点出去,等他们走了我们再出去,否则撞见了多不好意思,说不定还会被刘老师批评我们没有好好学习呢。"

"嗯!"许萌萌完全赞同。

电影散场后,俩人故意晚了一会儿。等影院的人走得差不多了,俩人才离去。本来还担心出了影院会撞见刘老师,结果到影院外,早见不到刘老师他们的身影了。俩人踩着单车,一路讨论着几位老师的八卦返回。

许萌萌、付文娟见到的的确是刘晓慧与柳成鹏。刘晓慧住的是6号宿舍;纪若雨老师新搬来,住5号宿舍;柳成鹏则住3号宿舍。4号宿舍住的是校团委书记,但是她很少来住,平时房间基本空着;1号、2号宿舍住的是初二年级与初三年级两个年纪比较大的老师。也许是年岁相仿,平时柳成鹏、纪若雨、刘晓慧几位老师走得比较近,偶尔也会相约聚一下餐。

昨晚,是纪若雨做东,在4号宿舍聚餐。所谓聚餐,其实就是几个人自己炒点青菜,外加一盘小炒肉,但对于他们来说,这可算是美味佳肴了。几个人喝了几瓶可乐,聊一些有趣的事儿。柳成鹏说:"听说明天有新的电影上映,明天我请客,请你们去看电影如何?"

纪若雨笑着说:"看电影似乎是两个人比较合适,我看我就不去了吧。"说完哈哈笑了起来。柳成鹏的脸唰地红了,他连忙说:"哪儿的事?我可是请你们两位呢。"刘晓慧说:"我对看电影没有多大兴趣,我看我就不去了吧?"柳成鹏说:"那不行,你们都得去,说好了我请客。"最后谈妥三人一起去看。学校到影院并不远,走路六七分钟,这也是整个镇上唯一的一家电影院。

三人看完电影后,说说笑笑地回宿舍了。下午,刘晓慧批改作业。来李家坝中学后,刘晓慧最害怕的就是夜晚,最难熬的也是夜晚。因为晚上不但要面对无边的孤独,还要面对气焰嚣张的蚊子,更重要的是对父母、对朋友,包括对自己男友的思念会更加浓烈。

然而不管你害不害怕,当太阳从地平线上落下时,黑夜就迈着坚定的步伐来临了。躺在床上,刘晓慧毫无睡意,和往常一样,又是一个难熬的夜晚。她拿起手机,翻起了通讯录,看着一个个电话号码都那么熟悉、那么亲切,但是刘晓慧没有勇气拨打。此时她最想听到的声音是男友陈建海的,自从自己不顾劝阻来到这儿支教后,男友陈建海已有大半个月没有跟她联系了。她在想,男友是不是以后都不会理她了,想到这里,她心里就有种隐隐作痛的感觉。

她看着男友的号码,上面标的是"海子"。那充满亲昵感的称呼,如今却显得有些冰冷而陌生。她想起了柳成鹏,因为来支教,女友与他分手,自己会不会也是这结果呢?

当思念如潮水般涌来时,她的心里便脆弱得一塌糊涂。突然手机响起来了,一看是"海子",刘晓慧有些激动,手竟然微微有些颤抖,她甚至有些不敢相信会是男友打来的。此刻她却怕接听,她怕听到的是陈建海冷冰冰提出分手的声音。犹豫了一会,她还是忍不住接通了。

"喂。"刘晓慧尽力让自己的声音平静一点,她不想暴露内心的脆弱,不想让陈建海知道自己对他有多么思念。

"晓慧,你、你在那边支教还好吗?"听得出来,陈建海的声音里也藏有抑制不住的激动。

"还好。"

"那边的环境很苦吧?"陈建海小心翼翼地问道。

"是啊,比起苏州要苦得多。你是来看我笑话,还是关心我?"刘晓慧说道。

"没有,我、我只是想你了,就给你打个电话。"

"你会想我?我给你发消息你不回,我离开苏州时你都不来送我……你还好意思说想我?"刚刚还保持冷静的刘晓慧一下激动了起来,眼泪在眼眶里打转。

"晓慧,你别急,是我不好。不过,我反对你离开苏州是不想你离开我啊。还有,我知道那个地方会很苦,怕你不习惯,怕你受苦。"

"那你现在不害怕了吧?"

"现在还是害怕,但我现在也慢慢理解了,你是不愿被太过舒适的生活绑架,我也不应该这么自私地去干涉你的理想和决定。"

"你还知道啊?"见陈建海道歉了,刘晓慧的情绪也平静了不少。

"知道,我错了,我现在就拿着手机在磕头呢!"陈建海拿出了他哄人的绝招。果然刘晓慧笑了,这一笑,将近一个月来的乌云全部打散了。她小声地说:"其实,我也挺想你的。"

"想我,也不知道给我来个电话。我知道那儿环境很不好,赶快说说吧,缺少什么？本少爷全部免费供应。"

陈建海开启了贫嘴模式。

刘晓慧也不怀好意地笑着说:"缺的东西太多了,目前最主要的就是缺少一个奴仆帮我做事。"

"行啊,那我请假过去,做你的奴仆。"

"算了,你当奴仆我还不要呢！建海,这儿条件是挺差的,尤其是没啥好吃的。"

"我给你邮递一些你喜欢吃的零食过去好不好？还有一些可以保鲜的腊肉,都是你平时爱吃的。"

"看来你这段时间反省不少嘛,这正是我想要的。另外,你买一个新的书包一并邮递过来吧,不用太贵,只要是新的就可以,我送给一个条件比较差的学生,是个男孩子。"

"知道了,还需要什么吗？"

"暂时我能想到的就这些了。"

"那你把地址给我吧。"

俩人又聊了好久才挂掉电话。这一晚,刘晓慧睡得很香,近一个月来,她终于可以高高兴兴地睡个安稳觉了。

第十二章　教室里的厮打

周一,刘晓慧一早就起来了。每周一早上八点,全校师生都要参加升国旗仪式。自上次批改作文后,刘晓慧就特别关注张承峰,今天也一样。她看到张承峰站在初一(3)班方队里的第三排,但似乎情绪不佳,对升旗仪式上的各种活动表现得也不是很积极。

升旗仪式过后,张承峰无精打采地向教室走去。刘晓慧上前问:"承峰,今天是新一周的开始,你怎么这么没精神啊?"

见刘晓慧问自己,张承峰结结巴巴地回答道:"没……没什么,刘老师。"

"没什么就好,快点进教室吧,马上就要上课了,别迟到了。"说着,刘晓慧便朝着办公楼走去。

张承峰跑着去了教室。这几天,他本已贫苦不堪的家庭又出了些变故,他心情不好也缘于此。他跑到教室,见前门进去的人很多,便直蹿后门,快速挤进去,忽然衣领被人抓住了,有个人大声吼道:"你跑什么跑?都踩到我的脚了。"

张承峰回头一看,匆忙中自己踩到了陈立伟的脚。陈立伟个头高,也很顽皮,同学们都怕他。张承峰见自己踩了他的脚,慌忙道歉说:"不好意思,陈立伟,我是不小心踩着你的,对不起!"

陈立伟看了看,说:"你咋这么急急火火的,是不是被火烧了屁股啊?"

张承峰哭丧着脸说:"我怕迟到了,走得比较快,结果踩到你了,实在对不起啊!我帮你把鞋子擦干净吧!"

"你小子,你拿什么帮我擦干净?你的手比我的脚还脏吧?"这时,已有不少学生围了过来,听到陈立伟这么一说,学生们哄堂大笑。

张承峰见这么多同学都在笑自己,感觉受到侮辱,他低着头说:"你既然不愿意让我帮你擦,那我就回我座位上去了。"说着便向自己的座位走去。

陈立伟说:"你踩着我了,这样就走啊。还真是没爸教、没妈管的野孩子!"

听陈立伟这么说,本已经走开的张承峰停住脚步,回过头来说:"陈立伟,你怎么能这么说啊?"

王明明跟张承峰关系较好,帮着张承峰说:"陈立伟,你这样说话太不应该了,不就是踩了你一下吗?至于说这么难听吗?"

"我说话就是这么难听,怎么着?"陈立伟斜着眼睛狠狠地瞪着王明明,露出一脸不屑的神情。张承峰说:"你可以骂我,但不许侮辱我家人。"

陈立伟哼了一声,说:"你本来就是没有爸妈管教的野孩子,还怕别人说吗?"他的话还没有说完,张承峰已经红着双眼冲了过来,一头顶向陈立伟的胸口。陈立伟没有料到张承峰会如此反击,一个不注意,被张承峰顶倒在地。陈立伟马上爬起来,喊着:"张承峰!"接着朝着张承峰胸口就是一拳。张承峰也不示弱,俩人扭打在一起。

陈会军是陈立伟的堂兄弟,他们俩同班,这时见张承峰与陈立伟扭打在一起,嘴里喊着"好你个兔崽子",随即也加入战团,用脚朝张承峰狠狠踢去。张承峰本来个头上就不占优势,此刻两个打他一个就更吃亏了。王明明高喊道:"你们两个欺负一个,也太没道理,太无耻了。"说着也冲上去,朝陈会军打去。这时班长刘敏和另外几个男同学冲了过来,想把四个厮打在一起的人分开,却怎么也拉不开。班里一些胆小的女生被吓哭跑出了教室。一旁的许萌萌突然想起什么,忙跑到初一年级办公室找刘晓慧。恰巧刘晓慧因为有点事,回宿舍去了,只有班主任马焕明在办公室里。

许萌萌气喘吁吁地说:"马老师,他们、他们在那儿打架。"

马焕明忙问:"什么情况?谁在打架?"

"是陈立伟与张承峰在打架。"

"陈立伟与张承峰?张承峰也敢打架?哦,我马上过去。"说着,马焕明跑向初一(3)班。此时,陈立伟、陈会军与张承峰、王明明四人还在扭打,班上的其他同学都在一旁试图劝架。马焕明走过来,大喊一声,一手抓住一人,强行把四个人拉开。四个人看着马焕明,脸上仍旧一副愤愤不平的神情。

"你们有出息了,会打架了。什么情况?陈立伟,为什么打架?"

陈立伟不服气地说:"是他先动手打我的。"

马焕明冷冷地看着张承峰,说:"看不出来啊张承峰,你还有这本事啊!你们四个都跟我来办公室吧。"四个人跟着马焕明去了办公室。其余同学回到座位,不久便上课了。

大约半小时后，被马焕明叫到办公室的四个学生返回教室，个个都垂头丧气，而张承峰红肿着双眼，显然是哭过了。上午做课间操的时候，张承峰趴在桌上，不肯出去做操，王明明在旁边劝了好久，想拉他一起出去，但张承峰还是没有去。

中午放学时，张承峰情绪很低落，王明明依然耐心地劝慰他。俩人一起回家了，但是下午张承峰没有来上课。下午第二节课是刘晓慧的课，她习惯性地看了看张承峰的座位，发现张承峰没有来。张承峰还从来没有旷过课，这是为什么？刘晓慧问班长："刘敏，张承峰同学怎么没有来上课啊？"

班长刘敏说："我也不知道，他也没有请假，是不是因为上午打架了，所以没来。"

"什么？"刘晓慧大吃一惊，说，"打架？到底发生了什么事？"

刘敏说："就是打架了。"全班学生的目光都不自觉地望向了陈立伟、陈会军与王明明等人。刘晓慧似乎明白了什么，没有继续追问，开始讲课。也许是因为牵挂着张承峰，这堂课她显得有些心不在焉。好不容易等到下课铃声响起，她把班长刘敏叫到一边，仔细地问了情况，这才知道初一(3)班上午发生了斗殴事件。

"那怎么下午张承峰没有来上课呢？"

"这我不清楚，我只知道上午他们几个打架之后，被马老师叫到办公室去了，后来回来时，张承峰眼睛红了，好像是哭过。上午课间操他都没有出去，下午就没有来上课了。"

"哦，知道了，那你先回去吧。"刘晓慧心情沉重了不少。她想了一会，又把王明明叫到一边，问道："明明，上午你们几个打架了?"

王明明点了点头。

"张承峰平时那么胆小,今天怎么会打架?"

"张承峰平时是挺好,但是这次被陈立伟骂了,他才动手的。"于是他把上午张承峰不小心踩到陈立伟的脚,之后陈立伟侮辱张承峰引发打架的事情一五一十地告诉了刘晓慧。

"呃……"刘晓慧沉思了一会儿,说,"当时你怎么会想到要去帮张承峰呢?这本来没有你什么事啊!"

"我就是看不惯陈立伟他们欺负和侮辱张承峰。"王明明愤愤不平地说。

"你助人为乐,有侠义心肠是好的,不过这事应该先去通知老师,而不是私下斗殴,知道吗?"

"我……我知道了,不过也并不是所有老师都像您这么好。张承峰就是被马老师骂了,才不愿来上学的。"

"什么?张承峰被马老师骂了?到底怎么回事?快告诉老师。"

上午,几个人打架被班主任马焕明叫到办公室。马焕明了解了一下情况,然后对张承峰说:"张承峰,这次是你先动手打人,是你错了,你要做检讨。"

张承峰说:"是他骂我,我才动手的。这不是我的错。"

马焕明没有料到张承峰竟然会顶嘴,严厉地训斥道:"他骂你是不对,但是你不是之前也踩到他的脚了吗?"

"我是踩到他脚了,但我不是故意的,而且我也道歉了。他凭什么骂我?不但骂我,还骂我家人,说我是没有爸妈管教的野孩子,他凭什么侮辱我?"张承峰说着说着,眼眶便红了。

马焕明说:"你这是顽劣不改,你看看你自己是什么态度!不知道悔改,回去写检讨交给我。陈立伟、陈会军,你们这样也不好,都是一个班级里的同学,有什么大不了的事儿,踩一下脚就要打架吗?"

最后他目光转向了王明明:"王明明,你家庭条件不错,平时学习成绩也不错,怎么堕落到跟他们一起打架呢?你得好好反思啊!好了,你们都回去上课吧。张承峰,记得回去写检讨。"

从办公室出来,张承峰一直哭个不停,上午课间也不愿出来做操。到中午放学的时候,王明明特意跟他一起回去。在路上,张承峰一语不发,无论王明明跟他说什么,他始终低头不语。张承峰的家在牛寨村,王明明家紧挨着牛寨村,叫马坑村。快到牛寨村时,张承峰突然说:"明明,我不想上学了,再也不想见到那些人了。"王明明说:"那可不行啊!打个架至于这样吗?再说我们俩可是铁杆,你不上学,我一个人有什么意思?"说完,两个人各自回家。王明明上学要经过牛寨村,吃了午饭后,王明明特意到张承峰家里叫他,张承峰的爷爷奶奶说张承峰已出去了,王明明估计张承峰是上学去了,便直接来到学校。哪知道张承峰没有来上学,王明明后悔自己当时没有把情况问清楚。

听了王明明所说的情况,刘晓慧着急得眼圈发红。她克制了一下自己的情绪,说:"你知道张承峰的家在哪儿,是吗?"

"是的,我们俩总是结伴上学,我也经常去他家玩。"

"那下午放学后,你带我去一趟张承峰的家,好吗?"

"好的,刘老师。"

第十三章　探访牛寨村

放学后,刘晓慧回宿舍拿了一件外套,带了一支手电筒,与等候她的王明明一起离开了学校,前往张承峰的家。从李家坝中学到牛寨村约半小时。

陕北的土地像是被上天用黄颜料抹了一样,放眼望去,整个大地都是黄色的。在黄色之上,偶尔会看见一些绿的植物和一些低矮不平的窑洞。由于政府的资助,现在基本没有人住窑洞了,大多数人家都搬到政府新建的平房里去住了。这些古老而陈旧的窑洞就如同一本旧书一样,诉说着陕北古老的故事。

刘晓慧与王明明俩人边走边聊着。刘晓慧问道:"明明,你跟承峰关系特别好啊?"

"嗯,我跟张承峰从小学开始就是同学,并且一直都是在一个班级。所以,我们俩的关系一直都很好。"

"不过,我发现你们俩的性格可完全不像啊!张承峰很少说话。"

"刘老师,不是这样的。他以前不是这样的,性格也很活泼,还喜欢唱歌呢。"

"那他现在为什么会变成这个样子?整天沉默寡言,一副心事重重的样子。"

"刘老师,以前张承峰可爱说话了,而且还特别喜欢运动,尤其喜欢打篮球,老师们也都很喜欢他。记得在小学一二年级时,他总是获奖,经常被老师表扬。"

"可是后来……"

"张承峰上三年级的时候,他爸爸就出事了。我记得他知道爸爸死的时候是冬天,那时他总是一个人偷偷地哭,之后他就变得跟以前完全不一样了。"

"自那之后,他就变了?"

"嗯,从那之后,他就变了,变得沉默寡言。后来,他妈妈也走了,他就更不说话了。其实他只是不想跟别人说话,他跟我还是有很多话说的。以前他也经常出来玩,几个人一起,现在他基本上不会了。他最怕别人说他是'没有爸妈的孩子',只要有人这么说,他就会偷偷地哭。"

俩人边走边说着话,天色渐渐暗了下来,他们走上一条小土路。因为位置较偏,这条小路基本没有人来往,显得有些荒凉。气温也较白天降低了不少,风中夹杂着阵阵凉意。不过一路忙于赶去张承峰的家,李晓慧脸上竟有一些汗珠。

王明明指着前面一处只有几十户人家的村落说:"刘老师,那就是牛寨村。"此时,天边还有最后一丝云彩,透过最后的光亮可以清晰地看到牛寨村,这里基本上都是统一规划好的平房,很整齐地坐落在一起。

进了牛寨村,王明明指着前面第二排边上一处房子,说:"刘老师,那就是张承峰的家。"

张承峰的家门口摆了一辆破风车,门外堆了一摞玉米秆子,还堆了一些枯枝木头之类的,看上去有些凌乱。木质的大门看上去已有些年头了,剩下的一只门环也坏了。推开大门,是一个几平方米的院落,再往里走就看见两间房子,房里有灯,灯是亮的,却显得非常昏暗。亮灯的屋门敞开着,里面摆了两张小床。说是床,其实就是两块大木板铺在用砖头支起的墩子上。连着屋子的地方是个小厨房,同样是昏暗的灯光,有个老奶奶正在烧火做饭,还有一位看上去六七十岁的老爷爷正提着两桶水从大门外进来。

见到老奶奶,王明明对刘晓慧小声介绍说:"刘老师,这就是张承峰的奶奶,那个提水的是张承峰的爷爷。"王明明走上前去叫了一声:"爷爷,奶奶。"

见王明明与一个陌生的姑娘突然来了,张承峰的爷爷奶奶都愣了一下。爷爷说:"明明,这位是?"

"爷爷,这是我们班的刘老师。"

"哦,我听承峰说起过您,刘老师。来来,快坐下。"说着,顺手搬过来一张木质的小板凳递给刘晓慧。

老奶奶也从小厨房里走了出来,说:"你就是承峰的老师啊?"说着,返回到屋里倒水。

刘晓慧忙上前阻拦,说:"大娘,我刚刚喝了水,不渴。我是来看承峰的,承峰今天怎么没有去上学啊?"

那老人听说是来看承峰的,一愣,说:"怎么,承峰没有去上学吗?"接着又说,"承峰今天中午回来,叫他吃饭,他说不饿,在家里待了一会儿就走了。我以为他去学校了,怎么没有去? 明明,承峰下午真的没有去学校吗?"

"奶奶,承峰今天和同学吵架了,心情不好,中午放学回家时跟我说他不想上学了。下午我到校后,就没有看见承峰。"

"这孩子,没有去学校,那去哪儿了?"一旁的爷爷显得有些着急,"明明,你快想想,你知道他去哪儿了?你们俩平时关系好,你快想想。"

王明明想了一会,说:"别担心,爷爷,我估计承峰是到山那边的'望夫石'去了,他经常一个人去那里。"

"'望夫石'?那是什么地方?"刘晓慧显得有些着急。

"'望夫石'是牛坑山边上的一块大石头,很大很大的一块石头。据说在古代,俺们这里人出去经商,都要从那山下的小路边经过,于是那些独居在家的人常常会站在那块'望夫石'上期盼着家人归来。"张承峰的爷爷一边倒水一边说。

"哦,明明,那我们赶快去'望夫石'看看承峰是不是在那儿。"

"好啊!爷爷奶奶,你们先别着急,我跟刘老师去牛坑山看看。"王明明说着,就跟刘晓慧往牛坑山方向走去。这边,承峰的奶奶还在嘀咕:"这孩子真不懂事,现在我们都管不住了,还有平峰,更不让人省心,到现在也还没有回来。"

刘晓慧与王明明急急忙忙往牛坑山赶去。牛坑山在牛寨村旁边,是一座并不高的山,看着不远,但真要走过去,也得十几分钟的路程。这时天已完全暗了下来,一路上到处是乱飞的蚊子。刘晓慧一直在城市里生活,没有见过这么偏僻的农村,更别说来过。此时的山间小路,凉风阵阵,偶尔还有不熟悉的几声鸟叫声,让人感觉有些荒凉和恐惧。刘晓慧顾不上害怕,只是担心张承峰,她甚至在心里有一丝不祥的预感。反而是一旁的王明明劝慰道:"刘老师,不用担心,我想承峰一定是在'望夫石',他以前一遇到烦心事就会去那儿,之前我还陪他一起去过好几次呢。"

拐过山角,借着手电筒的光亮,他们看到前面一块模糊的大岩石,王明明提高嗓门兴奋地说:"刘老师,你看,那块大石头就是'望夫石',那上面有个人,你看,一定是张承峰。"

虽然天色已完全黑了下来,但凭借手电筒微弱的光线,他们确实看到大石块上有个人影在晃动。刘晓慧的心放下来了。俩人加快脚步,向"望夫石"奔去。快到跟前时,王明明说:"刘老师,那是承峰。"这时,刘晓慧也看到了,俩人都不约而同地喊道:"张承峰、张承峰……"

"望夫石"上的人影正是张承峰,他坐在石头上,望着山下的小路发呆,一旁的风呼呼地刮着。听到后面有人喊他,他才慢慢回头,见是王明明与刘晓慧,腾地站起来了,呆呆地看着俩人,不知道说什么。

"承峰,你怎么跑这儿来了?我们找了你好久。"

刘晓慧看着眼前这个瘦弱的、有些胆怯的男孩,不禁心疼起来,她关切地问道:"承峰,你下午怎么没有去上学啊?怎么跑到这里来呢?"

张承峰看着刘晓慧,眼泪一下子流了出来,带着哭腔说:"刘老师,我不想去上学了。"

"为什么?"

"就是不想,我不想见到那些人。"

"你是说陈立伟他们吗?"

张承峰点了点头。

"承峰,你是男子汉吗?"

张承峰又点了点头。

"遇到点小困难就逃避的人,能算得上男子汉吗?"刘晓慧接着又问道,"你想不想改变命运?"

"想!"

"可改变命运最厉害的武器是什么,你知道吗?"

张承峰茫然地看着刘晓慧,摇了摇头。

"是知识。知识是改变命运最有力的武器,尤其是你没有其他的路子时,知识尤为重要。"

张承峰呆呆地看着刘晓慧与王明明,不知道该说什么。王明明说:"是啊,承峰,刘老师说得对,要改变命运,就得学到知识,那就得继续上学。还有,你知道你下午没有去学校,刘老师有多着急吗?"

刘晓慧笑着拍了拍张承峰瘦弱的肩膀:"是啊,承峰,你没有去上学,我们都很着急,很担心你啊!"

张承峰的眼泪霎时夺眶而出,他抽泣着说:"刘老师,其实我也想去上学,我也想见到你们。只是,只是……"

"只是被欺负了,是吗?"刘晓慧说。

"嗯,他们都欺负我。"

"同学之间,也有做事不懂道理的,可那不一定就是欺负你,承峰。再说,如果真是被欺负了,你就更应该回去,你要证明给他们看,你可以比他们更优秀。对不对?"

张承峰使劲点头。

"快跟我们回去吧,你爷爷奶奶都很着急,很担心你。"

王明明上前,拉着张承峰的手说:"走吧!"

回牛寨村的路上,刘晓慧的心情轻松了许多。她问张承峰:"承峰,你怎么一个人跑到'望夫石'去了?你很喜欢那里吗?"

"想念我爸妈的时候,我就去那儿。"

刘晓慧顿时觉得心情又沉重起来,心里像是被什么堵住了一般:"是不是以前你的爸妈经常从山下那条小路回家?"

"嗯。我总是希望我爸妈还能够从那条路回来,总感觉我爸爸还活着,还可以顺着那条路回来。"刘晓慧鼻子一酸,眼泪不自觉地流了出来,她悄悄地擦了擦眼睛。她知道,对于一般人来说,那是"望夫石";而对于张承峰来说,那是"望父石",而他的父亲再也不可能回来了。

等他们一行三人回到家时,已经晚上八点多了。看见张承峰回来,奶奶刘阿婆急切地说:"承峰,你去哪儿了?我们快急死了。"接着又对站在一旁的刘晓慧和王明明说,"这么晚了,刘老师、明明,留下来一起吃饭吧。"说着,她揭开了那个土灶上的大锅盖。刘晓慧看到锅里煮着一些分辨不出来是什么的食物,黏糊糊的,让人一看就没有食欲。

爷爷抱了一捆枯树枝从外面走了进来,见到张承峰,骂道:"你个臭小子,咋弄到现在才回家啊?"

刘晓慧忙说:"大伯,承峰只是想一个人静一静,现在不是回来了吗?"

刘阿婆说:"这两个娃儿让俺们操碎了心。大的还好一点,那小的让人操不完的心,整天就知道惹是生非,时常会有人找上门来。唉!其实之前都还好,自从他爸去世后,他妈又改嫁,就没有人能管得住他们了。"

张承峰的爷爷张定华蹲在一旁抽着旱烟,听到这话,拿下叼在嘴里的烟袋,说道:"一说到那个,我就来气儿,你看那个浑小子,现在都啥时候了,还不见回来。"

刘阿婆说:"平峰哪天不是很晚才回家啊?你又不是不知道。"

说话间,一个小男孩蹦蹦跳跳地从外面跑了进来,手里拿着一根粗树枝,不停地挥舞着。刘晓慧看着眼前这个小男孩,十岁左右,长得跟张承峰有点像,身材更瘦小,衣着也很邋遢,上衣和裤子的两个膝盖上打满了补丁。之前,就听王明明介绍过张承峰的家庭,此时见到这个小男孩,刘晓慧便猜到是张承峰的弟弟张平峰。

见刘晓慧等几个人站在院子里,张平峰略一怔,然后便大摇大摆地向屋子里走去。张定华操着烟袋指着张平峰说:"浑小子,你又跑哪里野去了?弄得这么晚才回来,是不是又出去闯祸了?"

听爷爷这么说自己,张平峰转过身说:"爷爷,我跟李二狗他们去捉萤火虫了,所以才这么晚回来。"张定华看了看张平峰,无奈地叹了口气,举起烟袋又继续吧嗒吧嗒地抽起来。

刘阿婆说:"老头子,就先别说了,赶快请刘老师还有明明吃饭吧。"

张定华赶忙放下手中的烟袋说:"哦,对,对,快吃饭吧。刘老师、明明,你们就在这儿吃晚饭吧。"

刘晓慧忙摇手说:"不了,大娘,大伯,我在学校那边有饭吃,我得赶紧回去了。"

王明明也说:"爷爷、奶奶,我也得回去,很晚了,我爸妈也等着我呢。"俩人说着,就要往外走,突然听见外面有小孩哇哇的哭声,只见一个中年妇女手里领着一个哇哇大哭的小男孩走了进来。女人进了院子,大声喊道:"刘阿婆,你家平峰在不在啊?你看,他又欺负我家儿子了。"

刘阿婆忙问:"枝花,你是说平峰又把你家小文给打了?"

"不是他还能是谁?哎呀!小文你先别哭,你快说是不是张平峰打的你。"

小文哭着说:"我放学的时候,走在他前面,他说我挡着他的路了,我回了他一句,他就用脚踢我。"

张定华听到后,嚯的一声站起来,说:"张平峰、张平峰,你这个浑小子,人呢?你快给我出来。"张平峰见有人找到自己家里来了,躲在屋里不敢出来,这时听到爷爷喊自己,才从屋里的墙角边走出来,说:"我、我,我在这儿。"

"快出来,你快说为什么打小文。"

张平峰慢慢地走了出来,怯怯地说:"是他走得太慢,挡住了我的路,还不肯让路,所以我就……"

小文哭着说:"我没有……"

张平峰说:"谁叫你走那么慢?还不让……"

没等张平峰说完,张定华抡起巴掌就甩了过去,气愤地骂道:

"你这个小王八羔子,整天净知道惹事。"

见爷爷要打自己,张平峰机灵地一闪,躲开了爷爷的巴掌,但是脖子却被爷爷的指甲划了一道长长的红印。他顾不上疼,转身便向屋子里跑去。张定华见张平峰这个样子更加恼火,举起烟袋便想追上去好好揍他一顿。刘晓慧连忙拦住张定华说:"大伯,您先别生气。"张定华说:"我能不生气吗?这小王八羔子简直是要气死我啊!"刘阿婆说:"刘老师,你不知道啊,自从他爸走了后,没多久他妈就改嫁了,这俩娃儿就像变了个人,之前他们根本就不是这个样子的。"

刘晓慧说:"我知道,但是再生气,打骂也不能解决问题。"

刘阿婆对着站在院子里的女人说:"枝花呀,实在对不住啊。平峰太不懂事了,打了你家小文,我一定会好好教训他。"又对哭着的小男孩说,"小文,别哭啊,是你平峰哥哥不懂事,奶奶拿糖给你吃。"说着便从墙角的橱柜里拿出一个盒子来,里面装了几块糖。她从里面掏出一块糖递给小文,小文迟疑了一下,还是伸手接过了刘阿婆递过来的糖。那女人气愤地说:"平峰,以后你要是再打小文,我可不会放过你。"然后拉着小男孩气呼呼地转身离去。

刘晓慧见时间已经很晚了,便说:"大娘、大伯,我得回去了。"然后又对张承峰说,"承峰,明天你一定要按时到校。"张承峰点了点头说:"知道了,老师,我一定会按时到校的。"

刘阿婆还是想留刘晓慧吃晚饭:"刘老师、明明,你们吃了饭再走吧!"刘晓慧说:"不了,大娘,学校里有饭吃,我得先回去。"明明也说:"奶奶,不用了,我也要回去吃饭,我回去晚了,爸妈也会着急的。"然后又对着张承峰说,"承峰,明天早上我过来叫你,然后我们一起去学校。"张承峰点了点头。

刘晓慧与王明明俩人向村口走去,张承峰从后面追了上来。刘晓慧诧异地问道:"怎么了,承峰?"

"刘老师,天这么晚了,我还是送你回学校吧。"

"哦,不用了。"刘晓慧心里有一股暖流涌起,她终于看到承峰那看似冷漠孤僻的外表下蕴藏着一颗温暖善良的心。她柔声说道:"承峰,我有手电筒,你不用担心我。你快回去吧,晚上好好睡一觉,明天记得按时到校。"

王明明说:"还是我送刘老师回学校吧,承峰,你快回去吃饭。"

"你们都不用送我,我自己能回去。"

张承峰还是执意想送刘老师,被刘晓慧强行拒绝了。她严肃地说:"承峰,听老师话,你赶快回去吧。你要是再不听话,我就生气了。"

"那就让我送你们到村口吧。"张承峰固执地说。

刘晓慧见张承峰如此固执,便答应他送自己到村口。到了村口,刘晓慧说:"好,你们都回去吧。"

王明明说:"那,刘老师,我也回家去了。"又转身对张承峰说,"承峰,记住明天我们一起去学校。"张承峰笑着点头答应。刘晓慧说:"你们都回去吧,我得赶紧回学校去了。"说着便转身朝着学校的方向走去。张承峰站在村口,一直看着刘晓慧的背影消失在夜幕中,他才转身向家走去。

第十四章　远方的来信

　　刘晓慧打着手电筒，深一脚浅一脚地往学校走去。夜晚的乡村小道显得无比黑暗和荒凉，除了她以外，路上没有其他行人，四周不时地会传来几声猫头鹰的叫声，刘晓慧有些害怕，这是她第一次走这样的路。孤独、恐惧泛上心头，她不自觉地加快了脚步。十几分钟后，刘晓慧终于到了校门口，她长长地舒了一口气。正准备进校门，看大门的丁大爷见到刘晓慧，笑着上前说："刘老师，这么晚才回来啊，有你的一份快递。"

　　"有我的快递呀？谢谢丁大爷。"说着，刘晓慧顺手接过一个沉甸甸的纸箱子。

　　刘晓慧借着灯光，看见快递是从苏州发来的，快递单上的字迹很熟悉，是男友陈建海的字。见到男友寄来的包裹，刘晓慧瞬间觉得有股暖流直涌心头，刚才所有的害怕和紧张一瞬间荡然无存。她嫣然一笑，谢过丁大爷后哼着小曲儿轻快地向宿舍走去。

　　进了宿舍，她小心地拆开包裹，里面有一个崭新的书包，还有她平时最喜欢吃的腊肠等，另外还有一件漂亮的粉色连衣裙，从裙子的口袋里滑出来一封信。

　　她拆开信。

晓慧：

你去陕北已经一个多月了，虽然时间不算长，可我总觉得跟你分开已经很长时间了。以前对"一日不见，如隔三秋"这句话并没有太多的感触，总觉得是文人的矫情，然而现在我终于体会到了，有一种时间，会因为思念而无限地拉长。晓慧，之前，我不愿意你去支教，除了我不能接受你突然以这样的方式从我的身边消失外，还有一个很重要的原因，是不想让你去那种人生地不熟的贫困山区受苦。你走后的这一个月里，我也在网上查看过相关支教的情况，我知道那些地方环境的艰苦。你是一个从小在优越环境里长大的公主，突然选择去那样一种地方，你能适应，能受得了吗？可我发现，你比我想象中更坚强。我没有想到的是，你真的有勇气和毅力在那样艰苦的环境下待了这么久，我为你骄傲。当然，我从内心深处还是希望你能早点结束支教回到我身边，没有你在身边的日子，我的世界是灰色的。

前两天你来电话，让我买个书包，这是我昨天特意去商场买的。另外，我还买了一些你喜欢吃的腊肠等。吃完了告诉我，我再快递给你。如果需要其他东西，你随时告诉我，我绝对会做好你的后勤工作。

给你寄去的连衣裙也是我昨天在商场里精挑细选的，颜色是你喜欢的粉色。我想你穿上一定很好看，我似乎已经看到了你穿着裙子的样子，靓丽、迷人、时尚。

以前都是直接用手机发信息给你，而这次我想用这样的方式来传递对你的思念,我想对你说:"我爱你!"

想你的人:建海

读着陈建海的来信,刘晓慧不知不觉流下泪水,是幸福?是甜蜜?是委屈?她自己也不知道,她也顾不上想这么多。总之,此刻的她心里是幸福的,是甜蜜的。她多想此刻能看到陈建海,紧紧地拥抱他,诉说对他的思念和牵挂……

她缓缓地拿起腊肠,把鼻尖碰上去狠狠地吸了一下,似乎要把腊肠里所有的醇香都吸进肚子里去,然后她轻轻地吐了一口气,太久没有吃到这样的美味了。

第二天,灰蒙蒙的天色才刚刚淡去,黄土高坡便赤裸裸地暴露在烈日之下,这儿的每一寸土地几乎没有什么能值得太阳去灼晒的。人们辛劳的一天又要继续。

天色渐亮,刘晓慧不知为何睡得特别沉,可能是陈建海来信的缘故,让她持续了数月的沉重心情得以放松。醒来时,她迷迷糊糊的竟然分不清是早上还是下午。

刘晓慧急匆匆地梳理完毕,便拿起课本走向教室。她原本打算今早起来先去找马焕明了解一下昨天张承峰打架的事,路过办公室的时候,马焕明不在,只能等中午放学以后了。

同时,很多路途遥远的学生也几乎踩着上课的铃声来到学校,他们大多衣着破旧。据刘晓慧所知,这些学生多是家庭最为贫困的,上学需要一个多小时的路程。他们每天早上五六点就得起床,带上前一天晚上做好的简单饭菜,作为第二天中午的午餐。因为陕北多高原,土地贫瘠,交通不发达,所以这些学生无论严寒酷暑,一年四季都穿着一双破鞋。虽然现在天气炎热,但是刘晓慧可以想象得到,冬天里大多数学生都穿着破了洞的胶鞋,甚至连穿一双袜子都是很奢侈的事情。

刘晓慧看着这些学生,心里一种难以言喻的酸楚油然而生。她突然觉得自己的生活是那样的幸福和优越,从未有过的知足感扑面而来。

走进教室时,学生们依然与往日一般精神抖擞地起立问好。刘晓慧却惊讶地发现,王明明和张承峰的座位居然是空的。

刘晓慧心里一惊,俩人都没来学校?昨晚不是说好今天来上学的吗?还是说自己昨晚的劝导对张承峰根本没有起任何作用?刘晓慧瞬间不知道接下去的课该怎么讲了,她心里又莫名地担心起张承峰……

"他们俩早晨没有到校吗?"刘晓慧不甘心地询问着学习委员徐文君,希望从她那里可以得到满意的答复。

徐文君转过红通通的脸,一脸茫然地望向两个位置,小心地摇了摇头,其他同学也一脸茫然。刘晓慧一时着急起来,两个学生都没有来上课,这该如何是好?到底出了什么状况?两个学生的家里也没有电话,这该怎么办?她想去找他们,但又不能耽误上课。

此时的刘晓慧只能硬着头皮继续上课,但这堂课她显然心神不定,完全不在状态,甚至她连自己讲了些什么都不知道。

王明明和张承峰来到教室的时候,第一节课已经过半,他俩怯生生地站在教室门口,刘晓慧这才松了一口气。

"你们今天怎么迟到了?"

"我……我们在外面……"

"老师,对不起,我们今天起来晚了……"没等张承峰说完,王明明抢着说。

"进来吧。"刘晓慧语气平静。她知道,迟到的理由不可能像王明明说的那么简单,但她不想过多地去责备他们。

第二节课结束的时候,刘晓慧借着课间操的时间,把他们叫了过来。俩人都把头埋得很低,做好了挨批评的准备。张承峰顶着一头乱蓬蓬的头发,低头不断地抠着手指,脚上的鞋已经不知道被缝补过多少次,裤子膝盖处用颜色接近的布补着两块碗口大小的补丁。

张承峰的穿着似乎比她第一次见到时更加破旧了,刘晓慧突然觉得,昨夜里光线昏暗,她似乎并没有注意到这些。她也没有想到,一个双亲不在、生活贫穷的农家少年,在面对生活困境的时候,对自己未来的一片茫然。

张承峰感觉到刘老师对自己的"审视",显得不安起来,他的脸憋得通红,他羞怯的内心想极力摆脱这样的现状,这比上次马焕明用言语来批评他还要使他羞愧。因为在张承峰的眼里,刘晓慧是城里人,他敏感地从她的眼神里看出了刘晓慧对自己贫穷境遇的怜悯。这对于一个青春懵懂期的少年而言,无疑是对自尊心的一种极大伤害。

张承峰一直等待着刘晓慧先开口。而一边的王明明却先开了口。

"刘老师,我们不是故意要迟到的,只是……"

话说到一半,却被刘晓慧突然接了过去:"只是因为张承峰还是在纠结到底该不该来学校,对不对?"

张承峰红着脸抬起头,他感觉自己的脸如同炭烤,炽热难耐。

"因为你还没有完全说服自己来上学,所以还是纠结了很久,对吧?"刘晓慧望着张承峰说。

张承峰想要说点什么,却只是嘴巴微微抽动了几下。他连说话的勇气都没有,再次低下了头,用躲避的方式来对抗自己内心的自卑。他多么希望眼前这个自己最喜欢的老师能够理解自己的境遇,读懂自己的内心。

刘晓慧说得没错,他们在路上徘徊了很久。早晨一起床,张承峰就打起了退堂鼓。因为贫穷,因为成绩差,学校里的人几乎都在否定他,看不起他。他害怕别的同学用成绩来区别对待他。

所以当他看着远处茫茫无边的黄土高坡时,那种害怕就变成了绝望。他突然觉得,无论怎样挣扎,黄土坡可能会是他一辈子的归宿,就像爷爷一样,出生睁眼时看见的是黄土坡,死后闭眼也终将埋葬于黄土坡下。

张承峰时常想象,要是自己的爸爸妈妈都在身边的话,可以看着他上学,做好饭菜等着他放学回家,全家人围坐在一起开心、快乐地吃饭,那会是怎样的一种感觉?

直到王明明在远处高坡上喊他时,张承峰才从脱离现实的状态中回过神来。

他突然想起刘晓慧昨天晚上说过的话"知识可以改变命运"。

他鼓励自己应该振作起来,既然没有父母,他就得学会自己照顾自己,就必须得好好上学,去学更多的知识。

张承峰那张纯真又忧郁的脸上,居然掠过一丝从未有过的欣慰神色,这种神情仿佛就在那一瞬间,完全抚平了一个少年狂躁不安的心。

刘晓慧昨夜鼓励张承峰重返学校的情形在他脑海里重新浮现,那真诚的言语让张承峰明白,要想活得比现在好就必须努力。想到这些,张承峰脸上的忧虑烟消云散。

张承峰跟着王明明朝学校走去,但是又因为害怕被嘲笑,他也不敢将这些想法说给王明明听,尽管他觉得王明明是自己的好朋友。

张承峰走得异常地慢,两个少年一言不发,小小的身影在黄土高坡间的小道上慢慢移动。而王明明似乎也明白了张承峰的顾虑。他是班上唯一一个跟张承峰走得近的人。他默默地陪在张承峰身边,许久之后,他们才到达学校。

"张承峰同学,你别低着头发呆,说话呀!"

刘晓慧温柔的声音突然传到张承峰的耳朵里。张承峰受惊般地抬起头,微微张开嘴。

"我……刘……"

"好啦!"刘晓慧为了缓解张承峰的紧张,她笑了笑,伸手摸了摸俩人的头,然后打开抽屉找东西。

"我呀,不是要批评你们的。"刘晓慧把一支精美的笔递到张承峰面前。

张承峰惊讶地睁大了双眼,这是他人生中收到的第一份礼物。

"这支笔是送给你的。"刘晓慧把笔拿得更近了一些,"快接着啊!"

张承峰不知所措地伸出双手接住了笔。看着手中漂亮、精美的笔,他心里百感交集,惊喜与彷徨交织在一起。那是一支十分精美的中性水笔。他觉得自己成绩差,这支笔不应该属于他。如今他能拥有老师送给他的这支精美的笔,这是一件多么奢侈的事情!一旁的王明明眼神里也流露出了惊讶和羡慕。

"你看这是什么?"张承峰抬起头的时候,发现刘晓慧变戏法似的拿着一个款式漂亮的书包。"这也是给你的,把笔装进书包里,别弄丢了。"刘老师不但不责怪自己逃课,还送这么珍贵的礼物给自己,泪水顺着张承峰的脸颊流了下来。

"我怎么会批评你们呢?"刘晓慧继续说,"我只是看见你的笔和书包已经破得不能再用了,你用纸堵住破了的笔管怎么能写好字?"

"刘老师……这……"张承峰不知说什么。

"这可是我特意送给你的哦!"

"特意?"张承峰望着刘晓慧,一时不知道说什么好。

"对!我送你这支笔,是希望你能够继续好好上学,不要再有任何顾虑。"

刘晓慧说话很轻,细细的声音足够穿透张承峰的耳朵。

张承峰紧紧地握着手中的笔,生怕一不小心就会消失一样。他看了一眼身旁的王明明,王明明向他投来羡慕的眼光。被人羡慕是什么样的感觉？这是他以前从来没有体验过的。而这一刻，因为一支笔，他竟然感受到从未有过的满足感。

最后，在刘晓慧的耐心宽慰下，张承峰终于放下了心里沉重的包袱。他说："刘老师，我以后再也不会有那些乱七八糟、幼稚的想法和念头了，再也不会打退堂鼓，我一定会好好努力的。"

刘晓慧终于露出欣慰的笑容："我也相信你一定可以做得更好。"

一旁的王明明说："你看，我早就说你不比其他人差，现在连刘老师都这么说，这回你总该相信了吧？"

因为一支笔，张承峰不想辜负刘老师的期盼，所以对于今天早上所纠结的事情，他现在完全释怀了。

第十五章　与马焕明的再次交锋

　　刘晓慧匆匆地吃完午饭，决定去找马焕明谈话。因为考虑到马老师可能不会这么早来到办公室，她决定先绕食堂走一圈，看看那些在学校吃饭的学生，想慢慢走近他们，了解他们。

　　从宿舍里出来，阳光变得刺眼起来，照在身上，灼热感分外明显。虽然开学已经快两个月了，但季节的变换似乎并没有那么明显。刘晓慧路过宿舍外的空地，往食堂方向走去。

　　宿舍区最靠边的一间房子外，有两位老师正顶着太阳小声聊着什么，其中一位端着个瓷碗在吃饭，阳光下，他黝黑的脸满面愁容；而另一位是年过五旬的教师，他一边回应着旁边的老师，一边小心地缝补着衣物，他们都在用方言交流。因为太远，刘晓慧不清楚他们说什么，但是从俩人的神态可以看出，聊的也多半是贴近农村生活的事物了。这片贫瘠又诱人的黄土地，是他们之间共同的永恒的话题。

　　看见刘晓慧，俩人冲她友好地打招呼。刘晓慧与他们不太熟悉，但是他们的笑容却突然让刘晓慧心中产生极不自在的感觉。刘晓慧来自大城市，时尚、美丽，算是学校里的名人，所以那两位老师的笑容里理所当然地透露出客气和距离感。刘晓慧每次看见他们这种笑容，总觉得浑身不自在。在她心中，自己只是这个学校里的普通一员,她不希望自己被贴着"城里人"那种所谓的"高贵"的标签。

两位老师的反应让刘晓慧害怕再去见那些学生了,但她也并没有停住脚步。远远地,她听见学生们说话和吃饭的声音混在一起。食堂的后面,学生们参差不齐地蹲在食堂前的屋檐下,食堂内只有几张简易的小饭桌,是老师们就餐的地方。个别学生靠在食堂的土墙上,手里端着白色搪瓷碗,跟那两位老师一样,发出呼哧呼哧的吃饭声。

刘晓慧缓缓从学生们面前走过,尽量装出随意的样子。她不想因为自己的到来而让学生们紧张。她知道以她城里人的身份,如果出现在最能体现学生生活的环境里,会让学生很不自在,甚至自卑。近两个月深入学生们的生活后,她也越发变得敏感起来。

有几个学生看见刘晓慧走了过来,马上停止吃饭站了起来,其余的学生也都怯生生地跟她打招呼。刘晓慧冲他们微笑着点点头,示意他们继续吃饭,自己却加快了脚步。

大多数学生的饭菜都是从家里带来的腌菜。刘晓慧通过眼睛的余光可以看见,那些腌菜色泽并不明亮,可以知道里面并没有多少油水。

还有个别学生碗里仅有一丁点儿腌菜。学生们吃的时候都极力去权衡着菜与饭的比例,希望吃到最后一口米饭时,还能有腌菜下饭。

刘晓慧没有发现自己班级的学生,她走得更快了。洗涮碗筷的声音从身后传来,她终于舒了一口气。

穿过树木稀疏的校园,刘晓慧来到办公室,班主任马焕明仍旧不在,倒是柳成鹏正在埋头批阅试卷。

"柳老师,吃过饭了吗?"刘晓慧问道。

"是刘老师啊。"柳成鹏抬了抬头,"我吃过了,你这么早来办公室?"

"来找马老师有点事。"

"马老师?是为昨天那几个学生打架的事儿吧?"

"你也知道?"刘晓慧惊讶地问道。

"猜也能猜到嘛。你工作那么认真,听说那个学生昨天下午没来上课,你大晚上的都去他家里找了。昨天中午马老师处理那几个学生时刚好我也在场,所以就猜到了。"

"哦!"刘晓慧说着,转头看向马焕明的办公桌,上面垒着厚厚的一摞试卷,"那他昨天是怎么处理的?"

"其实昨天马老师还算是主持公道,只是他的言辞过于严厉了一些,表面上看是有些偏袒,但我觉得可能是沟通方式的问题。"

"是吗?"刘晓慧在自己的办公桌前坐下,"那还是等他一会儿吧。"

"他一般在一点半左右过来。"柳成鹏看了看墙上的挂钟,"还有二十分钟他应该就来了。"说完,他又埋头继续批阅试卷。

这时,刘晓慧突然萌生了想向柳成鹏打听她所关心的学生们的食宿等相关事情。

"柳老师,你了解咱们学校学生的家庭情况吗?"

"你怎么突然想起来问这个?"柳成鹏一脸诧异。

"我今天发现有一部分学生来得很晚,刚才还看见他们吃午饭的情景。"

"这个呀,我多少有些了解。"柳成鹏放下手中的笔。

说完,柳成鹏来到靠右边墙的一组铁皮柜里寻找着什么,不一会儿,他拿出几袋档案递给刘晓慧。

"这是去年我跟校长走访贫困家庭时的记录,里面记录着很多家庭的详细情况,包括收入、家庭成员、家庭贫困程度等信息。哦,对了,每户家庭的详细地址上面也都有。"

刘晓慧接过档案袋。

"总的来说,情况都不是很好,还有个别特困户。"柳成鹏说完,摇了摇头。

"距离学校最远的、最贫穷的是什么样子?"刘小慧问道。

"最远的,上学得一个半小时,而且都是山路,孩子们每天往返在三个小时以上。家里情况最不好的,就两口人,一个奶奶带着一个孙子过活,因为年龄大,农活是干不了的,两个人每个月只有不到一百块钱的低保。"柳成鹏不忍心继续说下去。

"那咱们学校对这些特困学生有什么政策补贴吗?"

"说起这,就更艰难了。"柳成鹏无奈地望了望窗外,"学校计划是在明年开春前修建好学生宿舍,让路途遥远的学生可以寄宿学校,不用再这样每天往返三个多小时的路程了,但是由于资金各方面的原因,到现在也还……"

"这些政府应该有支持啊!"

"支持当然有,但是要想改变现状可不只是钱能解决的。"

刘晓慧拿出档案袋里的册子，阅览了起来。刘晓慧翻出自己两个班级的学生信息，心里想着不要有太多的贫困户，虽然数据和记录永远都不会比身临其境的感受来得直接。

"我可不可以也做一次这样的走访？"翻看了一会儿，刘晓慧问道。

"你想深入走访？"柳成鹏一脸惊讶，他很清楚上次做走访的感受。那些崎岖不平的山路可不是一个女孩子能够承受的，况且山区的人家都住得很分散。

"怎么了？不行吗？"刘晓慧也很诧异，她不明白柳成鹏为何这样问。

"可以倒是可以，可是你一个女孩子吃得了那种苦吗？"

"有什么苦的？"刘晓慧不明白。

"路可不好……"柳成鹏话说到一半，马焕明跟着另外一位老师有说有笑地走了进来。

"哈哈，两位'刘'老师，你们这么早就来了啊。"马焕明看上去心情不错。

"马老师心情不错啊！"柳成鹏回应道。

"哈哈，什么不错？就是刚刚在路上听他们说说笑话而已。"马焕明朝自己的办公桌走去。

刘晓慧跟上前去。

"马老师，我找你有点事，我想找你了解个情况。"

"哦，啥事哩？你先坐，我去倒杯水。"说着，马焕明拿起办公桌上的杯子朝开水间走去，显然他并不知道刘晓慧是为昨天张承峰打架的事而来。他倒了水返回了办公室。

"啥事哩？你说。"

"是关于张承峰昨天打架的事。"

"噢,原来是这个事呀！那几个调皮捣蛋的家伙已经被我批评教育过了。"

"对,批评教育是好的,但是张承峰因为受到过于严厉和并不公平的批评教育,以致昨天下午都没有来上学。"

"啊？什么！"马焕明神情突然严肃起来,"这兔崽子不思悔改,竟然还逃课！他现在在哪里？今天上学来了吗？"

看来马焕明没有完全明白刘晓慧找他的意思。

"不是这样的,马老师,我是想说,关于昨天的事,我觉得或许还有更好的处理方式,不应该像你昨天那样处理。"刘晓慧直截了当地说。

"啥哩？我昨天处理得不对吗？"刘晓慧这样一说,马焕明心里感觉不大舒服,尤其是还有另外两位老师在场的情形下。

"不是不对,我只是想说,我们其实可以针对不同的学生采取不同的教育方法,不要一概而论。"

"什么意思哩？这跟张承峰打架有直接关系吗？"刘晓慧这么一说,马焕明倒是有点云里雾里的感觉,"你这话也确实有道理。"他又补充道。

"我是说,关于张承峰打架的事儿,我们在批评教育他们的时候,最好不要把他们跟那些成绩好的学生区别对待。"

"区别？为啥哩？张承峰本来就是差生嘛！"马焕明感觉到刘

晓慧是在否定他昨天的处理方式。

"因为有些错误,成绩好的学生其实也同样会犯,这跟成绩好坏没有关系。"刘晓慧也察觉到马焕明脸色的变化。

"但是他们本来就是差等生,他们也不会因为没有犯错,或者犯错后被原谅就会变成优等生吧?我只是想让他们知道错误的严重性而已。"马焕明大声说道。

"但是你知不知道,你昨天的批评方式让张承峰同学产生了极其强烈的厌学情绪,所以他才会逃课,他认为你处理得不公平。"刘晓慧不甘示弱。

"那是因为他根本就不想学,他骨子里就顽劣,不然他也不会接受不了我对他的批评教育,况且我又不只是批评了他一个人,其他三个学生也都有错,我也一起批评了,其他的人咋没像他那样逃课呢?"

"那是因为你没有弄清楚情况,每个人的错不能一概而论。就是因为你处理得不公平才导致张承峰逃课。"刘晓慧感觉马焕明这人不好沟通,也提高了音量。

这时,办公室的其他两位老师感觉俩人要吵起来,便连忙上前劝阻。

马焕明不愿承认自己带着感情色彩去教育学生,而刘晓慧希望通过更加公平和个性化的教育来改变马焕明的思想。俩人就像两颗炸弹,一点就爆。

俩人的争吵被赶来的王校长给平息了,如果让学生们看见老师们吵架,影响多不好。王校长建议,刘晓慧先回去上课,马焕明也有自己的课。对于这件事情,他们决定等双方冷静后再议。

晚间十点,刘晓慧睡不着,便起床想去外面走走。通过一下午的反思,她忽然明白,自认为自己的想法是很合理的,但是不符合这里的现状。这里的人们的基本生活才得以保障,像这样理想化的教育又拿什么来做保障呢?但是,马焕明的观念也确实是太偏执了。

刘晓慧来到宿舍外的乒乓球台边,周围有细细的虫鸣声,夜空中点缀着零星的星星。她想起那些学生,还有马焕明老师的不理解,她这才反思自己来这里支教到底是不是一个正确的选择。因为自己的力量实在太微弱了,她明显地感到,自己其实根本不能改变任何东西。

天空中月亮悄然出现,有点大,也有点远。

陈建海的身影又浮现在了刘晓慧的脑海里。

这一夜,刘晓慧睡得并不好,她翻来覆去地想着很多事情,她想给陈建海打电话,却发现已经是深夜。

第十六章　阳光,并非照到每一个人身上

在此后的几天里,刘晓慧上课都没有精神。因为这里的真实情况跟她想象中的完全不同,她作为一名毕业才一年多的老师,对这个世界了解得太少,以致她根本就无法判断,自己的选择到底是不是正确。

简言之,她心里已经有了情绪,这种情绪让她想要放弃,更准确地说应该是逃避。当残酷的现实摆在面前的时候,她才真正意识到,自己所谓的坚强其实只是一种天真和幼稚而已。

刘晓慧来到食堂,看到那些老师吃的饭菜多少比学生们要好一些,尽管跟她在城里吃的还是有差别。在食堂,老师们围坐在一起拉家常吃饭时,刘晓慧都不好意思讲起她在城里的生活。她讲得最多的是关于学校和学生们之间的事儿,这让周围的老师觉得刘晓慧很敬业。刘晓慧心里清楚,若谈与老师相关的事情,自己无从谈起,因为她根本就没有什么经验。

刚来时,刘晓慧都是把饭菜端到宿舍里去吃,后来觉得这样有些不妥。除了个别自己做饭吃的老师,其他的老师都是在食堂吃饭。大家围坐在一张小饭桌上有说有笑,她担心自己的行为会让其他老师觉得她这个从城里来的支教老师似乎比较嫌弃这样的环境。她也清楚自己这样的行为不利于走近群体,所以从那时起,她

就开始尽量在食堂与大家一起吃饭。

中午一点多,刘晓慧准备穿过操场回宿舍,看见几个学生在操场上嬉戏打闹。

刘晓慧看着这些无忧无虑嬉闹的学生,心里多了一丝欣慰。看着那些学生她感觉到,无论在什么样的生活境遇下,快乐、欢笑真的是不可或缺的啊!

她想,如果自己小时候也跟他们一样的话,会怎样呢?也会有如此阳光的笑脸吗?她觉得她可能笑不出来,她在心里有些敬佩这些孩子,而随之涌上心头的却是更多的酸楚。不敢想象,这些孩子的父母或许从来都没有那样陪他们玩过,或许他们也从未奢求过。而刘晓慧自己小时候被父母陪着游玩嬉闹的情景依然记忆犹新。

刘晓慧继续往前走着,有几个学生也跑近了些,一个学生无意间将手中的饭盒掉落在了地上,刚好落在了刘晓慧脚边。一个银白色的铝质饭盒,看上去已经用过很久了。色泽黯淡,上面布满了磨损的痕迹,并且已有些明显的变形。这样破损的饭盒在学生中比较少见,至少刘晓慧是第一次看见。

刘晓慧弯腰捡起掉落在脚边的饭盒,饭盒刚刚洗过,上面还有没有擦干净的水,饭盒掉落在地上后沾了很多的土。

"刘、刘老师……"一个尖尖、细小的声音闯进刘晓慧的耳朵。

刘晓慧这才发现,站在自己面前的是个留着齐耳短发、眼睛大大的女孩子,脸上有着洗不掉的红彤彤的颜色,那是一种长期被西北风侵略过的红。女孩似乎认识她,显得有些胆怯和不好意思地看着刘晓慧手中的饭盒。

远处,几个男孩早已跑开了,并没有等她。刘晓慧冲着女孩笑了笑,伸出右手轻轻地摸了摸女孩的头发,将饭盒递给了她。

"饭盒给你,饭盒掉在地上弄脏了,快去洗洗吧!"

女孩伸手接过饭盒。在接触的一瞬间,女孩的手不小心碰到了刘晓慧的手,女孩的双手很粗糙,以至于让刘晓慧感觉到自己的手像被什么东西扎到了。眼前的女孩也不过十多岁模样,这么小的年龄,手怎么会如此粗糙呢?这个孩子到底经历了什么?她在什么样的一种家庭环境里生活?一连串的疑问侵袭着刘晓慧。这时她才注意到,女孩穿着很破旧,衣服上、裤子上布满了大小不一的补丁,有些破损的地方甚至还没有来得及缝补,裤腿和两只袖口上有几个明显的破洞;她的脚上穿着一双几乎分辨不出颜色的运动鞋,鞋子明显不合脚,感觉大出了许多。刘晓慧的心一阵刺痛,鼻子酸酸的,她努力地克制自己不让眼泪流出来。从女孩的眼中丝毫看不出异样,或许她早已适应了这样的生活。

"谢谢刘老师!"女孩这才笑着用洪亮的声音答道。

女孩转身刚走几步,又被刘晓慧喊住。她转身怔怔地看着刘晓慧,刘晓慧的嘴角微微动了几下,似乎想说什么,却又没有说出来,她微笑着朝女孩摆了摆手,做了一个再见的手势,女孩笑着转身跑向了远处。

刘晓慧看着女孩远去的身影,她虽然瘦弱,身体却轻巧灵活,像一只小燕子。刘晓慧穿过操场中央的绿草地,上了几步石阶后又忍不住转过身继续看向小女孩跑去的方向。结果小女孩并没有去洗饭盒,而是在操场的另一边,左顾右盼地寻找着那几个先于自己走掉的男孩。

在炙热的太阳下,整个操场,远远地,只有她一个小小的身影。

这女孩是谁?住在哪里?刘晓慧一边走一边想。她的爸爸妈妈是什么样呢?干什么工作?

临近宿舍门口的时候,刘晓慧看见柳成鹏在门口收拾东西,他的身边放着一个大大的灰绿色的厚纸箱。小女孩的身影仍在刘晓慧脑海里回荡,她想起那摞调研记录。

那里面应该会有关于那个小女孩的记录吧?

"柳老师,忙吗?"刘晓慧打着招呼走上前去。

"哦,是刘老师啊。也没忙什么,整理一些资料。"柳成鹏抬起头,额头上满是汗。

"哦,什么资料啊?"刘晓慧看到很多的书和一些杂七杂八的东西。"这么多啊!你这是准备收拾东西回家吗?"刘晓慧又说。

"哦,不是,这些是刚来时带的一些书,早就看完了,准备整理出来邮递回家送人。"

"嗯?怎么,还有一封信啊?"刘晓慧看着柳成鹏从旁边拿出一张纸,上面写满了文字。

"不是。都什么年代了?还写什么信啊!这是书单,准备考研用的,好让家人寄过来。"说着,柳成鹏开始封存箱子,拉透明胶带的声音显得很刺耳。

"怎么,刘老师有闲情来我这儿玩呀?"柳成鹏站起来,一边擦汗一边说。

"刚刚在操场上看到几个学生,真让人揪心,她们跟我小时候上学的条件没法比。我以前一直以为全天下的孩子都是跟我一样无忧无虑,从没有想到还有这么多生活贫困的孩子……"

柳成鹏停下手中的活,若有所思地说:"跟这些孩子相比,我们小时候的生活的确要优越得多。或许是在阳光下待得太久了,我们忘记了还有阳光照射不到的地方。"

"所以我想,希望通过自己的微薄之力,帮助到他们一点。"

"你想做什么?"柳成鹏一脸惊讶地看着刘晓慧。

"还是那件事儿。就是那个贫困家庭记录档案,因为跟马老师争论,结果给忘了,档案还能借我看看吗?"

"哦,你说的是这个啊。"柳成鹏露出热情的笑容,"这简单,我一会儿拿给你。"

说着,柳成鹏把箱子搬进了宿舍。刘晓慧在门口帮他收拾散落在地上的其他东西。

"其实还不止如此。"刘晓慧一边收拾着东西一边说,"我是希望能有个人带我去那些学生的家里走访走访。"

"你真想去?"柳成鹏从窗口探出头来。

"对啊!"刘晓慧点点头。

"去倒是可以去,就是路实在不好走,有些人家还特别偏远。"柳成鹏边说边从屋里走出来,"你还是再想想吧。上次调研,我跟王校长还有其他四位老师可是足足花了半个多月的时间。"

"所以说,我想找个人带我去,因为我对这儿的路不熟悉。"刘晓慧的语气里充满了坚决和诚恳。

"这可不好说,应该没有人愿意去。"

"你先把那个档案给我吧,让我先好好看看,了解一下情况。我自己想办法找人陪我去。"

柳成鹏思索了一下,他真不敢相信,这个从大城市里来的漂亮女孩竟有如此的勇气和一颗善良的心。

"下午给你吧,下午你有课吗?"柳成鹏投以敬佩的目光。

"没有。那我就先谢谢你啦。"刘晓慧的脸上露出笑容。

下午三点多钟的时候,档案才送到刘晓慧的宿舍门口,刘晓慧正在批改作业。柳成鹏因为下午要上课,是托另外一位老师送过来的。

拿到档案,刘晓慧立刻放下正在批改的作业,细细翻阅起档案来。

刘晓慧首先查看的是自己班级的档案,家庭困难的还真是不少,张承峰就是其中一个,而特困户和贫困户还有黎小斌、李旭辉、付豪国等学生。家境比较好的只有徐文君一家。刘晓慧浏览着信息,脑海里一遍遍过着每个孩子的面孔和他们平日里在学校的表现,以及他们所呈现出来的状态。

此外,她还注意到全校特困生一栏,一位名叫傅圆圆的十岁小女生,四年级,家住傅家山罗鼓村 8 号,距离学校有两个多小时的路程。全家四口人,但父母已经有九年没回家了,她与奶奶生活在一起。这让她想起上午在操场上碰到的那个女孩。

或许就是那个小女孩,刘晓慧有种强烈的直觉。

同时她也想起了那天柳成鹏说的,全校最贫困的一户,上学走路就得两个多小时,她猜测应该就是这个名叫傅圆圆的女孩。

想着,刘晓慧的内心就有了一种冲动,她想从这个女孩的家庭开始走访。

刘晓慧离开座位,披了件外套就往外走。刘晓慧想趁着最后一节课还没有下课,在四年级的窗口看看那个小女孩。

小女孩坐在第二排中间最显眼的位置,因为是班上少有的留短头发的女孩,刘晓慧很快便发现了她。她在窗口看着,似乎是美术课,老师在黑板上画了一幅画,学生们模仿着在美术本上画,但是教室里不见老师的身影。

女孩看上去很瘦小,坐在第二排也比周围的同学要矮很多,但是她很安静很认真地用铅笔在图画本上涂画着。

刘晓慧透过窗户一直这么看着,女孩因为认真作画,一直没有发现窗户外有人注视她。之后不久,刘晓慧准备先回宿舍。

刚走到一半,放学铃声响起。学生们从教室里蜂拥而出,很快便冲进了操场。刘晓慧走得很快,但还是被一些奔跑前行的学生甩在了身后,刘晓慧索性放慢了脚步。

快到宿舍门口的时候,刘晓慧突然听到背后传来柳成鹏的声音。

"咦,刘老师你下午不是没课吗?"

刘晓慧转过身,柳成鹏加快脚步跟了上来。

"那个档案看完啦?"他又问。

"哦,是没课,我去小学那边走了走,档案看得差不多了。"

"那你还打算去走访吗? 陪你一起的老师联系好了吗?"

"还没有呢。不过我有个事儿想向你打听一下。"

"你说。"

"你上次说的那个全校的特困生,是不是四年级那个留着短发,名叫傅圆圆的女孩?"

"对啊!"柳成鹏很迅速地回答,"你认识那个女孩?"

"嗯。"刘晓慧挠了挠头,"算是认识,看见过两次。"

"她家住得很远,是最远的一户。"

"我想去她家看看,周末。"

柳成鹏没有说话,只是冲她点点头,因为他知道刘晓慧已经铁了心要去做这件事情。

"她家的真实情况,我很想去了解,这对我以后的教学和跟不同学生的相处都会有帮助。"

"我会尽力帮你。"

说着,俩人看着校门外那些远去的学生,想必其中有很多学生回到家的时候,都应该很晚了。

晚上,刘晓慧一直计划着这次调研行动,该请哪位老师陪自己一起呢?其实在她心里,柳成鹏是第一人选,可是从柳成鹏的语气里,刘晓慧感觉他并没有要去做这件事情的意思,所以刘晓慧有些犹豫,甚至开不了口。

这个难题一直困扰着刘晓慧,她翻来覆去睡不着。这时,陈建海打来了电话。这儿的夜晚,寒冷而干燥,呼啸的风肆无忌惮地卷过夜空,拍打在玻璃窗户上,啪啪作响。在这个偏僻的小镇,你根本无法想象城市里的夜空会是什么样。

"晓慧,这几天还好吗?"

"还好,只是……"

"怎么了?"

"有时会觉得烦闷和无聊,最近发生的一些事儿对我触动很大,总感觉命运不是很公平。"

"怎么会有这样的感慨?"陈建海很诧异。

"在这儿待的时间越久,可能感触就越深吧。同样是学生时代,生活在同一片蓝天下,为什么有的人是那样幸福、无忧无虑,有父母为他们遮风挡雨?而有些人却过早地经历和承受着生活所带来的艰辛和苦难,过早地承受孤独?"

"到底发生什么事了,晓慧?"陈建海有些着急,他不明白向来坚强独立的女友为何会发出这么多感慨,流露出如此伤感的情绪。

刘晓慧便把这几天在学校里看到的一些贫困生的情况告诉了陈建海。显然刘晓慧所叙述的情况,陈建海之前闻所未闻。听完刘晓慧激动的讲述后,陈建海也有半晌没有说话,直到刘晓慧问道:"建海,你在做什么?怎么不说话?你在听我讲话吗?"被刘晓慧这么连续追问,他才回过神,喃喃地说:"我也在想,命运确实对每一个人不是太公平。"

"建海,我想去一些特困学生的家里做一次走访,想看看这儿到底有多少贫困学生,他们都贫困到什么程度;有多少留守学生,他们每个家庭到底是怎样的一种状况。"

"你?你一个人去?"

"嗯,我再看看,如果没有人愿意陪我去,那我就一人去。"

"别,晓慧,你千万别一个人去啊!"陈建海急了,说,"虽然我知道你的决心已定,也知道那儿的民风淳朴,但你一个外地人,对那里人生地不熟的,上次听你说那边的路特别不好走,你要是真想去,一定要找个人陪你一起去。"

刘晓慧笑了:"看把你急的,我知道了,我会找人陪我去的。"

"那就好,你可不能骗我啊!"

"我怎么会骗你呢?本来心情很不好,这会儿跟你一聊就好多了,你今天表现不错。"

"我表现不错?那我什么时候表现不好了?"

"又贫嘴,不理你了。好啦,我要睡觉了。"

"哈哈,难得看你这么开心,我就放心了。记得你答应我的事儿,一定要找人陪你一起去哦!你这也是在做一件有意义的事情,我一定会支持你。"

"你能这么想,我真的太高兴了。建海,有你真好!"刘晓慧此刻感觉到自己被幸福紧紧地包裹着,一时竟不知该如何表达自己的感情了。

第十七章　想说调研不容易

就这样,天气逐渐变冷。刘晓慧发现,一学期,已经过了将近大半,但是自己对这里的情况还是知之甚少。

星期六,刘晓慧早早地起床了。不知为何,她特别想到周围的小村庄走走,一早醒来她就有这样的冲动。

洗漱过后,她披了件厚外套,开始往校外走去,隐隐约约地能看见空气中的白雾。刘晓慧穿过校园里的小树林正准备往外走时,发现了校长王德生的身影。他正拿着锄头在小树林里不知道挖着什么。刘晓慧连忙走上前去。说是小树林,其实不过是校园大门里栽的两排柳树而已,树冠很大,能看得出来已有些年头。

刘晓慧才发现,原来王德生正在其中一排柳树的一侧种植小树苗,地上大大小小的已经挖了好几个坑,有新翻出来的土,旁边还放着几大塑料桶的水。

"王校长,这么早?您在种树啊?"刘晓慧问道。

"哎,对。"王德生抬起头,憨厚的脸庞已经被汗水打湿,"刘老师,今天是周末,你也起这么早啊。"

"想早早起来出去走走,没想到您比我起得更早。您怎么突然想种树了呢?"

"哦。"王德生放下手中的锄头,准备去拿树苗,"这是上学期学校就开会商议过的校园绿化工程,但一直忙,后来又错过了种植期,再加上购买树苗的经费出了些问题,一直拖延到现在。"

"经费问题?"

"对,因为经费问题。现在的树苗都很贵,学校的经费不够。"

"所以您就自己种树吗?"

"对。"王德生顺手把一棵柏树苗放到土坑里,擦了擦额头上的汗,"这树,是我昨天到自家山上去挖的,虽然是柏树,但也行,至少柏树四季常青嘛!"

"像这样的一棵树需要多少钱?"

"小树苗倒没有多贵,大点的就要贵多了。原本计划是再买一二十棵柳树的,后来学校在进行预算的时候,发现经费还是不够。为了不影响计划,我就想着自己家地里种植的柏树苗一样可以用,同样可以起到绿化作用。"

王德生一边说着,一边弯腰给树根垄土,动作娴熟。土垄好后,王德生提起旁边的一桶水浇了上去,然后接着种植下一棵。

"你刚才说你去干什么?"王德生抬起头问道。

"我想到附近村子里走走。"

"有什么事情吗?"

"没有,就是想到学校边上的村子里去看看。"

"那有什么好看的?我都看了快一辈子了,这里的村子基本上几十年都没有变过。"

刘晓慧看着远处的村子,从王校长的语气当中,她听出了些许的无奈和凄凉。

"对了,王校长,我想问您个事儿。"刘晓慧说着,提过水桶,帮着给刚栽好的一棵树苗浇起了水。

"什么事?你快放下,快放下,这活儿你干不了。"王德生一步跨过来,伸手抢过水桶。

"没事,没事,我帮您干吧。"刘晓慧又将一旁的树苗拿了过来。"我就是想问您上学期跟柳成鹏老师去走访贫困户的事儿。"

"贫困户?"

"对。因为……我已经想了很久了,我也想做一次走访,去每个贫困学生家里看看。"

"你也要去做一次走访?"王德生惊讶地望着刘晓慧,"这可不是你们这些城市姑娘可以做的。"

"这您就不用担心了,我就是想让您帮我找个帮手,我不认识路,所以想找个熟悉周边环境的人陪我一起去做这件事儿。"

"你确定?"王德生仍然很怀疑。

"对,我早就想好了。"

"那你有什么计划?"

"周末,我觉得周末去最好。"

王德生的眼神里既有置疑也有敬佩,一个从大城市里来的小姑娘,能走上几十里的山路,这可是他没有想到的。

"其实这是好事。你要真想去做的话,我想办法找个合适的人给你带路。"思索片刻后,王德生说。

"那就太谢谢您啦!"刘晓慧拿起一棵树苗放到挖好的土坑里。

"不过老师们愿不愿意帮忙我就不敢确定了,我会在下次学校开会的时候提一下这件事。"

"我知道,谢谢您。"

刘晓慧帮着王校长把剩余的树都给种上了,因为树苗不多,加上有刘晓慧的帮助,没用多长时间。

刘晓慧忽然想起,她要去学校边上的几个村子看看。

刘晓慧慢悠悠地往前走着,来到靠近学校后门的一处村庄,远远地,就看见有人扛着锄头,背着背篓上山去了。刘晓慧走过去,几位村民好奇地打量着她。这里跟城市没法比较,刘晓慧心里有种强烈的落差感。

村民们大都很热情,虽然并不认识她,但都会向她投以友善的目光。而在拥挤的城市里,一栋楼里住着上百户人家,可能面对面都不认识,连邻居间都是陌生的。

有几位村民似乎认出刘晓慧是学校里的老师,老远就热情地用方言跟她打起了招呼,虽然听不懂,但刘晓慧从他们的笑容里能分辨出他们在向她问好。刘晓慧继续往前走着。这里的农田里,基本上没有什么农作物,可能跟地域和季节有关,秋收的季节早就过了。每户农家房屋的旁边都种着青菜,远远地看上去绿油油一片,给这个季节增添了一丝生机。

刘晓慧走进村子,让她奇怪的是,几乎每家的院子里都只有玩闹的小孩,空落落的村子里看不到几个大人的影子。还有个别的小孩呆呆地站在院落里,或是坐在大门口的门槛上自顾自地玩,看见刘晓慧走了过来,他们投以好奇的眼光。

有一群小孩似乎在远处的公路边玩老鹰捉小鸡的游戏,两个大点的男孩分别充当着老鹰和小鸡的角色,一群小孩排队拉着玩伴的衣角跟在扮小鸡的男孩后面,远远地也能听到欢快的嬉闹声。或许是被这些天真无邪的笑声所感染,刘晓慧不自觉地走了过去。看见一个穿着时尚的陌生人出现在面前,刚才还在欢快嬉闹的孩子们突然停止了游戏,欢声笑语也被陌生人的出现打破了。

因为自己的出现让孩子们停止了游戏,刘晓慧想快速离开,希望不要打扰孩子们的兴致,但那些小孩的目光追随着她。

刘晓慧心里想,这么小小的年纪,会不会眼巴巴地盼着父母早点回家?刘晓慧心里不禁难受起来,鼻子一阵阵发酸。继续往前走着,刘晓慧看到两个大一些的孩子,赶着几只羊往山上走去,身边却没有大人跟着。

难道这个村子里的青壮年都外出务工了?因为刘晓慧看到的只有孩子和一些上了年纪的老人和妇女。

在一处池塘边的农家,一个六七岁的小女孩背着一个两岁左右的小男孩在玩泥巴。小女孩红着脸,流着鼻涕,身上的衣服能看出来已经好久没有洗了,她看着刘晓慧,不时发出吸鼻涕的声音。

刘晓慧冲着小女孩笑了笑。看有陌生人在看她,小女孩背上的男孩哭了起来。看见弟弟哭了,小女孩急急忙忙地扔掉手上的泥巴背着小男孩扭过头往屋里跑去,刚跑几步,小男孩便停止了哭声,小女孩才停下来,转过身,好奇地打量着刘晓慧。

刘晓慧感觉很心酸,她看着地上被小女孩扔掉的泥巴,是一个小泥人,虽然已经掉在地上散开了,但依然能看出来捏的是一个女人的模样,或许这是小女孩的妈妈。刘晓慧心里这样想着。

刘晓慧弯腰捡起小泥人,尽量把它重新塑好,然后伸出手朝小女孩示意。她想让小女孩过来拿走小泥人,但是小女孩却突然转身跑回了屋里,再也没有出来。

小女孩头上梳着两个马尾辫,跑起来的时候,两条马尾辫跟着一甩一甩的,非常可爱,刘晓慧又一次陷入了沉思。她想象着,或许这个小女孩很可能就这样慢慢长大成人,孤单、缺乏关爱的现状将伴随她人生当中的很长一段时间,并且还要过早地承担起照顾弟弟的责任。

中午,刘晓慧把自己关在屋子里没有出去,早上在村子里看到的那些情景给她很大的触动,她的内心充满了无奈和心酸。

她决定做些什么。除了去走访,她想以一个支教教师的身份写日记,然后定期发给报社和媒体,好让外界更多的人了解留守儿童这个很少被关注的群体。可是怎么写呢?怎么联系报社和媒体呢?刘晓慧又一次迷茫起来。

刘晓慧在这种沉闷的思考中居然迷迷糊糊睡着了,还做了一个长长的梦。

当她醒来的时候,已经是晚上十点多钟了,饥饿感使刘晓慧醒了过来。

她竟然梦见自己小时候,也是个留守儿童。在她的成长生活里,从来都没有父母的陪伴,没有玩具,也没有玩伴,也同样是生活在贫瘠的山区,饥饿和寒冷时常伴随着她……

第十八章　一次艰难的走访

夜晚的李家坝中学,沉寂萧瑟,才刚到冬天,已有了深深的寒意。一阵风吹来,带着泥土的寒气,刘晓慧不禁打了个寒战。她裹紧衣服,借着月光走到宿舍外的井边,坐在井台上,陷入深深的思考。

来到李家坝中学已经大半个学期了,这里生活艰苦,人们每天都要在这块贫瘠的土地上艰难地劳作才能勉强维持生存。

都说"一分耕耘,一分收获",然而这片土地却分外吝啬无情,即使她的儿女们拼命地乞求着她的眷顾,她始终给予他们极其匮乏的回报。

随着改革开放,大批农民工外出务工。这里的青壮年为了生存,为了孩子,不得不背井离乡,因而这里出现了许多留守儿童。这些孩子不是在贫困孤单中日复一日地等待着父母的归来,就是在极度自卑、麻木、困顿中艰难成长。

自卑怯懦的张承峰、顽劣惹事的张平峰、和奶奶相依为命的傅圆圆、白天那群天真无邪地追逐快乐的看家儿童、独自赶着羊群上山的小孩、背着两岁的弟弟与泥土做伴的小姑娘、每天翻山越岭风尘仆仆而来的孩子、就着腌菜的学生……这些都像放电影一样在她脑海里反复播放,一刻都不停歇。

这更加坚定了她要继续留在这里的决心,因为她要为生活在这片土地上的孩子们尽自己的一份绵薄之力。

从明天开始,她要做贫困户走访,然后用自己的笔、手机记录这里的点滴,再通过互联网传播出去,让更多的爱心人士把爱传递给这里的孩子。

打定了主意,她心中热血沸腾。

抬起头,望着远方,她眼里散发着动人的光芒,这光芒仿佛能够穿过黑夜掩藏的所有黑暗与困难。

"刘老师,这么晚还没睡?"柳成鹏出来上厕所,看到井边有人,借着月色分辨出是刘晓慧。

这时,刘晓慧正准备起身返回宿舍。

"你也没睡?我正打算回去呢。"说着她就和柳成鹏道别。

柳成鹏叫住刘晓慧:"刘老师,你还是要去走访贫困户吗?"

"是的,我明天就去,今天我已经和王校长说过我的想法了,他也很支持。希望明天会有人愿意陪我一起去吧。"尽管刘晓慧语气有些不自信,但也听得出来,她已经下定决心,无论如何都要把这件事进行下去。

柳成鹏和刘晓慧走到宿舍门口,在昏黄的灯光下,仍能清晰地看到这个白皙漂亮的姑娘脸上的倔强和坚持,这不禁让柳成鹏佩服,他心中涌出一股力量。

"明天我陪你去吧。"

刘晓慧惊讶地瞪大眼睛:"你之前……"刘晓慧还清晰地记得他对自己的决定是抱否定态度的,她怎么也没有想到柳成鹏会改变主意愿意陪自己去,她以为自己听错了。

看着刘晓慧一副疑惑的神情,柳成鹏撇了撇嘴角,苦笑道:"做家访的艰难是常人难以想象的,我家访过一次,印象还深深刻在脑海里。"

"那你还决定去?"刘晓慧更加好奇。

"家访的确很苦,但更为触动我的是,当看到那些孩子的艰难困境时,我无力去改变。当我一次次下定决心,想去为那些可怜的孩子和家庭做些什么的时候,残酷的现实告诉我,我什么也做不了,我只能选择逃避。"

听了柳成鹏的话,刘晓慧对这位老师有了新的认识。

"柳老师,尽管你没能为这些上学难、生活贫苦的孩子做出多大贡献,但你把初一(4)班的学生教育得很优秀。真正能改变这些孩子命运的只能是他们自己。我们只有尽我们最大的努力给他们公平、优质的受教育的平台,让他们有希望,让他们看到希望。知识可以改变人生,读书可以改变命运,尤其是对这群孩子。显然你已经做得很优秀,也做得足够多了。"

刘晓慧在重新审视柳成鹏的同时,对来到李家坝中学支教的目标也更加明确:除了让自己得到锻炼,还要为这些被命运扼住咽喉的孩子出一份力。

柳成鹏大吐一口气,如释重负,发自内心地笑了:"嗯,我们一起努力,相信结果一定会更好的。"

这个晚上,俩人都睡得特别香甜。

第二天一大早,刘晓慧就饿醒了,她煮了两碗方便面与柳成鹏一起填饱肚子后便出发了。

今天他们要去傅家山锣鼓村傅圆圆家,因为有两个小时路程要走,所以他们必须早些出发。

刘晓慧只带了一个小背包,柳成鹏手上提着一个大蛇皮袋,刘晓慧很好奇地看着柳成鹏。

"这是一些米和腌菜,圆圆家需要。"

柳成鹏的举动又一次深深触动了刘晓慧,她紧跟在柳成鹏身后,踏着朝霞向绵延的山的另一边走去。

镇子上的路还算平坦,虽走了二十多分钟,但刘晓慧感到还算轻松。在路尽头的转弯处,无法再走柏油路了,他们必须翻过一座山。沿着小路上山就没这么简单了,因为前不久刚下了一场雨,山路有些湿滑,没走几步就满脚泥巴。再加上山坡陡峭,刘晓慧近乎匍匐在地面上,双手抓住两边的杂草、树枝借力,拉着身子向上。尽管这样,她还是会时不时打滑,险些摔下去,好在柳成鹏在后面及时托她一把。

大概三百多米的山路,他们硬是走了半个多小时。

站在山顶较平坦的地方,刘晓慧深吸一口气。

阳光已经爬上山顶,金色的光芒照在她白皙的脸上。尽管陕北的初冬已经有些寒气,但刘晓慧额头上还是渗出细密的汗珠,面颊红通通的。她活动活动已经僵硬的双手,两脚不自觉地发抖,她只得寻一处干净些的石块坐下来休息。

"傅圆圆每天上下学都是这样吗?"

"基本这样。当然晴天会好些,下雨就寸步难行了。"柳成鹏递给刘晓慧一张纸巾,示意她擦拭脸上的汗。

休息了一会,俩人开始往山下走。都说下山不容易,他们下山更加不容易,半山腰有几处高地,他们得相互搀扶着跳下去。其中有一处高地落脚处只能容一个人,柳成鹏没办法帮到刘晓慧,刘晓慧只能独自战胜它。因为太高,刘晓慧有些害怕,迟迟不敢下脚。柳成鹏就在一边给她打气,不断鼓励她。

刘晓慧突然觉得自己过于娇弱了,想着傅圆圆,那么小的年纪,那么瘦弱的身体,她是如何每天从这么危险的地方穿过的呢?她闭上眼睛,深吸一口气,纵身跳下。伴随一声凄厉的尖叫声,刘晓慧平稳落下。尽管平稳落地,但她大腿后侧还是被山壁凸出的石块划出一道长长的口子,鲜血从划破的裤子里渗出来。

柳成鹏赶紧把刘晓慧扶到一边,拿出事先准备好的药和纱布,迅速地为她止血包扎。

"好在伤口不深,血很快就会止住。"看着被划伤的刘晓慧,柳成鹏有些于心不忍,"刘老师,你受伤了,要不我们先回去吧?"

刘晓慧坚定地摇摇头,安慰柳成鹏:"我没事,一点都不痛。"说着还站起来跳了几下,她表示一定要坚持下去。

俩人继续出发。下了山,走过两公里多的地埂,虽然路窄,但相比刚才还算平坦。

来到一个山涧,山泉在此汇成一条河,河水并不像在南方看到的河流那样清澈见底,而是浑浊泛黄,无法知道深浅。要过这条河,别无他法,只能蹚水。好在这一条河并不宽,河上有一条已经斑驳成黑黄色的绳索。俩人拉着绳索蹚了过去,柳成鹏在前面走,还不停地叮嘱走在身后的刘晓慧要小心。

他一边走一边说:"现在是枯水期,河水不深,裤脚挽到膝盖处,抓住绳索向前就好。"

刘晓慧把脚放进水里时,立刻感到不适。这水实在寒冷,她不禁为那个可怜的孩子伤心。这个学期还有两个多月,随着天气越来越寒冷,一个小女孩如何能扛过去呢?刘晓慧已经顾不上踩在水底时那种软软的令人不适,也顾不上硌脚的不适,只想快点走完这段路。

接下来的路程仍然是山路,上山下山。因为山不高,路还算好走。又走了一个多小时,终于到了傅家山锣鼓村。锣鼓村,村如其名,四面环山,状如锣鼓。从锣鼓村唯一的一条路进村,看到六七户人家,这几处房屋有两处是破旧的窑洞,灰白的房门已经摇摇欲坠,显然年久失修。另外四间房子挨在一起,算不上窑洞,但也寒碜,是用土砖堆砌而成的,墙面风化得厉害,多处开裂。如果不是它们相互支撑,肯定已经倒塌。

四间房子门口有一个头发斑白的老人坐在屋外掰着玉米棒子,柳成鹏和刘晓慧从门前经过。老人显然认识柳成鹏,看到他,停止了手上的活,热情地和他们打招呼:"柳老师,你们又来了,辛苦了。"

柳成鹏和老人握手,然后从布袋里拿出一小袋干菜放到老人手上:"王伯,不辛苦,这些您拿着,照顾好自己。"老人看着手中的干菜,灰黄的双眼泛着泪花,又紧紧握住柳成鹏的手,不断点头。

刘晓慧看在眼里,莫名地感伤。

告别老人,他们继续向里面走。

"这位王伯已经八十一岁了,子女都不在了,一个人孤苦伶仃地生活,很是凄苦。"柳成鹏告诉刘晓慧。

"那政府部门不管这样的孤寡老人吗?"刘晓慧不解。

"政府怎么管得过来?这儿需要政府帮助的人太多了。"

在这支教几个月,刘晓慧每天都能看到冲击她心灵的人和事物。对此,她也能理解,她随手拍下这些,她现在能做的就是让更多的人关注到这个弱势群体。

越走越深,里面越来越窄,在一个十几米高的山壁上,坐落着一间土砖房。房子依山而建,三面环山,正面由土砖砌成,砖面坑坑洼洼,灰蒙蒙一片。屋顶由褐色的瓦片和毛毡遮盖,遮风挡雨效果甚微。墙上有很多各种形状的破洞,用茅草堵着。两扇木门紧闭着,一边木门上的合页已经脱落。屋子的右边堆着一人高的柴火,上面的簸箕里晒着玉米和黑色的干菜。左边的场地用很多木棍围成一个羊圈,灰白色的山羊在山坡上吃草。

这就是傅圆圆家了。

第十九章　一曲命运的悲歌

艳阳高照,已近正午了。刘晓慧靠在路边的一棵歪脖子树上休息,对着这座破败的房子若有所思。屋门虽然没有上锁,但她知道这里肯定没人。

在这里,人们虽然贫穷,但本性纯良,不锁门也不会有人偷偷进入屋里顺手牵羊。

柳成鹏从包裹里拿出两个馒头,分给刘晓慧一个:"先吃点吧,她们应该很快就回来了。"

俩人啃完馒头,半小时后,就看到房屋后面的山头,一个背筐在已经有些枯黄的茅草丛里若隐若现,仔细看里面装着满满的粗细不一的木柴。

过了一会儿,才看到一个佝偻的身影,这是一位被背上的负担压弯腰的老妇人,她的上身几乎和地面平行,身材瘦弱,似乎禁不起一丝风吹雨打,感觉随时都会倒下。

从那挽起的破旧的灰黑色袖子可以看到她的手已经干枯如老树皮,暗黑色的皮肤紧贴着骨头。

老人每走一步,都必须用拐杖稳住身体。即使这样,她的身体仍晃得厉害。

柳成鹏第一时间冲到老人身边,把老人的背筐接过来背到自己身上。刘晓慧这才反应过来,也慌忙跑过去帮忙。她扶着老人,慢慢从土坡上走下来。

柳成鹏帮忙把背筐里的柴火垒到屋外的柴堆上,老人轻轻地推开那一扇好的木门,门顶上有些土灰落下来。傅奶奶热情地把柳成鹏和刘晓慧拉进屋里,用两只掉了漆且布满大小不一缺口的碗为他们舀水喝。俩人的确有些口渴,顾不得那么多,接过碗一饮而尽。

"傅奶奶,这位是来我们李家坝中学支教的刘老师,她想过来看看您和圆圆,顺便了解一下您家里的情况。"

屋内实在太简陋,以至于连坐的地方都没有,三人只能坐在炕边上。老人颤巍巍地伸出布满老茧的双手紧紧握住柳晓慧的手,浑浊的眼睛里泛着泪花,嘴唇有些颤抖地说道:"我这娃儿啊,是个命苦的娃啊!唉……"说起这个孤苦的孙女,老人声音哽咽了,"这个娃儿太苦了,我都这把年纪了,离坟头的日子不远喽。一辈子什么都看淡了,什么也都看明白了,哪天死我都无所谓了。唯一担心的就是我这个苦命的娃儿……"

"奶奶,我回来了!"正说着,一个小女孩清脆欢快的叫喊声打断了老人的话。

见到孙女回来了,老人停止了说话,脸上立刻堆满了慈祥的笑容。她颤颤悠悠地用一只脚尖踮着地下了炕,用放在一旁的木瓢舀了一瓢水,颤颤悠悠地走向屋外,递给跑进来的小女孩。小女孩满脸通红,大口大口地喘着气儿,红通通的脸上布满了汗珠,她一边接着奶奶递过来的水瓢,一边用另外一只衣袖擦额头上的汗珠。

然后双手捧起水瓢,仰头一饮而尽。一旁的奶奶嘴里不停地说:"慢点喝,慢点喝。"一脸慈爱而又心疼地看着小孙女。

"奶奶,你看我挖了好多野菜。"小女孩一边用手指着筐里的野菜一边开心地说着,语气里充满着收获的喜悦和骄傲。

看着眼前这个被命运捉弄的孩子,仍然能够如此开心乐观地生活,刘晓慧深深震撼了。

傅奶奶心疼地摸摸孙女的手,骄傲地点点头:"嗯嗯,我家娃儿可懂事了。"

"圆圆,你真能干!"站在一旁的刘晓慧也忍不住夸赞。

傅圆圆这才不好意思地将目光转向刘晓慧和柳成鹏。看到老师出现在自己家里,她显得有些羞涩和胆怯,刚才那副活泼烂漫的模样瞬间不见了踪影,拘谨地站在奶奶身边,小心翼翼地打招呼:"刘老师、柳老师好!"

打完招呼,她转过身逃也似的跑出院子。傅奶奶无奈地摇了摇头。

中午饭是傅圆圆做的,她用柳成鹏送来的米煮了一锅饭,炒了白菜和土豆,还从柜子里小心翼翼地端出来一碗明显已经放了很久的煮羊肉来款待他们。做饭时,因为灶台有些高,身材瘦弱的傅圆圆必须踮起脚才能勉强够着,刘晓慧很想去搭一把手,但被傅圆圆拒绝了。

"我身体不好,大多数时间只能躺在炕上,娃儿五六岁时就开始学做饭了,那时候她个头太小,只能站在小板凳上才能够着。现在一晃都十岁了,她现在比我强,啥都会做,学啥都特别快。"看着一旁忙活的小孙女,傅奶奶眼睛里又一次泛起了泪花,她心疼地拉过小女孩靠在自己怀里,一只手使劲地揉着快要流出来的眼泪。

"穷人家的孩子早当家,孩子多干点活对身体也好,对自己也是个锻炼。圆圆是个孝顺的好孩子,能照顾好您,她一定也很开心。"柳成鹏安慰老人。

"圆圆的父母呢?"刘晓慧迟疑了片刻,还是说出了这句憋在心里许久的话。

"唉,再别提了,提到他们我就来气。"老人的脸色霎时变了,刘晓慧怔怔地看着老人。

"我自己都不知道这个不孝子去了哪儿。让我算算,应该是九年前,娃儿还不到两岁吧,俩人就出去打工了。一出去了就不知道回家了。头几年的时候,每年过年还知道回来一次,每次回来在家能待上半个月的时间,后来就干脆不回来了,这两年连个电话都不打了,是死是活都不知道了……"老人越说越激动,一边说一边抹眼泪,旁边的小女孩始终低头不语,偶尔抬起头无助地看着老泪纵横的奶奶。"听村里一块儿出去的人说,好像在哪里见过,也不知道这些年都在外面干啥,也不知道为啥不回家。我也没办法联系得上他。年前的时候有人带回来一包东西,是给我和娃儿买的衣服,但也没有带回来一句话。唉!我七十多岁了,一身病,娃儿还小,如果哪一天我不在了,这娃儿可咋办啊?"傅奶奶一边哭着,一边伸手摸了摸坐在一旁的小孙女的头发,"这娃儿头发本来可好了,可从前年起她就再也不愿意留长发了,说长发不方便,我也没有办法帮娃儿收拾,所以干脆就剪掉了。"

说着老人陷入了深深的自责,不停地叹着气。

"那年正月,大雪封山,村里有的老人挨不过,去了后山。"老人说着用手指了指后山的位置。刘晓慧当然明白她这句话的意思,村里过世的人都会抬去葬在后山。"这里现在没有几户人家了,唯一出村的路也被泥石流封了,剩下我们几户人家,年前又走了一个。那天娃儿也在,晚上抱紧我,不停地问:'奶奶,你会不会有一天也离开我?奶奶,我不想让你离开我。'娃儿钻在我怀里哭了大半夜。"

一旁的小女孩听见奶奶这么说,时不时用衣袖抹着鼻子,继而转身跑进了屋内。

"我总以为她小,什么都不懂,没想到第二天,娃儿就把自己的头发给剪了,说她要帮我干活,留长发不方便,从那时起就一直是短发。我才知道娃儿长大了,其实她什么都懂!"

刘晓慧这一刻已经泪流满面,她觉得心里堵得慌,有种说不出的难受。

她想说点什么,却被柳成鹏示意阻拦住了,他指了指另一侧的一间小屋子,小声说道:"你听。"刘晓慧侧耳一听,里面传来了小女孩的抽泣声。刘晓慧说:"我去看看。"推开房门,傅圆圆正蹲在地上抽泣。显然她想控制住自己,用手捂着嘴巴,但瘦小的身躯却抖动得很厉害,短发凌乱地贴在布满泪水的脸上。见刘晓慧进来,她索性哇的一声大哭起来,瘦小的身子抖动得更剧烈了。

老人跟了进来,见孙女哭得如此伤心,慌忙蹲下身子安慰:"娃儿不哭。我的乖娃儿不哭,奶奶只是给你的老师说说,奶奶的身体现在还好着呢！奶奶不会离开我的娃儿的。"看傅奶奶困难地蹲在地上安慰着孙女,站在一旁的柳成鹏把傅圆圆从地上拉了起来:"圆圆,别哭,你奶奶这不是好好的吗?"

傅圆圆一边抽咽着一边缓缓地抬起头:"奶奶,我不要你离开我,我不许你离开我。呜……"说着又控制不住哭了起来。

刘晓慧再也控制不了自己的情绪,眼泪像断线的珠子般滑落下来。待情绪平复后,刘晓慧拿出手机拍了几张照片,然后又掏出两百块钱塞在老人手中。老人不肯收下:"刘老师,你们能来看我这个老太婆和我的娃儿,我就已经很高兴了,怎么能要你的钱呢?"

刘晓慧有点着急,柳成鹏笑着说:"大娘,这钱可不是我们给你的,这是学校奖励给圆圆的。"刘晓慧感激地看了看柳成鹏,使劲地点着头:"对、对,大娘,这是学校奖励给圆圆的。这次我们是代表学校来的,圆圆学习认真,从不迟到早退,所以圆圆被评为'三好学生',这是学校对她的奖励。"

"哦、哦,那咋奖励这么多呢?"说着,老人高兴地收下了钱,小心翼翼地装进贴身的口袋里。

从屋内返回院子,初冬的阳光很舒服,老人和圆圆一再挽留两位老师吃完饭再走。在老人的执意挽留下,刘老师、柳老师草草吃了几口饭便离开了。老人拉着孙女将两位老师送至大路边。

破旧的房子、佝偻的老人、稚嫩却过早成熟懂事的孩子,这些如电影画面般地在脑海中循环播放着,刘晓慧不禁苦笑了一下。"刘老师,你笑什么?"一旁的柳成鹏问道。

"我在笑我自己呢。以前受一点点委屈就会想不开,就会觉得不公平,今天看到傅圆圆这么小却这么懂事,我突然觉得自己很可笑,还不及一个十岁的小女孩。"

"其实这也没有什么。"柳成鹏说,"正常的童年,本就应该充满欢乐与阳光。圆圆过早地成熟和懂事,这并不是一种正常的现象,而是被生活所迫。这不值得高兴,我倒是希望她能拥有一个天真快乐的童年。"

"你说得对,这确实不是她这个年龄应该有的,只是不知道怎样才能帮助到她,我想负担起她以后的所有学费。"

"刘老师,恕我直言,个人的力量毕竟很有限,你能帮到傅圆圆,可后面有李圆圆、张圆圆,她们怎么办?你一人能帮得过来吗?"

柳成鹏的话让刘晓慧有些意外,但也不是没道理。她不知所措地看着柳成鹏,说:"你的意思?"

"我想,还是应该发动社会的力量,比如说政府支持、媒体宣传,让全社会都关注,只有这样才能改变这个群体的生活。"

"嗯,我完全赞同你的想法,个人的力量的确有限。"

俩人一路聊着,不知不觉返回了李家坝中学。刘晓慧刚进宿舍门,又被柳成鹏叫住了。他从自己的宿舍里拿出了一些他之前收集的贫困留守儿童的资料递给她:"刘老师,你需要我帮忙随时叫我,我很乐意跟你一起去做这件事。"

"好,我们一起努力。"刘晓慧的语气里充满了坚定。

刘晓慧把这些资料整理成册,在手机里翻出好友李雪的电话,她是新媒体的工作者,如果请她帮忙,一定能很快引起外界更多爱心人士的关注。

刘晓慧很快就打通了李雪的电话,并且告诉了她自己的想法。李雪听后很受感动,说:"我说这么久没有看到你,原来你是跑那么远的地方支教了啊!佩服!真心佩服你!没想到你还真能拿得起放得下,说走就走。不像我,有了个破工作就怎么也放不下。"

"别卖关子了。刚才给你说的这个事儿,你得帮忙宣传一下啊!这里的孩子真的太需要帮助、太需要社会关注了。"

"知道啦!就你心好不成?难道我就没有一点公益心和同情心了?你赶快把资料给我,我一定帮你大力宣传。"李雪爽快地答应了下来。

宣传没有问题了,刘晓慧心里有些欣慰。她需要更多翔实的资料,毕竟目前只有傅圆圆等几个为数不多的案例,不能代表一个群体。

接下来的日子,只要逢周末或者节假日,刘晓慧就约上柳成鹏一起去周边走访,她收集的资料也越来越多。由于俩人经常一起出去走访、收集资料,很快就成了无话不谈的好朋友,在学校里也时常一起出入,自然而然地被人误解成一对!

当然,做贫困学生走访调研只能利用业余时间来做,她的主要心思还是在教学上,她不仅要关心这些孩子的身心健康,而且要教育好他们。只有这样,这些孩子才能有强大的翅膀去支撑他们在恶劣的环境里越飞越高,才会让他们越来越有自信和希望。

又是周三,刘晓慧投入紧张的备课中,第三节是刘晓慧的语文课,刘晓慧提前去了教室。一路走过来,其他教室里都热闹沸腾,教室外面挤满了追逐嬉闹的学生,唯独初一(3)班门口没有一个人。

刘晓慧一头雾水,走到教室,看到全班学生都坐在教室里。有些学生在埋头看书,还有些学生在奋笔疾书,坐姿古怪。班主任马焕明正拿着竹子做的教鞭,在四周巡视,铁青着脸巡视着每一个学生。

"马老师,已经下课了,下节课是我的课!"刘晓慧猜想这些孩子可能又惹班主任不高兴了,于是提醒马焕明。

马焕明像个老学究似的,抬起眼皮看了刘晓慧一眼,微微点了点头,放下手中的教鞭,拿着放在讲桌上的一摞教材出去了。马焕明走了,班里有几个胆大的偷偷抬起头看了一眼,但又马上把头低了下去。

刘晓慧进了教室才看清一些孩子坐姿古怪的原因,原来他们不是坐着,而是跪在凳子上。

"这是怎么回事?"刘晓慧走到同样跪着的张承峰面前问道,语气里带有愤怒的味道。张承峰本就为昨天没做作业的事儿辜负了刘老师的期望而难过,现在又听到刘老师生气的质问声,眼泪不争气地流了下来。

刘晓慧有些后悔用这样的语气去质问张承峰,这时王明明站起来替张承峰解释:"刘老师,昨天张承峰的奶奶出去砍柴摔了一跤,很严重。张承峰要照顾奶奶,家里活他也得做,所以他没有来得及做作业。他不是故意的,老师你就原谅他吧!"

从王明明的话中,刘晓慧知道了这些孩子被罚跪的原因,心中的怒火怎么都压抑不住,恨不得立刻去找马焕明理论一番。

　　她压制住心中的怒火,摸摸张承峰的头,对他笑了笑,示意他坐好。可能是因为跪得太久,张承峰站起来的时候身体有些微微发颤,险些摔倒,被刘晓慧及时扶住。

　　"现在是语文课,你们都坐好。"刘晓慧大声说道。

　　学生们如释重负,调整好坐姿,有学生私下低声议论。

　　"陈立伟,你们在议论什么？男子汉大丈夫有话就大声说出来,不要窃窃私语。"

　　"刘老师,刚刚马老师说这些人作业没补完要一直跪着。"班长站起来回答道,后面的陈立伟和陈会军也赶快附和,有些幸灾乐祸。

　　刘晓慧看了陈立伟一眼,皱了皱眉头。

　　"我的课我说了算,等下了课我会去找马老师说清楚,你们都好好坐回座位听课。"

　　上课铃声响起,为了缓解一下刚才凝重的气氛,刘晓慧让文艺委员许萌萌起头带领学生唱了一首歌才开始正式上课。但这节课的课堂氛围仍然有些沉闷,刘晓慧感觉到自己的状态也不是很好,但她仍然硬着头皮带领学生把第十五课《走一步,再走一步》的生字词梳理、加强了一遍。如往常一样,剩下的时间,大家分组讨论课后习题,为下节语文课做准备。

　　分组讨论这个环节让课堂有了些生气。这种分组讨论的学习方法是刘晓慧提出来的,刚开始学生都不敢张口。因为实施计分竞技的方式,看着对方小组黑板上的分数越来越高,一些孩子开始按捺不住，也积极加入讨论。

　　刘晓慧分组时也用了心思，为了公平起见，她把每一组都安排成优生带差生的组合。这不仅锻炼了孩子们大胆发言的能力，还在一定程度上团结了学生，让一些差生得到帮助。

　　快下课时，学习委员徐文君把一张纸交到刘晓慧的手中："刘老师，这是马老师让我给你的，是没完成作业的学生名单。"

　　名单上第一个名字就是张承峰，刘晓慧不禁笑了起来。这个马老师是在报复自己吗？堂堂一个大男人，竟然还来这一套。有些幼稚了吧！刘晓慧觉得又可气又可笑。

　　离下课还有两分钟时间，刘晓慧要求学生们抬起头坐好："同学们都知道军队里要讲求纪律，违反军纪的人都是会受到处罚的。那么作为学生，也一样必须遵守纪律。作业按时完成是必须做到的，否则你们就不是一名合格的好学生。当然，我相信你们都不是故意的，你们有些人不能按时完成作业是有原因的。现在我对你们提出一个小小的要求，没有按时完成作业的同学主动写出没有完成作业的原因，并交上一份检讨，算是对你们小小的惩戒，下午放学之前交给学习委员徐文君同学。"

　　话音刚落，下课铃声响起，刘晓慧拿起课本走出了教室。

第二十章 来自校长的支持

刘晓慧健步如飞地向办公室走去,正好马焕明也在。马焕明正双手背后,在走道上慢悠悠地踱着步子。看到马焕明,刘晓慧压抑着内心的怒火,平静地说道:"马老师,我有事想找你谈谈。"

马焕明了然地笑了笑:"嗯,我知道你会来找我。"说着便进了办公室,指着他一旁的椅子示意刘晓慧坐下。待刘晓慧坐定后,马焕明俨然一副自以为是、居高临下的姿态,说道:"刘老师,你到底还年轻,你才来这里几天?你知道这个班级里的孩子有多顽劣,有多不好管教吗?对他们过于宽容导致的结果就是纵容。并且你对他们越好,他们越不懂得领情。看到了吧?今天就有一半多的学生没完成作业,尤其是语文作业。"说着,伸手端起茶杯喝了一大口。看了看坐在一旁皱着眉头的刘晓慧,马焕明把嗓音降低了很多,接着说道:"其实这也不能怪你,毕竟你来这里还不到一学期,但是我希望你能看清楚这些孩子顽劣的本性。从今往后啊,你也要严格要求这些孩子,否则你就管教不了他们。那时候你怎么对得起这些学生的父母?你说你千里迢迢来这里还有啥意义?你说……"

马焕明还没说完,便被刘晓慧打断了:"马老师,你说的道理我都懂,我也完全认同你的观点。但你说的孩子们没能完成作业的问题,我已经弄清楚了,我会用我的方式让这些孩子以后不再犯同样的错误。"马焕明一副自以为是的样子让刘晓慧十分反感。

"但是,你用罚跪的方式去惩罚、教育学生,这种简单粗暴的管理方法,是不是有违师德?古人都说过'男儿膝下有黄金',跪天跪地跪父母,你让这些孩子因为作业没完成就下跪,你是否考虑过他们的感受,考虑过他们的尊严吗?"刘晓慧有些激动,越说越气愤。

"这是什么话?什么叫简单粗暴?什么叫有违师德?古人也说过'严师出高徒',你没听过?《三字经》里还说'教不严,师之惰'。我严厉管教学生怎么叫有违师德了?"马焕明狠狠地扔下教材,显然被刘晓慧激怒了。

"古人的观点是对的,但严厉应该是建立在尊重的基础之上的循循善诱,而不是对他们进行身心摧残以及带有侮辱性的制裁,让他们迫于威力而不得不屈服。而且《教育法》里明文规定,体罚和变相体罚都是违反师德的,严重者还会被取消教师资格。你罚学生下跪就是体罚。"

"什么体罚?别拿你们城市里的那一套来教育我。在这里,用这种方式对他们是最管用的。'棍棒底下出孝子',这句话你也没听过吗?只要学生能出成绩,只要把他们教育好,使用什么手段都不为过。刘老师,古人云'慈母多败儿'!你不要误人子弟,在这儿危言耸听!"

"那在你的暴力体罚之下,为什么还有这么多学生学习不好,作业完成不了呢?你口中所谓的好结果呢?"

"你、你……"马焕明一时语塞。

俩人又一次剑拔弩张,场面十分尴尬。好在这时,柳成鹏和纪老师及时赶到,才没有让俩人的战火继续蔓延。

俩人的争吵在学校引起轩然大波,学校出现两个阵营,一些资格老的老师开始和刘晓慧保持距离,一些年轻的老师和刘晓慧站在了一个阵营。两个阵营都坚守着自己的原则,暗自较劲,他们准备以教学成效来赢取对方的认可与尊重。

这天放学后,马焕明和刘晓慧分别被王校长叫到办公室谈话。马焕明仍然坚持原有的观念不愿改变,即使在校长的一再要求下,他也只是勉强保证以后尽量不体罚学生,但还是一再强调要对一些破坏课堂纪律、屡教不改的或者过于顽劣的学生使用非常手段,让他们长点记性。

第二天中午放学后,马焕明又一次被王校长叫到了办公室。马焕明进来时,王校长起身给他倒了一杯水,然后微笑着说:"马老师,怎么了?一副气呼呼的样子。"

"王校长,你说,她那个刚教学没几天的小女娃子,倒还教训起我来了。"马焕明没头没脑地就开炮了。

"你是说刘老师吧?我听说你们在课间的时候又有争论了?"

"我跟她争论什么?她一个小女娃懂什么?她就是无理取闹,尽是一些歪理。你说我都教了大半辈子书,还需要她来教我如何管教学生吗?"马焕明越说越气,脖子上的青筋都暴了起来。

王校长没有说话,静静地听马焕明发泄。马焕明自顾自地说了半天后,才意识到自己这样有些不妥,忙把话题打住,下意识地搓了搓手,有些不好意思地说道:"让校长见笑了!"

"你说得对,你我都是有几十年教龄的老教师了。"王校长笑着说道。

"我就说嘛!我们刚教书那会儿,她这个女娃估摸着还在娘肚子里呢,现在反倒教育起我们来了!"马焕明很巧妙地把王校长也往自己的阵线上拉。

但此时王校长却笑了,说:"马老师啊,我们都是有几十年教学经验的老教师了,但不能总是抱着自己的老经验不放啊!……绝对不允许对学生进行体罚。"

马焕明怎么也没有想到,王德生竟然是批评他的。他脸涨得通红,说:"我们这么多年不都是这样管教学生的吗?"

王德生看出了马焕明的心思,说:"是啊,这么多年都是这样,抱着那种老式的教学思维。但现在时代不同了,我们这些老骨头啊,也该呼吸一下新鲜空气了。"

"噢……是……"

"这样吧,以后一定要设法改变教育观念,不要再有体罚学生的事件发生啊,现在上面对这方面抓得很紧。"

"嗯,俺会注意的……"然后是一阵沉默。感觉到气氛有点尴尬,马焕明找了个借口出去了。

王德生又把刘晓慧叫到了办公室。刘晓慧一进办公室,王校长就笑容满面:"年轻人就是好,做什么都无所顾忌。刘老师,快坐。"

刘晓慧坐在了王校长对面的椅子上,看着满脸笑容的王校长,刚才还气呼呼的神情一下子就消失得无影无踪,反倒有些不好意思了。

"刘老师,最近你辛苦了,听说你每个周末都去看望贫困户。我们都老了,有时候真是心有余而力不足,以后还得多靠你们这些年轻人。"

"王校长,您说哪里话?您才是全心全意为这些孩子着想的人,不然您也不会接受我这个麻烦吧?"

"哈哈,怎么能叫麻烦呢?你们是新时代的新鲜血液。李家坝交通不便,信息也闭塞,老师们的思想都固化了,你们的到来可以给大家敲一敲警钟,改变一下他们的思维。当然,要想彻底改变他们还需要时间。所以,刘老师啊,我支持你,希望能通过你们年轻人的努力让这些孩子的生活和教育环境得以改善,这也是我一直所期盼的啊!"

听了王校长一番诚恳的话语,刘晓慧没有想到自己竟然深得校长的信任和重托。刘晓慧觉得热血在内心沸腾,有种动力在前方指引着她。她明白自己必须更加努力了,不能辜负校长的信任,也不能辜负这群可爱的孩子。

从校长办公室出来,刘晓慧在食堂简单地吃了几口饭便返回宿舍。刘晓慧翻开放在桌子上的学习委员徐文君送来的几份学生的自我检讨书,快速看了一遍,要求写检讨的都交了上来。

学生们都写出了自己没写作业的原因,大多数是因为没时间,放学回家后不但要干活,还要照顾弟弟妹妹。还有个别学生是因为底子差,多数题不会做。只有极个别学生是因为偷懒而没有完成。但无论是什么原因,他们都认真写了检讨,并且还提出了如果下次再不能完成作业的自罚方式。而这些自罚方式几乎都有一个共同点,如蹲马步、罚站、打手板等。

刘晓慧很不喜欢用这样的惩罚方式来教育学生,她决定先从孩子的思想观念上来改变他们。

当然最关键的是要帮助这些孩子解决根本问题。对于一些放学回家需要干活,没时间写作业的学生,她打算另外布置一些有益但耗时不多的作业,更多督促他们提高学习效率。有一些底子差的学生,刘晓慧打算在放学后或者周末让他们在条件允许的情况下给他们免费做辅导,直到他们成绩跟上为止。一些有厌学情绪的学生,她决定抽出大量时间跟他们加强沟通,让他们建立自信心,从而喜欢上学习。

第二天,刘晓慧在课堂上没有批评任何一个学生,反而用特别巧妙的方式表扬了那些没有完成作业的学生。

"无论你们是因为什么没能完成作业,你们都把自己的真实想法告诉了老师,这说明你们都是诚实、品质优秀的好孩子。另外,我还看到了你们都为自己的错误而制定的自罚方式,这说明你们已经认识到了自己的错误,懂得知错就改。你们诚实,懂得知错就改,你们就是最棒的,值得老师表扬。但是,你们还需要加倍努力,像班上其他成绩优异的同学一样,能按时完成作业,从今往后也争当一名优秀学生,好不好?"

"好。"声音稀稀拉拉,也不响亮。刘晓慧刻意抬高嗓门又大声问了一遍,所有的学生都抬起头,异口同声地喊出:"好!"随即响起雷鸣般的掌声。

刘晓慧欣慰地点点头,随即从一个夹子里抽出了一张奖惩规则表。考虑到这里大多数学生家境贫困,有一些学生用着只剩下不到一寸的笔头卷着纸在写作业,一个作业本,每次都要写得密密麻麻,才翻一页继续写,刘晓慧打算拿出自己的积蓄给这些家境贫寒的学生买一些文具作为奖励。至于惩罚,她绞尽脑汁,根据每个犯错误学生的特点,制定了既对学生有帮助,又能让他们知错就改的惩罚办法。

针对一些性格内向、害羞的学生,刘晓慧就罚他们,每天语文课堂带头朗读,带头发言,或者在班上讲故事,等等;对于活泼好动的,就罚他们学做谦谦君子,不言不语,课间不能找其他学生追逐嬉戏,等等。

刚开始,有些学生把这些惩戒根本不放在心上,但被罚过一两次后,他们就投降了。后来的效果越来越好,慢慢地,班上几乎没有不按时完成作业的学生了。

当然,还有一件更重要的事,就是帮助一些差生解决历史遗留问题。

刘晓慧安排了给一些差生补课的时间,放学后半小时和每周六上午对这些差生统一进行辅导。

对于不想写作业的极少数学生,刘晓慧和他们进行了沟通。了解到这些孩子有严重的厌学情绪后,刘晓慧积极鼓励他们,让他们找到自信,喜欢、热爱上学习。在刘晓慧耐心的鼓励和坚持不断的引导下,这些学生重拾了学习的自信。

周日,刘晓慧早早就起来了,耽搁了一个星期,她需要去张承峰家里看看。经过柳成鹏房间时,俩人相视一笑。

柳成鹏对刘晓慧说:"要出去啊?我打算跟你合作,给学生补课。"

"我也有此意,一直想找你说呢!"刘晓慧大喜,没想到柳成鹏与自己的想法不谋而合。

"一大早就这么高兴啊,什么好事情啊?可不能少了我,算我一个哦!"这时,住在刘晓慧隔壁的纪若雨也从宿舍走了出来,俏皮地说道。

"好啊,你参与,语、数、英都凑齐了,简直太完美!"三人开怀大笑。

"我先走了,晚点回来我做饭请你们吃,咱们再一起好好聊聊补课的事情。"刘晓慧说完,纪若雨和柳成鹏愉快地点点头。

"这么早你要出去干什么?"纪若雨问。

"我们班的张承峰家里出了点事,我想去看看。"

朝霞总是那么美丽,刘晓慧披着霞光,向张承峰家走去。张承峰家里情况到底糟糕成什么样?她去了又能给予什么样的帮助呢?这些都是她必须考虑的问题。

自从来了李家坝中学之后,似乎每天都有新的事情发生,总是不断有需要她去伤脑筋的事儿,但这让刘晓慧斗志昂扬。在这里的一切,和她前二十多年的生活完全不一样,她每天都看到自己在成长,每天都充满了力量。

在去张承峰家的路上,她觉得自己改变了太多,变得自己都越来越不敢相信了。她觉得自己成熟了许多,有了更多的担当。她对着远处的山峰莞尔一笑,朝霞映照在她白皙的脸庞上,那么美。微笑似乎让她有了战胜一切困难的勇气,有了能为这个地方带来更多变化的力量。

第二十一章　普通而又贵重的礼品

走了半个小时,刘晓慧到了张承峰的家。张承峰还是一头枯黄的乱发,脸也脏兮兮的,因为裤子太短,脚踝露在外面,有些发紫。他正侧着身子,两只手吃力地拎着一个盛满饲料的木桶往猪圈走去。木桶在两腿中间来回晃动着,时不时会碰到腿,里面的饲料也会随着来回晃动溅出来一些在他裤子上。刘晓慧走上前去,帮他提起木桶把猪食倒进猪圈里的食槽里。

"嗯,刘老师?奶奶,刘老师来了。"张承峰因为刘晓慧的到来显得很开心,放下桶就跑进里屋喊奶奶。

刘阿婆正准备从炕上下来,刘晓慧赶紧上前帮忙扶着身子本就不利索的刘阿婆:"刘阿婆,之前就想来看您,一直有事耽搁了。您身体好些了没有?"

刘阿婆笑盈盈地握住刘晓慧的手:"谢谢刘老师啊!这么关心我们。我已经好多了,老天在庇护我,我都能下炕了。再休养几天,我就能下地干活儿了。"

"那真是太好了,平时您可要多注意,承峰还小,还需要您照顾呢!"

刘阿婆看了一眼坐在旁边的孙子,点点头:"是啊,这孩子苦啊!刘老师,听承峰说你要给他辅导功课。我一听可高兴了,你就让这娃儿跟着你好好受教育。承峰啊,你可要听刘老师的话,好好学习啊,将来考上大学了才能有出息。"

"嗯,您就放心把承峰交给我吧!阿婆,最近一段时间,承峰学习进步了不少呢。"刘晓慧说着拿出一个文具盒,里面有一套崭新的文具,放在刘阿婆手上,"这是给承峰学习进步的奖励。"刘阿婆双手接过文具盒,轻轻地抚摸着,眉眼间满满的笑意,随后便把文具盒小心翼翼地交给孙子。

张承峰接过文具盒,宝贝似的紧紧握在手里,眼里放射出光芒。看到张承峰这么喜欢,刘晓慧觉得心里像蜜一样甜。刘晓慧觉得自己在从事着一件很伟大、很有意义的事情。她伸出一只手摸了摸张承峰的头,柔声地说道:"承峰,你要好好学习,继续努力,读好书,有出息了,你爷爷奶奶就开心,你爸爸妈妈也会为你骄傲的。"

听到爸爸这个词,张承峰神情有些黯然,他看着屋外,用力点点头。

刘阿婆本来还想留刘晓慧在家吃饭,但刘晓慧推辞了。

刘晓慧刚出来没走几步,就看到村头树下有一个男孩子挥舞着手中的木棍,眼睛一直看着远方。

"承峰,那不是你弟弟吗?"

坚持要送她的张承峰也看到了自己的弟弟:"嗯,他在等爸爸妈妈回来。"

刘晓慧想起第一次看到张平峰,他因为打了村子里别人家的孩子,被家长找上门,挨了张爷爷的一顿揍。想想这孩子还这么小,他的顽劣或许是因为太缺少关爱吧!

出了村,刘晓慧回头劝张承峰赶快回去。她返回学校,和柳成鹏、纪若雨一起做了一顿饭,三人就聚在6号宿舍里,一边吃饭,一边商讨补课事宜。

午饭时,从外面玩回来的张平峰一进家门,就看到了张承峰放在炕上的文具盒。这么漂亮的文具盒他从来没有见到过,他拿起来摸了又摸,就是不舍得放回去。张承峰看到弟弟拿着刘晓慧送给自己的文具盒,赶紧去抢。俩人你争我夺,文具盒被扯成两半,装在里面的文具散落一地。

张承峰看着破碎的文具盒,瞬间崩溃了,坐在地上,号啕大哭起来。张爷爷从来没见过孙子哭得这么伤心,抓住张平峰就是一顿揍。张平峰本来就已经后悔了,现在又被爷爷打,也跟着哭了起来。一旁的刘阿婆一脸无奈地看着几个人。

俩人哭了很久,哭累了,坐在地上呆呆地注视着地上摔坏了的文具盒一言不发。

"哥,对不起,文具盒我一定赔你个新的。"张平峰情绪稳定了,意识到自己的错误,于是主动走到张承峰面前,向他道歉。张承峰头也没抬,张平峰走得更近些:"我一定赔,昨晚我梦见爸爸了,他说过几天就回来,还要带礼物给我。到时候我把礼物送给你,还要让爸爸给你买个跟这个一模一样的文具盒。"

张平峰认真地说着,眼睛里流露出天真无邪的光彩,这深深刺痛了张承峰的心。如果爸爸真的能回来,自己宁肯什么礼物都不要。他多么想爸爸能够回来。周末,刘晓慧给每个学生布置的作文是写一篇日记。借着昏黄的灯光,张承峰把这天发生的事写在了作文里。

今天刘老师来家里了,她还是那么漂亮和温柔,有着妈妈的味道。我知道她是来看奶奶的,看到她我就很高兴。刘老师告诉奶奶,说我学习进步了,奖励了我一个文具盒。文具盒是蓝色的,上面有可爱的人物图案,这个文具盒是我见过的最漂亮的文具盒。拿着文具盒时,我好想对刘老师说些什么,或者抱抱她。可是我不敢,她是我最尊敬、最喜欢的老师。

刘老师没有吃饭就走了。看着她的身影消失在路的尽头,我又想起了爸爸,刘老师一定是爸爸派来的吧?不然她为什么这么关心我、鼓励我,让我感受到好久都没有感受过的温暖?我想,只要有刘老师在,我一定会一直那么温暖和幸福。

可是,因为我跟弟弟争执,弄坏了文具盒,我心里难受极了。爸爸永远离开了我们,妈妈也离开了我们。现在刘老师送我的文具盒也被弄坏了,我觉得很对不起刘老师,害怕她会生气,我心里害怕极了,我却不知道该怎么办,不知道被刘老师知道了会怎么样。

弟弟向我道歉了,说昨晚梦见了爸爸,还说爸爸快回来了,会买礼物给他。我知道爸爸永远也不会回来了。可是我不能告诉弟弟,他还小,我怕他接受不了。

夜深人静的时候,我特别想念爸爸妈妈,我想告诉爸爸,既然你把刘老师派来了,能不能让她多留一会儿?我想让她看着我长大,看着我变得更加优秀。我想那时,刘老师一定会笑得像花儿一样美丽。到时候,我一定要亲口告诉她:"刘老师,您是我见过的最好的老师,谢谢您。"

刘晓慧制订好补课计划的时候已经是晚上九点多了,躺在床上,她才想起已经好几天没有和男友打电话了。对男友的思念,在这个静谧的夜晚变得分外浓烈,她拨通了陈建海的电话。

"晓慧,你最近还好吗?"陈建海很开心,之前给刘晓慧打过两次电话,她都没时间。今天接到刘晓慧的电话,陈建海掩饰不住内心的欣喜。听到自己日思夜想的声音,刘晓慧忍不住哭了起来。电话另一端的陈建海慌了,赶紧安慰她:"晓慧,你怎么了?是不是受什么委屈了?还是哪里不舒服?你到底是怎么了……"刘晓慧听出陈建海心急,哭得更加伤心了。

"晓慧,要不你回来吧。你这样我很着急,也很担心你,要不我明天就过去接你回来好不好?"

听陈建海这么一说,刘晓慧在电话这头拼命摇头:"不,建海,我一切都好,我只是想家,想你了。"

陈建海舒了一口气:"那就好,那就好。"

刘晓慧和陈建海聊着最近发生的一些事情。

"建海,我觉得自己在这儿过得很快乐,我感受到从没有过的充实和满足。"

"那就好,虽然我还是无法理解你为什么会坚持这样的选择,但只要看见你开心我就放心了。你刚刚不是说要买一些文具给学生作为礼物吗?我在这边帮你看看,有没有文具批发的,我多买一些给你寄过去。"

"太好了,那你就多买一些,我就可以奖励更多的学生了。谢谢你,建海。"

"哈哈!花我的钱你也不心疼啊?"

"那当然,总比你整天跟你那些狐朋狗友胡吃海喝要强得多吧?"

"你看你说的,我出去吃饭喝酒也是必要的应酬啊!"陈建海表示抗议。

刘晓慧扑哧一声笑了,说:"知道了,陈大老板,那就努力多赚钱,多给这些贫困地区孩子买点学习用品。我代表这儿的孩子们感谢你。"听刘晓慧这么说,陈建海也笑了。

挂掉电话,刘晓慧躺在床上却一直睡不着。想想最初,陈建海坚决反对她疯狂的举动,现在看来,陈建海似乎没那么反对了,还开始主动帮助她。她想着都觉得开心。

刘晓慧越想越开心,感觉连空气都是彩色的,渐渐地进入甜蜜的梦乡。

周日,天气晴朗,许萌萌如往常一样去找付文娟来家里玩,还约好了一起做作业。许萌萌到了付文娟家,热情地和付爷爷、王奶奶打了招呼,就拽着付文娟去自己家里。

"文娟,我妈妈今天给我们准备了好多好吃的,我们写完作业就可以边吃美食边看电视了。"许萌萌拉着付文娟的手,欢快得不得了。

"嘀嘀……"这时,从老远传来了大巴车的声音,付文娟停住了脚步,她的眼睛死死地盯着大巴车,眼里是满满的期待。大巴车经过她们,渐渐走远,付文娟的眼神也由期盼变得失落。

"文娟,你又想你爸爸妈妈了?"

"嗯,每次我爸妈回家都是坐这种车子,只要看到这种车子经过,我心里都会想,我爸妈会不会就在车里?是不是回家看我来了?"

"快过年了,文娟,到时候你爸妈一定会早早回来的。"

"我知道,可是我还是觉得好漫长。"

许萌萌用大拇指轻轻地压住中指,然后用力把中指弹出去,说:"你没听说过这么一句话吗?'弹指一挥间'嘛!"

"你真逗。"付文娟忍不住笑了,"萌萌,其实我知道你是想逗我开心,除了我爸妈和爷爷奶奶,就你对我最好了,还有你爸妈。"

"你说什么呀?我们是好姐妹啊!"

一到家,许萌萌就把许文娟不开心的事悄悄地告诉了妈妈。王明瑛很心疼地看着付文娟,拉着付文娟坐在自己身旁,轻轻抱了抱她,想给她一些温暖。

"文娟,你爸爸妈妈现在一定很忙,等他们不忙的时候就会回来的。"王明瑛轻柔地抚摸着付文娟的头发。

"嗯,昨天妈妈打电话来,说他们快回来了。可是我还是会忍不住想他们,希望他们一直能在我身边。我想和他们说说我每天在学校里开心和不开心的事,我希望他们每天在家等我放学,我也希望妈妈能每天送我上学……"说着付文娟有些哽咽。

王明瑛听着更心疼,伸手把她紧紧地搂在怀里:"文娟,阿姨和叔叔一直把你当女儿看待。我和叔叔商量过了,你就搬到我家来住,在你爸爸妈妈回来之前,让我们照顾你好吗?"

付文娟有些心动,她一直很羡慕许萌萌一家其乐融融的生活。

然而懂事的付文娟有些不忍心离开年迈的爷爷奶奶,很礼貌地说:"谢谢王阿姨,我爷爷奶奶年纪大了,他们在家我不放心。"

想想文娟年迈的爷爷奶奶,王明瑛便没有再强求:"你真是个懂事的乖孩子。文娟啊,你爸爸妈妈有你这么乖巧懂事,学习又好的孩子真幸福啊!他们也一定很想陪在你身边,但他们要去工作,要为你去挣学费,才能给你更好的成长环境,以后你才不会像他们那么辛苦。没有哪个做爸爸妈妈的不想自己孩子的,他们一定很想你,也很舍不得离开你的。"

付文娟擦干眼泪,笑了笑,点点头:"嗯,我知道,爸爸妈妈一定是很爱我的。我要好好学习,不辜负他们的期望。"

许萌萌和王明瑛看到付文娟笑了,脸上也露出了欣慰的笑容。

"萌萌,你带文娟去玩吧。"王明瑛对许萌萌说。

许萌萌从沙发上欢快地跳起来,拉起付文娟就向她的房间跑去。俩人完成作业后,就在客厅里边吃着饭边看电视,气氛十分融洽快乐。付文娟在许萌萌家吃了饭才回的家。爷爷奶奶在家等着她,她简单收拾了一下,洗漱好就去睡觉了。

天气变得更冷,窗外的月光却分外皎洁明亮。这样的夜晚,有多少人整夜未眠,对着月亮思念着远方的亲人呢?

第二十二章　文君的忧伤有谁懂

又是新的一周,同学们在鲜艳的五星红旗下,行注目礼,唱国歌。看着飞扬的五星红旗,每个孩子放飞自己的梦想,在逐梦的路上好好学习,天天向上。

晚上,刘晓慧看学生们的作文,很多学生把自己一天干过的事记录在作文里。大都没什么特别的,但能看出来每个学生都很认真,刘晓慧多少有些欣慰。她翻到张承峰的作文,内容让她既心疼又感动。

于是她在张承峰的作文本上批语:

亲爱的承峰同学,看了你的作文,老师很感动,也很心疼你。老师感谢你能够这么喜欢老师,老师愿意等着你长大,等着你变得更优秀。我相信,到那时候你的爸爸妈妈也一定会很开心地看到你的进步、你的优秀。你要继续加油,老师会一直陪在你身边的。

永远支持你、爱你的刘老师

第二天,张承峰又收到两个一模一样的崭新的文具盒,里面有一个便笺:"老师替你弟弟赔你一个新的,另外一个是送给你弟弟的。"

张承峰欣喜地把文具盒装进书包里,生怕被别人抢走了似的;另一个文具盒,等弟弟平峰到校的时候,他悄悄地拿出来,跑到张平峰面前说:"你看,这是什么?"

张平峰看了看,一眼就认出是被自己弄坏的文具盒,以为是自己眼睛花了,再仔细一看,的确是一个与之前一模一样崭新的文具盒,他羡慕地说:"哇,你怎么又有了一个新的文具盒?"

张承峰做着鬼脸,神秘地说:"喜欢吗?那我送给你。"

张平峰不敢相信:"真的吗?"他突然伸手就要抢过来。张承峰忙一缩手,没有让张平峰抢到。

张平峰歪着脑袋,泄气地说:"我就知道你骗我的。"

"我不骗你,这个文具盒真的是送给你的。不过,你看看你的手多脏,手洗干净了再给你。"

张平峰一转身就跑去洗手了,然后又飞快地跑了回来,冲着张承峰说:"这下你可以给我了吧?"

张承峰很自豪地把文具盒给了弟弟。平峰拿在手上,仍不相信这是真的,翻来覆去地看。然后他抬起头:"哥,你真好!这个文具盒真漂亮。"说着,便小心翼翼地打开文具盒,不停地傻笑。

张承峰看着弟弟欣喜的样子,轻声说道:"不是我好,是刘老师好。这是刘老师送给你的。这次她送了两个一模一样的文具盒给我们呢,一个给我,一个给你。"

"这是刘老师送的?"张平峰羡慕地说,"你们老师真好,要是我也有这样的老师就好了。"张承峰一脸得意:"那当然了,刘老师是最好的老师。"

课程如常,还是那所学校,还是同样的老师和学生。不同的是,初一有些学生比其他学生的上课时间长了。在初一(4)班教室里聚集了二十多个学生,这些学生都是一些课下混迹操场、几乎每堂课都会被点名批评的对象。

这些孩子被刘晓慧、柳成鹏、纪若雨留下来补课,从最基础的知识补起,这样他们的成绩才有可能跟上。为了提高学生们的学习兴趣,课间休息时,柳成鹏会带着学生们去操场玩花样足球。学生们对足球是认识的,但把足球玩得这么炫,他们可是第一次看到,以前只在电视里看过。

在之后的日子里,逢周六上午,李家坝中学便流行起一股花样足球风、跳绳风。这股足球风、跳绳风给这些学生原本封闭、守旧的世界带来了新的色彩,也打开了他们的视野。

这个周六,学生们补完课,如往常一样玩半个小时足球和跳绳。

柳成鹏是指导老师,刘晓慧和纪若雨在旁边协助,保证学生安全。

"这是在做什么?不好好补课,却在这儿玩一些花里胡哨没用的东西。学校的风气都被带坏了,你们这些新来的老师啊,简直是胡闹!"马焕明早就听说刘晓慧他们几个人逢周六给学生补课的事,这天就来看个究竟,老远看到这一幕,便训斥了起来。

王校长也紧跟着过来,听到马焕明的训斥反而笑了起来,拍拍他的肩膀:"马老师啊,你都不看看,现在都什么年代了,新时代了啊！我们也要学着与时俱进，他们不但年轻，还是从大城市里来的，接触的都是最潮流、最新鲜的事物，就应该让我们大家一起跟着长长见识才对嘛。我觉得这样很好，能让这些孩子变得有见识不说，还能让他们的课外生活更丰富，我们应该大力倡导才对。"

听王校长这么一说，马焕明看了看正玩得带劲的学生，摇摇头，扭过头气呼呼地走了。

王校长双手叉腰，站在操场边上笑眯眯地看着学生们。和马焕明不同的是，他始终满意地点着头。

眼看天气越来越冷，许多学生都躲在教室里。教室里人多，比较暖和。但因为学生不出去运动，导致学生上课都昏昏欲睡，于是马焕明硬性要求孩子们课后去外面活动。

这天课间二十分钟，许萌萌从家里带来了一根长绳，她邀请班上会跳绳的同学去跳绳，很快就凑了十多个人。许萌萌把人分成两组，准备来一场跳绳比赛，结果发现 A 组差了一个人。这时有同学看到徐文君，就说道："叫上徐文君吧，她跳绳跳得可好啦。"

立刻有人反对："别叫她，人家可是骄傲的小公主，怎么会和我们这些不起眼的人玩呢？"

"就是就是，之前我叫她一起玩，她都不理我。"

"我有次不小心碰了她一下，把她的新衣服弄脏了一点儿，她一天都坐在那里擦她的衣服，就感觉我是病毒似的。"

付文娟听了大家对徐文君的议论，有点愤愤不平。她之前和徐文君有过接触，她家境好，穿着也很好，也比较爱干净。虽然她不太爱说话，但自己平时和她讨论问题，她都很认真。有时在路上看到她,她还会热情地和自己打招呼。前几天,她爸爸妈妈回来了,她还把她爸妈买给她的一套精装版的四大名著借给自己看呢!

付文娟走进教室,看到徐文君趴在桌子上发呆。付文娟走到她身旁,轻轻地拍拍她的背问:"徐文君,你怎么了?是哪里不舒服吗?"

见有人问她,徐文君抬起头来,神情很不好。付文娟一看急了,说道:"文君,你等着,我这就去叫老师过来,你先别急。"

徐文君忙拉着付文娟说:"我没事,我只是有点儿难受,你别叫老师。"

"你哪里难受?是不是生病了?我这就去喊老师过来。"

"我爸爸妈妈过两天又要走了。"

付文娟说:"你爸妈回来了?他们不是一直在国外吗?"

"是啊,他们前两天回来的,还给我带了很多礼物,买了很多新衣服。"

"真羡慕你,你爸妈对你真好!"

"是吗?可我一点都不稀罕。我只希望他们能多陪陪我。我现在住在我姑姑家里,姑姑对我也很好,可不知道什么原因,我还是喜欢住在我自己的家里。我爸妈这次回来只待一周时间,下星期又要走了,我又得回我姑姑家住了。"说着,便委屈地哭了。

"我不也一样吗?你爸妈出国了,我爸妈也出去打工了。你爸妈一年能回来一次,我爸妈一年也就一两次,而且都是过年的时候才会回来。你跟姑姑和奶奶她们住一起,我也是跟爷爷奶奶住一起。"付文娟颇有同感地说道。

徐文君苦笑着说:"怎么感觉我们都像无依无靠的稻草人一样?"

付文娟说:"别想那么多了,我们出去跳绳吧,许萌萌在搞跳绳比赛呢,准备分两队,正好差一个人。"

徐文君懒洋洋地说:"我不想去,一点心情都没有。等下次吧,你去跳吧,我真的没心情玩儿。"

付文娟见徐文君一副萎靡不振的样子,不好再说什么,但又觉得此刻不应该留下徐文君,让她一人独自难受,于是轻声说道:"那好吧,我也不去了,我不去她们人数刚好,我就在这儿陪你吧。"

放学后,徐文君回到家里。这是她自己的家,平时只有父母回来的时候,大门才会敞开着。如果父母出国了,徐文君就跟奶奶一起去姑姑家里住。姑姑家的环境也很好,房子也大,徐文君有单独的房间,只是徐文君还是喜欢跟父母住在自己的家里,喜欢待在自己的小书房里看书、画画。现在父母回来了,平时都不怎么打开的家门终于敞开了,迎来了新鲜的空气,就像那久违的阳光一样明媚。

到家后,她把书包往床上一扔,闷着头不说话。妈妈李雅娟走到她身边关切地问道:"怎么了,文君? 一副不开心的样子。"

徐文君看了一眼妈妈,又低头摆弄着床上的小公仔。李雅娟赔着笑脸走进了书房,她心里有太多对女儿的歉意,她说:"吃饭吧,今天妈妈给你做了你喜欢吃的羊杂碎,还有蜜汁南瓜,保证好吃。"

徐文君却一点心情都没有,噘着嘴说:"就知道吃吃吃,再好吃有什么用?过两天你们还是会走。"

"又来了!"李雅娟笑着说,"我跟爸爸出去也是为了工作嘛,也是为了让我的宝贝女儿生活得好一点呀。"说着,李雅娟把徐文君搂进怀里。徐文君没有说话,靠在妈妈怀里,黯然神伤。见女儿一直不愿意说话,李雅娟不知道该如何安慰女儿。

"我只是觉得太孤独了,妈妈。"

"怎么会呢?妈妈现在不是在你身边吗?"

"可我已经看到了即将到来的孤独。"李雅娟觉得心里刺痛,把女儿抱得更紧了。

"爸爸呢?"

"你爸爸上午一直都在家,说想多陪陪你呢。廖叔叔他们几个听说你爸爸回来了,打电话把你爸爸叫走了,他们几个老朋友也有一年多没有见面了。"

"总是有那么多的事儿,还有那么多的应酬。"徐文君嘟着嘴抱怨着,而后一直望着窗外,一句话都不说。李雅娟的手一直在女儿背上轻轻地拍着,她耐心地说道:"你呀,还是个什么都不懂的孩子,等你长大后就会明白,每个人都需要有自己的事业。"

"那就必须要离开家,离开自己的孩子吗?"徐文君突然回道。

李雅娟一时语塞,不知道该怎么回答女儿的问题。她何尝想这样辛苦奔波?她何尝不想每天守着自己的孩子安稳度日?可是……看着怀中满脸怨气的女儿,她想说什么,但没有说出来。

"我还是喜欢小的时候,爸爸每天可以陪着我画画、做作业,你每天都会给我做好吃的,可是现在……现在什么都没有了。"说着,徐文君哭了起来。

晚上,徐文君的爸爸徐宇波回到家,见李雅娟坐在沙发上发呆,走上前去问什么情况。李雅娟抬起头,两只眼睛有些红肿。徐宇波有点愕然。

"宇波,我们常年在外奔波,实在亏欠孩子太多了啊!"

"你这是怎么了?是不是文君又怎么了?"

"这几天孩子的情绪一直不好,难道你就看不出来吗?"

"我当然看见了,她有没有跟你说是怎么回事?"

"孩子知道过几天我们就要走了,她心里难受,说不想让我们离开她,说她一个人太孤独……宇波,我们俩常年在外,孩子慢慢大了,有了自己的想法,孩子需要我们在身边陪着她成长,我看这样下去不是长久之计啊!"

"那怎么办啊?"徐宇波点着了一支烟,深深地吸进去然后又轻轻地吐了出来。

"你不是一直说要戒烟吗?怎么又抽上了?"李雅娟小声责备道,"我想,明年,等国外的项目一完成,我想申请回国工作,我们俩得有一个人陪在孩子身边。"

徐宇波又狠狠地吸了几口烟,说:"到时候再看吧。如果真能申请回国更好,你先回国工作,我再想办法回来,到时候我们一家就团聚了。回来这几天,本想多陪陪女儿的,不想总是被朋友叫出去吃饭。明天是周六,带上孩子,我们开车去西安转转,陪女儿去看场电影,你觉得怎么样?"

"早就该这样了。"李雅娟说。

第二十三章　离别的痛

周六,徐宇波与李雅娟一早就带徐文君出发去西安游玩,上午逛了兵马俑、华清宫,下午去市内看了场电影,玩了一整天。徐文君的心情似乎比之前好了一些,暂时忘记了烦恼与忧伤,敞开心扉感受着父母带给她的幸福与快乐。

周日这天,徐宇波与李雅娟要返回国外工作,两口子早早起床,没有吵醒徐文君。俩人手忙脚乱地整理着行李,虽然此时天气已经很冷了,但杂乱繁多的行李让俩人额头上渗出了汗水。突然间,李雅娟看着一个方向,停止了手中的活儿,徐宇波跟随李雅娟的目光看去——不知道什么时候,徐文君穿着睡衣靠在自己卧室的门边上,低声哭泣,小小的身躯随着哭泣一阵阵地抖动着。看见父母在看自己,徐文君哭声一下子大了起来。

李雅娟慌忙走了过去,搂着女儿的肩膀说:"文君,你怎么这么早就起床了?"

本来就已经泣不成声的徐文君见母亲这样问自己,索性放声大哭了出来。徐宇波愣在那儿,心情非常沉重,他走到女儿面前,用手轻抚着女儿的头,心里充满着自责。这时,徐文君的奶奶也起床了,见徐文君哭得这么伤心,颤巍巍地走了过来,安慰道:"我的小宝贝,别哭,你爸妈这是要去工作,还会回来的。他们不在,有奶奶在,奶奶会一直陪着你。"

徐文君越发伤心,眼泪像决堤的河水一样倾泻而出。文君奶奶心疼地看着孙女,不知所措。看到孙女只穿了件单薄的睡衣,她更加心疼地说:"宝贝儿,怎么穿得这么少啊?快快,进屋去穿上外套,可千万别冻感冒了啊!"说着,想拉着徐文君进房间。徐文君却倔强地站在卧室门口,一动不动,像没有听见一样。她抽噎着说道:"不,我就不,我就要站在这儿。"徐奶奶没有办法,只得进房间找了一件外套披在徐文君的身上,同时又有些埋怨地对徐宇波夫妻俩说:"你们啊,就知道工作,就知道钱钱钱,从来不知道关心一下这个家,关心关心孩子的感受。你们看看文君都多大了,你们看看她这样子……"

李雅娟搂着文君说:"宝贝,我跟你爸爸已经商量过了,妈妈这次过去处理好事情,就很快回来陪你,好吗?"

听母亲这么一说,徐文君才止住了哭声,说:"你们不会骗我吧?"

李雅娟爱怜地看着怀中的女儿说:"妈妈没有骗你,昨晚我都跟你爸爸商量过了,我会尽快回来陪你。"

徐宇波也过来说:"是啊,文君,你妈妈会很快回来的。但我们还需要过去一趟,等处理好那边的一些事情,办理好相关手续,就让妈妈先回来,好不好?"

徐文君没有说话,只是默默地看着已经收拾好放在地上的一大堆行李发呆。徐宇波夫妻见文君已经止住了哭声,便转身检查行李箱,而徐奶奶则一直在旁边安抚徐文君。

足足忙活了一个多小时,天已大亮了。这时,一辆小汽车到了徐文君的家门口,小车是徐宇波的朋友老王的,他是专程来送自己的老朋友去机场的。

"宇波,我来接你们了,东西都收拾好了吧?"老王从车子里走下来,热情地和徐文君家人打招呼。

"每次都麻烦你,我们都不好意思了。"李雅娟一边说着,一边转身倒了一杯热水递给老王。

"应该的,我和你们家老徐可是八拜之交呢。"

"徐阿姨好!文君也这么早就起来啦?一年不见,文君又长个儿了,出落得越来越水灵了。"看到门口的徐奶奶和徐文君,他热情地打招呼。

"王叔叔好。"徐文君轻声地打了个招呼。

"哟,这孩子怎么了?眼睛咋这么红?"看到徐文君一副闷闷不乐的模样,老王关切地问。

李雅娟伸手轻轻地抚摸着徐文君的头,无奈地叹气:"没事儿,我……我们已经把行李整理好了,王哥,现在就装吧,迟了赶不上飞机咋办?"徐宇波把行李搬上车,表情沉重地看了看自己的女儿,还是转身上了车。

李雅娟也在克制自己的情绪,努力地挤出一丝微笑:"宝贝乖,爸爸妈妈一定会早点回来看你的。"说完,她迅速转过身,头也不回地上了车。眼看车门要关上,徐文君哭着冲到妈妈面前,再次泣不成声。她在车窗外紧紧地拉着妈妈的手就是不愿意松开。李雅娟也忍不住哭了,她很想冲下车陪在女儿身边,但是她知道这并不现实,公司那边还有很多事情需要她去处理。她和丈夫也早早就计划好了,待条件允许的时候,就送徐文君出国,她不能在这个时候太过儿女情长,让自己所有的努力前功尽弃。

"宝贝,爸妈也舍不得你。你再等等,等妈妈这次处理完那边的事情,就接你和奶奶一起去国外,我们一家人再也不会分开了。"

徐文君哪里听得进去?她拉着妈妈的手不停地摇头,说什么都不肯松手。

最后还是徐文君奶奶和赶来的姑姑把徐文君拉开,车子这才启动。

李雅娟从后车窗里看到已经哭得撕心裂肺的女儿,自己也在车子里大哭起来。徐宇波也忍不住想哭,但他还是控制住自己,回过头低声安慰着妻子。

车子开动了,徐文君随着车子跑了几步。看着车子慢慢远去,她傻愣愣地站在原地,咬着嘴唇一言不发。奶奶和姑姑一起拉她回家,她有气无力地说:"奶奶,我想在这儿待一会儿。"

奶奶怜爱地说:"宝贝,这儿风大,你穿这么少,待在这儿会感冒的。"文君默默地跟着奶奶回到家门口,说:"那就让我在这儿待一会儿吧,奶奶!"

奶奶叹了一口气说:"好吧,那奶奶就陪你待一会儿。"转身又示意姑姑拿件厚外套出来。徐文君站在家门口,面无表情地一直盯着车子绝尘而去的方向,始终一言不发,也不知道她在想什么。

夕阳西下,夜幕降临。徐文君已经在门口坐了一天,无论奶奶和姑姑如何劝说,她就是不肯回家,两只小手和脸蛋冻得通红,但是她全然不觉,双眼始终呆呆地盯着前方。

徐奶奶端来汤面,送到她手上:"宝贝,快把面吃了,你看你这一天没吃没喝了,跟奶奶回屋吧。你这样下去,要是有个三长两短的,你让奶奶咋活啊?"

见文君这么伤心,徐奶奶心疼自己的孙女,却又不知道该做什么。她突然用拳头狠狠地朝自己的胸口捶打着,这让徐文君缓过神来。

徐文君使劲抓住奶奶的手,说:"奶奶,你别这样啊,奶奶你别这样,姑姑,你快看奶奶她……"徐文君一下子急了,一边使劲地拉着奶奶的手不放,一边回头大声喊着屋内的姑姑。

"你奶奶没事,你一整天都是这个样子,要急死你奶奶啊!"应声而出的姑姑,一边说着一边拉着徐文君往屋内走。看着桌上做好的饭菜,徐文君强迫自己多少吃了一点。她知道奶奶年纪大了,必须要让奶奶心安。

吃完面,徐文君和奶奶、姑姑打了招呼,就直接回自己的卧室睡觉了。

徐奶奶还想叫住徐文君说些什么,但被女儿徐云芳叫住了:"孩子心情不好,哭了一天也累了,让她休息吧。孩子大了,心思变得多了,等她心情缓过来了再找她聊吧。"

夜晚,徐文君做了一个美梦,梦见父母没有走,一直陪着她。梦醒后她一直偷偷躲在被窝里抽泣。她多么希望自己一直沉浸在美梦中不要醒来,至少梦里有自己的父母陪在身边。

第二天,徐文君如常去上学,她穿上父母新买的漂亮衣服,在校园里分外显眼,但整个人始终有些萎靡,以至于老师讲了些什么都不知道,加上昨天哭了一整天,两只眼睛也红肿得厉害。

早晨的时候,付文娟和许萌萌去的学校,一路上说说笑笑很是开心,路上碰到徐文君,她们热情地和徐文君打招呼,徐文君面无表情地回应她们。

"文娟,听说文君的爸妈又去国外了,你看她的眼睛都哭肿了。"

"嗯,一定是文君不舍得她的爸妈走,如果是我,我也会跟她一样难过。以后我们多和她说说话,多拉她一起玩,她也就不会那么孤单,那么想她爸妈了。"付文娟动情地说,许萌萌表示赞同。

这之后,许萌萌和付文娟一有闲暇时间,就去找徐文君聊天玩耍。刚开始,徐文君还不太习惯她们的热情,总是拒绝,玩的时候也总是很拘谨。渐渐地,她便打开了心结,她们成了无话不说的好朋友。尽管徐文君和她们俩的家隔得有些远,但她们总会约着一起去上学。

这天体育课,体育老师安排跳绳比赛。徐文君被安排在 C 一组,许萌萌和付文娟同为 D 组,徐文君因为与两个小姐妹不在同一组,有点郁闷。付文娟看出来了,她悄悄地跟许萌萌说:"萌萌,我们争取把文君拉到我们这一组来吧。"

"你以为我不想啊?"许萌萌说,"但这是老师安排的,我们有什么办法?"

"你去找老师说说吧。老师那么喜欢你,你找老师说,老师肯定会同意。"

许萌萌想了想,转身跑到体育老师跟前说:"老师,我希望徐文君也加入我们这一组。"

体育老师笑着问:"为什么?"

"因为我们几个心有灵犀,能配合好,可以跳出好成绩。"

体育老师笑了笑,转向徐文君说:"文君,你愿意跟她们一组吗?"

徐文君正为此事闷闷不乐,听老师这么讲,忙点头说:"老师,我愿意跟萌萌和文娟一组,我们肯定能跳出好成绩。"

"那好吧,你就加入她们这一组吧。"

她们三人果然配合得非常默契。这项充满活力的运动让她们的脸红通通的,浑身上下散发着青春活力。阳光下,她们像一朵朵正在绽放的花儿,更像一群在空中欢快飞舞的彩色蝴蝶。这一次她们果然不负众望地突破了纪录:一百个。突破一百个,体育老师带领大家一起热烈鼓掌,并开心地说道:"文君、萌萌、文娟,你们配合得真默契。尤其是文君,平时看你那么文静,没想到今天表现得这么出色。从你们的配合中,看得出来你们几个平时也一定是好伙伴,老师为你们的友谊高兴。"

在体育老师的赞美和同学们的掌声中,徐文君终于露出了久违的笑容。自此以后,她与许萌萌、付文君一起,被并称为初一(3)班的"三朵小金花"。

刘晓慧已经坚持给学生辅导了一个月的功课,有部分学生进步很大,刘晓慧告诉这些学生不需要继续补课了,但周六的花样足球和花样跳绳,这些学生还是会准时来参加。他们很喜欢这种充满活力、青春酷炫的运动。尽管每次往返学校的路程并不近,尽管在操场玩得精疲力竭,但他们依然兴致勃勃、乐此不疲。

这天下午,刘晓慧同往日一样补课,结果来了三位"不速之客"。这三位同学不是别人,正是被新封为李家坝中学初一(3)班的"三朵小金花"的许萌萌、付文娟和徐文君。她们手牵着手,来到刘晓慧面前,一齐叫道:"刘老师好!"

"你们好,你们来找我有什么事吗?"刘晓慧问道。

"我们商量了,反正放学早,回家了也没什么事儿,而且马上要期末考试了,我们也想来这里参加补课。"

"好啊,你们有这样的想法,老师当然很欢迎。"

补习班来了三朵小金花,让参加补习的其他学生更加有了动力和信心。有时候刘晓慧忙不过来,她们就主动担当起小帮手,帮助一些比自己成绩差的学生,这让刘晓慧很开心,也很欣慰。在她们的帮助和影响下,张承峰的学习进步很快,性格也比以前活泼了许多。

这个冬天也因为这些孩子变得不再那么寒冷,处处都是温暖和感动。刘晓慧每每看到这一幕,内心感到无比地知足和欣慰。她在心里默默祈祷,希望快乐在这些孩子身上多停留一会儿。

最近开心的事儿似乎特别多,刘晓慧带的语文在全校的年终摸底考试中,成绩突飞猛进,名列全校第一。

第二十四章　带来幸福的"蓝精灵"

这天,教务处的吴处长过来,告诉刘晓慧说校长找她。刘晓慧不知道校长这个时候找自己有什么事。十分钟后来到校长办公室,却发现除了王校长之外,另外两位副校长也在,这让刘晓慧有些紧张,不知道发生了什么事情。当她看到三位校长神情轻松,还有说有笑的,心里顿时放松了许多。

"三位校长都在,有什么事吗?"刘晓慧说道。

王校长看出刘晓慧一脸疑惑,他说:"当然是有事要找你啊,要不怎么会这么着急叫你过来?"见刘晓慧一脸茫然,王校长却笑了,"刘老师,我要代表学校谢谢你啊。"

刘晓慧更加听不明白了,不知所措地看着三位校长。

旁边的牛校长说:"王校长,你就别卖关子了,看把刘老师紧张的,你就直接说吧。"

王校长笑着继续说:"刘老师,你是不是请你的好友李雪在新闻媒体上报道了我们学校的事？现在引起社会关注了。"

"哦……"刘晓慧这才放下心来,说,"太好了,那现在有什么情况吗？"

"有个叫'蓝精灵'的公益组织,发起了募捐行动,已经募集到了不少物资,下周一就要送到我们学校了。"

"太好了,这样就能解决我们学校现有的一些困难了。"

"是啊,所以我们特意聚到一起,叫你过来就是要当面跟你说声谢谢。"

刘晓慧忙说:"不用感谢我,这都是我应该做的,我也很愿意为我们的学校和学生出一份力。"

范校长说:"刘老师,你别谦虚了,自从你加入我们这个队伍之后,学校和学生各个方面的改变都很大,尤其在教学理念上,人性化教育管理上,你都起到了积极的作用。"

刘晓慧的脸一下子红了:"您别这么说,我只是做了一些小事情。"

王校长笑着接过话:"刘老师,你所做的这些小事对我们学校可都算得上是大事啊。先不说这个了,目前学校有个事儿要请你来主持一下。"

"要我主持?什么事儿?我成吗?"

"刘老师,你先别忙着拒绝,这事还真得你出面。是这样的,'蓝精灵'公益组织下周一要来我们学校现场捐赠。这次捐赠是由你在媒体上呼吁来的,他们当然希望见到你这位幕后英雄,还想跟你了解更多与学校相关的情况,说要做个专访报道呢。所以我们商议,此次的捐赠活动就由你来主持,并委托你出面解答媒体的相关问题。"

"哦,我怕我回答不好。"刘晓慧说。自己可以胜任?刘晓慧有些顾虑和担心。

"没事儿的,我们相信你有能力做好。就这么定了,这件事就交给你了。另外,我们也跟柳成鹏老师沟通过了,让他来配合你完成这件事情。"

听王校长说安排柳成鹏来配合自己工作,刘晓慧这才放下心,说:"那……好吧,我尽力做好。"

原来,刘晓慧他们之前搜集的一些关于留守儿童的资料和照片,被好友李雪整理采编,在省电视台新闻中播放,在相关报纸上也刊登了,一下子引起社会广泛的关注。其中一家名为"蓝精灵"的民间公益组织发起了公益活动,为这些孩子募捐到了大量物资。随后,"蓝精灵"组织的代表董磊与韩洁将把募捐来的大量书本、文具、衣物等物品及部分资金送来学校。

当王校长接到"蓝精灵"公益组织打来的电话时,他的心里乐开了花,他为这些学生感到高兴。这些年来,学校一直想改善教学条件,却一直未成功,最主要原因是缺少资金与相关的学习物品。他万万没有想到,促成这次大规模捐赠活动的竟然是来学校才不到一学期的支教老师刘晓慧。激动之余,他便拉着两位副校长一起向这位干练的美女老师表示谢意,并决定安排刘晓慧来负责接待这次的公益人士代表。

刘晓慧经过柳成鹏宿舍时,被柳成鹏叫住了。他乐呵呵地说:"刘老师,祝贺你呀!"

刘晓慧笑着说:"祝贺我什么呀?"

"祝贺你辛勤的努力终于换来了应有的回报,你将成为我们李家坝中学从建校到小学、初中合并后的募捐第一人。听说下周一那个公益组织就要来学校了,这次你可是为我们学校立了大功了。"说着,柳成鹏站起来学着电视里古人行礼的样子,向刘晓慧深深一揖。

刘晓慧笑着,也模仿电视剧里的样子,回了柳成鹏一个万福金安。

后面有人笑道:"你们俩这是干什么呢?相互施礼,是要夫妻拜堂吗?"俩人回头看去,纪若雨正站在他们后面开怀大笑。

柳成鹏脸红了,说:"你可别胡说啊。"

刘晓慧冲着纪若雨扮了个鬼脸,有些调皮地说道:"那就算练习一下拜堂啰。等以后我结婚的时候,或许还真用得上呢。"

"今天两位咋这么开心啊?"纪若雨走上来问道。

"你还不知道啊?刘大美女成了我们学校的明星功臣了。"然后,柳成鹏绘声绘色地把刘晓慧的光辉事迹说了一遍。

"原来是这样啊,这事一定得庆祝。刘老师,我们都得向你学习啊。"刘晓慧红着脸,不停地说:"你们就别打趣我了,不就是做了一点力所能及的小事情嘛。"

然后三个人一起商量,下周一如何接待公益组织。

刘晓慧说:"到时候公益组织会来学校现场给学生发放书籍和学习用品,我们把一些需要资助的困难学生名单先列出来,再在这里面选几个学生代表上台领取捐赠物资。"

这个周末,没有补课和家访,刘晓慧、柳成鹏和纪若雨三人忙着为接待公益代表做准备。

周一上午,公益代表及部分社会爱心人士来到学校。早早地,学校就组织学生在操场上举行迎接仪式。四辆小型货车在一辆大巴车的带领下出现在校园里。初中部学生们站成两列,手拿彩色气球;小学部的学生们则捧着鲜艳的红领巾,他们用最热烈、最虔诚的方式欢迎公益代表及爱心人士的到来。

年轻帅气的董磊是领队,他是"蓝精灵"公益组织的秘书长。和他同行的是年轻美丽的韩洁,她是"蓝精灵"组织中的活跃分子。他们身系爱心公益组织的绶带,带领爱心人士和学校工作人员及学生一起把四辆小货车上的物品搬了下来。

刘晓慧作为迎接代表,穿着粉色职业套装,梳着干净利索的马尾辫,显得干练大方。她第一时间迎了上去,和董磊、韩洁热情、友好地握手。

董磊说:"你是刘老师吧?谢谢你啊!谢谢你把这儿的情况通过媒体宣传出去,让我们在第一时间获取了这么重要的信息,才做了一件这么有意义的事情。"

"这是我应该做的。应该感谢你们才对,你们为学校带来了这么多的物品,这对我们是多么大的帮助啊!我代表全校师生谢谢你们。"刘晓慧握着韩洁的手诚恳而动情地说道。

韩洁也说道:"真没有想到,这次活动的幕后功臣竟然是这么一位年轻的美女啊!"

"哈哈,让您见笑了,您才是真正的大美女,并且是位热心肠的大美女,从内到外的美。"

刘晓慧安排董磊和韩洁在前排正中间的位置坐下,由柳成鹏与纪若雨陪同,然后引导全体师生入座。

在国歌声中,五星红旗冉冉升起。

"非常感谢爱心公益组织对我们学校的大力资助。作为被他们关心的对象,我们心存感恩,让我们集体在此鞠躬致谢。"刘晓慧说着,带头鞠躬致谢,其他的师生也跟着一起表示了谢意,掌声响彻云霄。

接下来,刘晓慧让受资助的学生代表,包括张承峰、张平峰、傅圆圆等二十个不同年级、不同班级的学生上台领取捐赠物资,并让资助者代表和学生合影留念。

看着同学们对崭新的书包、文具等学习用品欢喜的样子,台下又一次响起了热烈的掌声。

王校长走上主席台,对着麦克风说:"同学们,今天是个值得高兴的日子,爱心公益人士雪中送炭,带着丰富的物资来资助我们贫困山区的学生。我们不仅要心存感激,还应该以实际行动来报答他们的这份爱心。我祝愿同学们学习越来越好,长大成为有用的人,能为这个社会做贡献,回馈家乡,回馈社会。接下来让我们用热烈的掌声欢迎公益人士代表董磊先生上台致辞。"

在热烈的掌声中,董磊走上台,微笑着接过刘晓慧手中的话筒,缓缓地走到了主席台中间,用他那富有磁性的、一口标准的普通话大声说道:

尊敬的学校领导,各位老师们、同学们:
　　大家好!
　　很高兴我们相聚在李家坝中学,为学生送上爱心资助。首先我代表爱心公益组织,对默默奉献在教育一线的老师们致以深深的敬意！同时感谢李家坝中学给我们这样好的一个平台和机会，让我们有机会做这样一件有意义的事情。

今天的捐助，是一次爱心的传递与交融。希望我们的点点爱心，化作燃烧的火炬，托起明天的太阳，照亮孩子们的前程，也照亮我们自己的美好人生。

十年树木，百年树人；百年大计，教育为本。基于一种责任和义务，我们将此次所募集到的物资送到需要的同学们手中，希望能帮助你们渡过难关，顺利完成学业，希望你们成为对社会有用的人。当然我们的力量还很有限，我们希望通过这次活动进一步唤起更多的爱心，让越来越多的爱心人士加入到我们的队伍中来，为所有需要帮助的孩子提供力所能及的帮助，使他们得到更多来自社会的温暖。

我相信所有资助者的爱心行动将转化成一股强大的精神动力，让一些和你们一样处于困境的孩子，树立起战胜困境的信心和勇气。

在此，我也希望在座的各位同学，不要辜负社会各界人士的殷切期望，珍惜学习机会，克服困难，勤奋学习，立志成才。我相信等你们长大成才后，一定会用你们的知识和智慧，回报家乡，回报社会。

最后，再次感谢李家坝中学，感谢各位老师，感谢每一位在场的爱心人士，感谢我们台下所有可爱的同学！

掌声再次响起。

接下来是学生代表等——上台致谢发言。

学生代表是张承峰,刘晓慧给他做了很长时间的思想工作。因为第一次上台,张承峰显得非常紧张和胆怯,他始终低着头,不敢看台下的老师和同学。在大家掌声鼓励下,张承峰终于抬起头,开始了他的发言。

尊敬的各位老师,各位有爱心的叔叔阿姨,亲爱的同学们:

大家上午好!

很高兴我能作为学生代表发言。站在这里,我心里有着说不出的紧张和激动,因为这是我第一次走上台,面对这么多的老师和同学发言。

我的内心一直以来都是孤独和自卑的,爸爸因为意外而去世,妈妈因为家里的贫穷而改嫁。现在家里只有我和弟弟、爷爷、奶奶,爷爷和奶奶年龄大了,身体也不好,还要养活我和弟弟两个人。每次看到别的同学都有父母陪伴,而我却没有;每次看到别的同学有爸爸妈妈买的新衣服,而我和弟弟却只能穿着打着补丁的衣服;每次看到别的同学因为取得优异成绩而被爸爸妈妈奖励好多礼物,而我却连想的勇气都没有……这些都让我更加自卑,更加胆怯和消极。我原本早早就做好打算想辍学,想在家里帮生病的爷爷和奶奶干活,我觉得他们为了我和弟弟太辛苦了。

可是命运似乎又眷顾了我,每当我想放弃学业的时候,我的老师都会耐心劝慰我,给予我无私的关怀和帮助,尤其是刘晓慧老师,她的关心和呵护温暖着我,让我有了信心和勇气继续学习。现在我敢站在这个讲台上,是因为我看到了希望,我有了信心。你们的帮助和关怀,让我变得敢于去和困难做斗争。

今后我一定要努力学习,让自己变成一个真正有用的人,让自己有一天也有能力去回报那些帮助我的人。我相信通过我的努力我一定会做到。

当然今天的捐赠仪式也让我知道,尽管我们出生时,命运给了我们重重的一击,但处在这个和谐美好的世界,只要我们勇敢地去和苦难做斗争,只要我们好好学习,用知识来武装自己,相信我们的生活就一定会变得更加美好。

相信在所有爱心人士以及老师们的关怀呵护下,我们一定会茁壮成长。为美好的明天,为帮助和关心过我们的每一位叔叔阿姨和老师,我们一定会努力学习,将来回报社会。

最后,我衷心地感谢校领导、老师、爱心人士以及同学们给予我的帮助和信任,我一定不会让你们失望的。

谢谢大家!

张承峰朴实而又真诚的发言赢得了雷鸣般的掌声,在更多人心中掀起了涟漪。

掌声持续很久,站在一旁的主持人刘晓慧也哭红了眼睛。见张承峰发言结束,她努力调整自己的情绪。

下午,李家坝中学的相关领导和教师代表与公益人士代表进行了交流座谈。交流会上,王校长代表校方对"蓝精灵"再度表示感谢。董磊则表示他们做得还远远不够,回去后还会组织和呼吁更多的爱心人士和团体,来给这些需要帮助的孩子们更多的帮助和关爱。

散会的时候,董磊走到刘晓慧旁边,悄悄说:"刘老师,可以单独聊聊吗?"

刘晓慧一怔,而后大方地说道:"当然可以。"

"那,我们到外面走一走?"

"当然可以。"刘晓慧笑着回答道。

李家坝中学校门外有一条小路,偏僻而幽静。俩人沿着小路往前走,这时天边已挂起晚霞,红云映照了半边天,把大地都染上了娇艳的红色,一切都显得那么美好。董磊不禁说:"好美啊!"

"是啊,好美,这样的天!"

"还有这样的人!"董磊看着刘晓慧笑了笑,"如果都像刘老师这样美,那这个世界岂不是太美好了!"

刘晓慧的脸微微一红,说:"您说笑了。"

"我可不是恭维你,刘老师。其实我说的美,不只是外在的美,更主要是你的内心所表现出来的美。像你,一个九〇后,不少都还窝在家里啃老,或者就是无所事事、游戏人生,而你却让我看到了一个不一样的九〇后。原来九〇后中也有像你这样优雅大方的女孩,也有这样有理想、有追求的女孩。听说你是从苏州来的,我之前曾去过苏州,亲身体验过江南水乡的繁华与美丽。那边跟这儿相比,是两个完全不同的世界,而你竟然有勇气从那么繁华美丽的城市跑到这样一个贫困而又偏远的山区,成天跟一帮留守儿童打交道,我真心地钦佩你。"

"您过奖了。"听到董磊这么夸赞自己,刘晓慧忙说,"在我们同学当中,像我这样的不少呢,其实我也是受了我的一个同学的影响才来支教的。我的那个同学,才是一个真正的大美女呢。她去了贵州山区支教,两年后我才知道。我被她的行为和选择深深感动,从心里敬佩她,所以我想趁着年轻,趁着还有资本可以让自己疯狂一回的时候,就去疯狂一次,为自己的人生做一次选择。我想,到老了的时候,回想起往事,一定有很多值得回味的地方!"

"是啊,能疯狂也是对自己青春年华的一种纪念方式。我呢,也希望自己能有资本去疯狂一回,我脑海里时常闪现一些疯狂的想法。"

"比如呢?"

"这个……一下子倒想不出来了。呃,刘老师,我们可以留个电话吗? 如果以后有需要帮助的地方,我们可以随时联系。"

"好啊!"刘晓慧笑着说,然后俩人互留了电话。

俩人一路说笑着返回了李家坝中学,随后董磊、韩洁与大家一一握手告别后,便和其他一同前来的爱心人士一起乘坐大巴离开了学校。

这天晚上,刘晓慧给父母、陈建海还有几个同学分别打了电话,她太兴奋了。她看到因为自己的努力,也能改变一部分人的生活,虽然这种改变还很小很细微,可是如果很多的改变积累起来,不就是一种大的改变吗? 让她高兴的还有陈建海,他听完刘晓慧在电话里一番慷慨激昂的讲述后说:"晓慧,你太棒了!我为你自豪,哦不不,是为我而自豪。"逗得刘晓慧哈哈大笑,她感觉自己好久没有这样开心过了。

"为我有这样的女友而自豪啊,哈哈哈!"陈建海得意地大笑。

"去你的!"刘晓慧甜蜜地挂掉了电话,但兴奋和激动的情绪还在全身涌动,又如何能睡得着?这时手机短信提示音响起,她收到一条短信。

刘晓慧一看,来短信的是董磊:刘老师,如果说今天有什么收获的话,那么最大的收获就是认识了你,一个与众不同的、美丽的优秀的女孩。我甚至有一种感觉,你可能会改变我的人生。

刘晓慧读完短信,总感觉这信息的内容意味深长。想了想,回复道:我也很高兴认识您!这么晚了,您今天也很辛苦,早点休息吧!晚安!

很快就收到短信回复:晚安。

短暂的喧闹之后,李家坝中学又恢复了往日的宁静,不,是不同于往日的那种宁静,因为这一学期马上要结束了,大家进入了期末考试的紧张备战中。

第二十五章　君子协议

进入腊月,李家坝越发寒冷,已经下过几场大雪,地面上覆盖着厚厚的雪。因为气温太低,屋檐上整天挂着冰凌子。人们出门必须全副武装,低气温使人呼吸困难,仿佛呼出的气立马冻成冰。从小在南方长大的刘晓慧真的难以忍受这种极致的严寒。

因为李家坝天气干冷,刘晓慧的皮肤干裂,甚至又红又肿。她需要戴很厚的帽子和口罩,须把自己裹得严严实实的才勉强可以出门。

在这样的寒冷天气里,换作以前她肯定会躲在有暖气的屋子里,一整天不出门。然而在这里,刘晓慧不仅每天要上课,宿舍里可以取暖的也只有暖水袋和电热毯。

因为天气干冷,刘晓慧的嗓子有些受损。每每半夜,她因嗓子干涩得厉害而不得不起来找水喝,否则就会干咳,经常咳得眼泪都会流下来,时常影响白天上课。

细心的徐文君发现了刘晓慧的症状,从家里拿来奶奶做的干草花,泡水给刘晓慧喝。

"刘老师,我奶奶说这干草花最润嗓子,让我给您拿来了一些,奶奶说只要您一直泡着喝,您的嗓子就不会难受。"

"是啊,刘老师您一定不能生病,我们都需要您。"付文娟也一脸担忧地看着刘晓慧。

许萌萌也点点头,盯着刘晓慧看了好一会儿,欲言又止,终于还是问道:"刘老师,您是不是再过一学期就要走了?"

刘晓慧接过徐文君递给她的水,虽然有股中草药的味道,但心里很温暖。突然听到许萌萌这么问自己,刘晓慧愣住了。

"是啊,我来这里支教马上就半年了,当初来的时候家里人就不同意,我答应家人支教一年就回去。"刘晓慧有些不忍心说出口。

听刘晓慧这么一说,有几个学生围了过来,拉着刘晓慧的衣服,眼巴巴地看着,但一句话也不说,还有几个学生急得要哭出来。

"刘老师,我们喜欢您,我们都不舍得让您走,您不要离开我们好不好?我们一定会听您的话,一定会努力学习的。"

正在教室后面和同学打闹的张承峰听到同学们在说"刘老师您不要走"时,他心里咯噔一下,马上跑了过去,眼泪在眼眶里打着转,紧紧盯着刘晓慧。学生们的强烈反应让刘晓慧一时不知所措,她心里暗暗想着要不要继续留下来。她觉得这些孩子需要自己,自己也早已离不开这些孩子了。

"刘老师,您答应过我,说您不会走的,说您会一直陪着我们的。"张承峰语气里充满着恳求。

这时,一直与张承峰处处作对的陈立伟也走到刘晓慧跟前,对着刘晓慧保证:"刘老师,我知道您喜欢张承峰,我以后再也不会欺负他了,您能不能别走?"说着还伸手拍了一下张承峰的肩膀,冲着张承峰友好地点点头。

"刘老师您别走,刘老师您别离开我们……"

在学生们的乞求声中,刘晓慧心中感受到无限力量,似乎这里的冬天也没有这么寒冷难熬了。刘晓慧笑了出来,她摸了摸面前几个孩子的头,笑着说:"谁说我要走的?"

所有同学都看向许萌萌,许萌萌有些不好意思地红了脸,眼睛里却流露出欣喜的目光:"听到没?刘老师不会走的,不会离开我们的。"接着又解释道,"我是听我妈妈说南方人都忍受不了我们这里的寒冷。之前有几个来这里教书的老师,就因为不能忍受这里的冷,后来都离开了。我看刘老师最近一直不舒服,经常听见她在上课的时候咳嗽,我就,我就……"

刘晓慧眨了眨眼睛,有些俏皮地说:"有你们这么多小棉袄温暖着老师,老师怎么会觉得冷呢?放心吧!老师既然答应你们不会走,就一定不会离开你们的。"

大家听到刘晓慧这么肯定的语气都开心得不得了,乖乖坐回各自的座位。这之后的语文课,大家都很用心,课堂纪律也非常好,这也让刘晓慧省了不少心。

几场雪过后,李家坝终于转晴,天空中露出了灿烂的阳光。中午吃完饭,很多学生和老师都在操场上晒太阳。刘晓慧把已经有些潮气的被子拿出来晒晒,而后也站在门口晒太阳。这时候她看见陈立伟和其他同学在打闹,突然想起了什么,于是挥手把陈立伟叫了过来:"立伟,你能告诉老师,你为什么总是喜欢欺负张承峰,总喜欢跟他作对呢?"

陈立伟挠挠自己的头发,有些尴尬地说:"我就是有些看不惯他每次畏畏缩缩,一副胆小的样子,我就忍不住想欺负他。"

"你这欺负人的理由是不是太没有道理了?"刘晓慧严肃地说,"张承峰是个有想法的孩子,他以前也挺开朗的,只是因为家境不好,所以他才变得自卑、胆小。同学之间,要互相帮助、相互团结才对。你不但不帮助他,怎么还老欺负他呢?"

"嗯嗯,刘老师,我知道错了,我那天听了张承峰的发言后,已经知道自己错了,我保证以后再也不欺负他,也不许别人欺负他。"说完,还不忘向刘晓慧伸舌头扮了个鬼脸。

"好,老师记住你的保证了,以后你们要搞好关系,互帮互助,知道吗?"

陈立伟使劲地点点头。

"立伟,老师知道你住在立军家,你爸爸妈妈不在家,你不想念他们吗?"

"哼,我才不想他们呢!我自己过得很好,我一点都不想他们。"陈立伟睁大了眼睛,头微微仰起,表现出一副满不在乎的样子,但刘晓慧看得出来他是在刻意伪装。她忍不住心疼地轻轻摸了摸陈立伟的头,没有继续问下去,只是充满关切地说道:"立伟,其实你是个坚强、仗义的好孩子,你爸爸妈妈一定很想念你,他们一定很爱你。"

"我不需要他们喜欢。"说完,陈立伟转身就跑开了。

陈立军老远看到刘晓慧找陈立伟。陈立军跟陈立伟是堂兄弟,俩人年龄一般大。一向护着陈立伟的他立马跑过来,听到了他们的对话。等陈立伟离开,陈立军就替他解释道:"老师,我爸爸告诉我,本来叔叔去年是打算回来的,但是婶婶生病了,说必须在那边治疗,就没有回来。大家都没告诉立伟这个原因,怕他知道他妈妈生病了会胡思乱想,也怕影响他学习,所以他认为叔叔和婶婶欺骗了他,就一直生叔叔和婶婶的气,他这一年都不怎么接叔叔婶婶的电话,要么就是接了电话也不好好说话,其实我知道他心里是很想叔叔婶婶的。"

"嗯嗯,老师知道了,你们去玩吧。"

刘晓慧来这里之后接触了许多留守儿童,这些孩子因为父母常年不在身边,内心变得异常敏感脆弱,并且严重缺乏安全感。她时常想,以后自己有了孩子,一定要陪在孩子身边,看着孩子慢慢成长,即使再困难,她也绝不会离开自己的孩子。当然,她也希望能帮助这些孩子,让他们能够跟自己的父母在一起。她明白,即使她对这些孩子再好,也替代不了孩子们心中缺乏的母爱和亲情,这种感情是除父母之外,任何人都给予不了的。她更加明白,她一个人的力量实在太弱小、太有限,现在,她只能尽可能多地关心这些孩子,尽自己最大的能力去爱护他们,给予他们力所能及的帮助。

身子晒暖和了些,刘晓慧回到办公室。一进办公室门,她就看到班级里有几个学生列成一排站在马焕明办公桌旁,站在最前面的万晓敏正抽咽着伸出双手,马焕明发怒地挥着戒尺,戒尺重重地打在万晓敏已经红肿的手掌上。

刘晓慧立刻冲过去,拉开万晓敏,挡在她面前:"马老师,你又体罚学生?他们哪里做得不对你应该好好跟他们讲道理,而不是用这种极端的方式来惩罚他们。"

这几个学生数学单元考试成绩一塌糊涂,马焕明本来就火冒三丈,现在又见刘晓慧这样说,如同火上浇油,他把手中的戒尺和桌子上的试卷狠狠地摔在了地上:"这些榆木疙瘩,同样的题都讲无数遍了,考试竟然还能考成那样,不这么惩罚他们,他们能记住吗?这么一群怎么教都教不会的废物,只能打,狠狠地打,才能记住。"

听到马焕明用"榆木疙瘩""废物"这样的词语来形容自己的学生,刘晓慧又一次被激怒了:"马老师,请你说话注意点,什么榆木疙瘩?什么废物?他们还是十岁多一点的孩子,你怎么能这样说他们?你这是对人格的严重侮辱,你这是语言暴力,是辱骂!作为老师,我们有责任和义务耐心地教导他们,就因为一两次考试没考好,你就用这样的语言来辱骂学生,骂自己的学生无用?那你是否也应该反省反省自己,作为他们的老师,你没有能力把他们教好,你是不是同样也很无用?"

"你,你,好,刘老师我不和你争,我说不过你。但我希望我在管教学生的时候你不要多管闲事,我才是这个班的班主任,你教好你的语文就行了,请你以后不要再自以为是地妨碍我教育学生,我怎么教育我的学生还轮不到你一个黄毛丫头在这里指手画脚!"

"谁对你指手画脚了?我只是看不惯你错误的教育方式,听不惯你辱骂学生。"刘晓慧说完,推着站在旁边早已吓得面如土色的几个学生往外面走。

"站住,我没让你们走,看你们谁敢走!"马焕明大声喊道,本来就已经被吓坏的几个学生更加心惊胆战地站在原地一动不敢动。

"刘老师,我才是初一(3)班的班主任,如果你想干预我,请你把校长叫来,请他安排你来做这个班主任。"

"简直不可理喻!"看着眼前这个歇斯底里、大喊大叫的马焕明,刘晓慧连和他争辩的想法都没有了。

"刘老师,我们没事,你不用管我们。"万晓敏轻声对刘晓慧说。

刘晓慧知道自己再怎么争论也没有用,反而会更加激怒马焕明,他为了维护自己的脸面和权威,一定不会轻饶这几个学生。

刘晓慧返回自己的办公桌前坐了下来,耳边啪啪啪的戒尺声更加响亮,伴随的是一阵阵的抽泣声。她感觉自己的心在滴血,她流着眼泪冲出了办公室,趴在办公室外走廊的墙上失声痛哭起来。

"刘老师,你不要难过,你已经尽力了。"把一切看在眼里的柳成鹏看到刘晓慧哭着冲了出去,担心出什么事也跟了出来。他拍了拍已经泣不成声的刘晓慧,安慰她。

"是我错了吗?如果我不去多管闲事,这些学生也不会被打得这么狠,都是我的错,我不应该多管闲事。"

"刘老师,别再自责了。这本来就不是你的错,马老师教育学生的方式是几十年养成的,想要说服他、改变他是需要时间的。"

刘晓慧看着昏黄的天空中,偶尔传来一两声鸟叫。她多想像小鸟一样飞离这个让她又爱又恨的地方,但她明白,她必须留下来。在柳成鹏的安慰下,刘晓慧返回了办公室,学生们已经离开。刘晓慧看着一旁正在吞云吐雾的马焕明,平静地坐在他的对面。

"马老师,我想跟你签个君子协议。"马焕明抬了抬眼皮。

"一直以来,我们班的语文平均分都不如数学,这个学期末,如果我们班的语文平均分数超过数学,那么就请你让出班主任的职位,这个班由我来管理。"

听刘晓慧说出如此狂妄的话,马焕明只觉得可笑:"原来你是想要班主任的职位啊?好啊,我没意见,签什么协议都成,不过让谁来当班主任可不是你和我说了算。"

"我认为你们的这个协议很不错,只要你们没意见,我们学校也没意见。"这时,闻讯赶来的王校长边说着话边走了进来。听到刘晓慧刚才的一番话,他表示支持。

至此,刘晓慧和马焕明的协议在校长的见证下,算是正式成立了!俩人都暗暗较着劲。对于马焕明来说,他为了维护自己的权威及旧有的习惯而较劲;而对于刘晓慧来说,为了学生,她一定要拼尽全力争取到这个班主任职位。刘晓慧教学上一直都很用心,现在更是挑灯夜战。她为了让学生更快地掌握新知识,花了更多的时间去钻研教学方法,而且想出许多生动有趣的、快捷记忆生字词的方法让学生快速记忆,并熟练掌握,引导学生融会贯通。

谁的高中没有挑灯夜战不眠不休过?刘晓慧拿出了高考时的拼劲,在语文教学上狠下功夫。因为刘晓慧的用心,同学们也不甘落后,很多学生都进步神速,刘晓慧班级的语文成绩直线上升。

相反,马焕明还是沿用着他自以为高效的教育理念:题海战术,学生的课业负担越来越重。刘晓慧早就料到会出现这种结果,但是她知道自己已经没有退路,她必须坚持住,让孩子们能够有新的选择。

两个老师的较量终于要走向尾声,期末考试即将来临。

然而,这天晚上,刘晓慧因为长时间的辛苦工作,病倒了。

第二十六章　完美的答卷

刘晓慧这次的病来势汹汹,下午放学时,她感觉全身软绵绵的,四肢无力。她倒在床上,迷迷糊糊睡着了,但到了半夜时分,全身酸痛、昏昏沉沉,连爬起来的力气都没有。她尝试着想让自己站起来,但都以失败告终,不得已她拨通了柳成鹏的电话。

当柳成鹏和纪若雨赶到时,刘晓慧已经浑身滚烫,整个人像一团火。纪若雨立刻返回房间里拿来了退烧药,扶起刘晓慧喂她吃了两粒,然后打来一盆水,为刘晓慧擦拭脸上的汗。而柳成鹏马上联系了王校长。此时王校长正在县里参加培训,听到消息后指示学校的孔老师立即开车送刘晓慧去镇医院。

不久,孔老师开车来到宿舍前,跟柳成鹏和纪若雨一起把刘晓慧送到医院,那时已经晚上九点多了,医院里人迹寥寥。柳成鹏在孔老师和纪若雨的帮忙下,把刘晓慧背进急诊室。经医生诊断,刘晓慧是急性肺炎引起的高烧,42度。

医生立刻为刘晓慧输液退热,让她病情稳定下来。一个晚上刘晓慧都睡得迷迷糊糊,柳成鹏和纪若雨俩一直在病房守着。

一直到第二天凌晨,天空泛着鱼肚白的时候,刘晓慧才安稳地睡着。

中午,纪若雨叫刘晓慧起来吃饭时,刘晓慧才从沉睡中惊醒,快速掀起被子,坐起来打算下床:"完了,睡过头,要迟到了。"

纪若雨和几位前来看望刘晓慧的老师,忍不住笑了起来。纪若雨赶紧跑上前扶她躺下,这时刘晓慧才察觉自己不是在宿舍而是在医院。躺下来后,她才感到浑身酸痛,嗓子撕裂般疼痛。

"你啊,都烧糊涂了,急性肺炎,都住院了,还想着上课。"纪若雨没好气地说道。

"刘老师啊,身体第一,你现在好好养病,上课的事我们会安排好,你放心。"牛校长和另外几位老师在一旁担忧地看着躺在病床上脸色苍白的刘晓慧。

"嗯,谢谢牛校长和各位老师,给你们添麻烦了,我会尽快养好身体回学校的。"刘晓慧的嗓子有些嘶哑,几乎发不出声来。

柳成鹏提着一个饭盒走了进来:"好了好了,让刘老师好好吃顿饭,再睡上一觉就好了。"说着,他把饭盒打开,小心翼翼地放在刘晓慧病床旁边的桌子上,病房里其他几位前来探视的老师纷纷告辞。

刘晓慧没什么胃口,全身依然无力,被柳成鹏扶着坐起来,勉强喝了几口粥,就再也吃不下了。刘晓慧在医生和柳成鹏的劝导下继续躺下休息。她这时才留意到站在一旁的柳成鹏和纪若雨双眼困倦,面容憔悴不堪,知道他们俩肯定照顾了自己一夜。她不禁鼻子发酸,想开口说些什么,但被纪若雨堵了回去:"好了,别想那么多了,你就好好休息,我们早已是革命同盟,照顾你是应该的,再说了,能为美女效力,我们很乐意。"

一股暖流在心中涌动着,一直以来,刘晓慧都坚强得像一个永远都不会倒下的战士,她挥着长剑与遇到的一切困难做斗争。她一直都在努力地强大自己,希望给这片土地上艰难生存的孩子一片遮风挡雨的地方。她总觉得只要努力了,就一定能看到希望。

然而这一刻,她才意识到自己是那样弱不禁风。长久以来伪装的强大,在病魔面前,顿时分崩离析。

想想昨晚,自己再也爬不起来时,她是多么害怕,又是多么无助和孤独。身边一个亲人都没有,她觉得仿佛被全世界抛弃了一般。

但现在看到柳成鹏和纪若雨,她再次感觉到温暖,她很庆幸在这里不仅认识了一群可爱的学生,还结交到了两个这么好的朋友。她想,有他们在,她一定不会再害怕。

这时,电话响了,是董磊打来的。这段时间,董磊总会隔三岔五地打个电话或是发个短信过来,字里行间带着满满的关心。刘晓慧似乎明白董磊的心思,总是尽量把话题往工作上引,尽量不涉及私人情感。这会儿,手机屏幕上董磊的名字在闪动,她犹豫了一下,还是接通了。

"刘老师,听说你病了,情况如何?"董磊迫不及待地问道。

"呃,你怎么知道的?"

"早上我跟王校长通电话谈募捐物资的事时,他说你生病了。"

"是的。不过没有什么事,现在已经好多了。谢谢你的关心。"

"谢什么?我现在在外面,等我这两天忙完手头的事儿就过去看你。"

"不用了,你不用跑这么远来看我,我都好了呢。"

"你呀,总这么要强。你一个女孩挺不容易的。其实,我……我能理解这种感觉,我也是一个人,有时也会有那种孤独的感觉。我想……"

"谁说我是一个人呢?我可不孤独,我在学校里有这么多的同事和学生陪着,现在柳成鹏和纪若雨老师在这儿陪着我呢。还有我爸妈每天都会打电话给我,我男友也是。"

"哦,你有男友了啊?嘿,我真傻,像你这样漂亮优秀的女孩咋会没有男友呢?"

"你应该也有女友了吧?如果现在还没有,我相信总会有那么一个非常优秀漂亮的女孩等着你。"

"哈哈,我可没你男友那样的福气。"

听刘晓慧明确表态自己已有了男友,董磊心里有些失落,一时不知说什么,简单寒暄几句后,便挂了电话。

刘晓慧当然明白董磊的意思,她只能用这种方式来拒绝他。脑子里想的事情太多,这让她有些烦恼,因而疲倦,没多久她又睡着了。

一觉醒来,已是黄昏。病房里没有人,刘晓慧还在输液,但她能感觉到身体已经轻松、舒服了许多。

一阵急促的脚步声由远而近,病房门打开,刘晓慧看到张承峰、许萌萌、付文娟和初一(3)班的班长刘敏提着水果进了病房。跟在最后面进来的柳成鹏笑着和刘晓慧解释道:"这几个学生是搭着学校便车一起来的,他们代表两个班的学生来看望你,其他的学生也喊着要来看你,但因为车坐不下,就他们四个人过来了。"

"刘老师,您好些了吗?"一字排开站在病床前的四个学生都担忧地看着刘晓慧。

刘晓慧尽量表现出一副很轻松的样子,微笑着说:"我已经好多了,你们放心吧!"

听老师这么说,他们都舒了一口气。付文娟凑上前轻轻地抱了抱刘晓慧:"老师,您快点好起来,我们都等着您回去呢!"

其他三个学生的眼中也流露出期待的神情。刘晓慧露出阳光般的笑容,向他们保证自己一定会很快好起来,一定早点返回学校。而后,他们又和刘晓慧聊了些学习上的事。时间过得飞快,一个钟头很快就过去了。天色已晚,一旁的柳成鹏催促着他们赶紧回家,虽然很不舍得,但他们不得不离开。四个学生一边往外走,一边恋恋不舍地回头看看刘晓慧。刘晓慧又一次深深感受到学生给予她的这份温暖和感动,这份情谊是最好、最珍贵的礼物,值得她一辈子去珍藏。

刘晓慧很想早点出院,虽然急性肺炎有好转,但总是反反复复没有彻底康复。直到期末考试来临,刘晓慧还是没能出院返回课堂。为此,刘晓慧心急如焚,她在心里一遍遍地自责着,觉得自己的病来得太不是时候。因为不能去上课,她所带的两个班级的语文课就落下好几节。如果学生不能自觉地认真复习,期末考试之前的准备就前功尽弃了。想想这可怕的后果,刘晓慧忧心忡忡,病情又加重了。

柳成鹏似乎看出了刘晓慧的心思,安慰她:"晓慧,你别担心,这几天你虽然没去上课,但每堂课学生都很认真积极地复习。你生病住院的这段时间里,我感觉他们反而比以前更努力,感觉他们在短短的几天时间内变得成熟了不少。你就放心吧!相信这些学生不会让你失望的。"

听柳成鹏这样说,刘晓慧虽然有些意外,但并不吃惊,因为她早已感受到这些孩子身上的善良和乖巧,他们不会让自己失望的。因为心里踏实了,刘晓慧的病很快就好了。期末考试后的第三天,刘晓慧出院了。回到学校,她裹着厚厚的衣服直接去了办公室。刚一进办公室,就听到啧啧的声音传来:"这刘老师太厉害了,你看人家最近还一直生病住院,学生还这么听话,两个班级的语文平均分都在九十分以上,这可是历史上从来没有过的啊!"

"真的吗?"刘晓慧有些不相信自己的耳朵,她快速走进去看了看初一(3)、(4)班的成绩表,果然学生语文成绩单上的分数都在九十分以上,连向来考试不及格的张承峰等几个学生竟然都考了九十分。刘晓慧难以置信,却是事实。看见同一办公室的其他老师向自己投来敬佩和羡慕的眼神时,她内心的兴奋无以言表。

临放寒假,学生们领了成绩单,学校安排所有老师开完本年度最后一场工作总结会议,寒假就正式开始了。

领成绩单那天,看到学生们一个个兴奋地拿走自己的成绩单,刘晓慧有种说不出来的快乐。这期间,还有一些学生的家长慕名而来,想要亲自感谢刘晓慧。

张承峰的奶奶还带了一些自己家腌的咸菜送到刘晓慧手上,她感动地说:"谢谢刘老师,听承峰说你过年要回老家了,我们家也没什么拿得出手的东西可以送给你,这是我自己腌制的咸菜,你们那里肯定吃不到,你就带回去吧!"说完,还一再担心刘晓慧会嫌弃。刘晓慧本来想要拒绝,但看着那真诚的眼神,她就没再推辞,收下了。

"刘阿婆,这些菜我很喜欢吃,谢谢您了,我一定带回老家,让我爸妈也尝尝。"

看到刘晓慧收下了腌菜,刘阿婆开心地点点头,而后就带着张承峰和张平峰离开了。

最后一次会议结束后,刘晓慧就可以回家了。想想这半年来的满满收获和学生们给她的满意答卷,刘晓慧开心得不得了。她要回家多陪陪家人,还要告诉他们她在这里的经历,她还要去见见同学和昔日的同事以及她的朋友们,当然她最想见的,除了自己的父母,就是她的男友陈建海。

刘晓慧早早就收拾好了行李,和柳成鹏、纪若雨约好了一起去县城坐车。

上午开会的时候,马焕明从刘晓慧身边走过,脸色很不好看,因为这次马焕明所带班级的数学平均分数比刘晓慧所带的语文成绩差五分多,这对于一直以自己的高教学水平为傲的马焕明,输得啪啪打脸。再加上之前的君子协议,马焕明怎么也高兴不起来。

王校长知道一些支教老师归心似箭,简单交代了一些工作事项就宣布散会。这一学期算正式结束了,大家握手道别后各自返程回家。

第二十七章　春节,团圆的节日

经过一整天的车程,第二天上午九点多,刘晓慧终于回到了苏州这片熟悉而温暖的土地。苏州相比陕北天气要暖和很多,刘晓慧脱下厚厚的棉袄,出了车站。在车站口一眼就看到早早赶来接她的父母正在向站内张望,刘晓慧拖着行李飞奔过去,扑进了父母的怀里。

刘晓慧的父母已经半年没看到自己的女儿,即使女儿裹着厚厚的毛衣,也能看出女儿清瘦了不少,两个脸蛋被风吹得通红,与半年前相比,确实变化很大。妈妈不禁心疼地说道:"哎呀,瘦了,黑了。"边说边双手不停地抚摸着女儿额头,站在一旁的父亲也同样充满怜爱地看着女儿。

刘晓慧一只手提起行李箱,有些自豪地说道:"可是我强壮了,看,力气不要太大哦!"说着还很夸张地摆出了一个大力士的造型。

一旁的父母被逗得哈哈大笑,但不管怎样,他们看得出来,自己的女儿变得快乐了,更充满了活力,这些似乎更让他们欣慰。

车站离家不远,半小时后他们就到家了。坐了整整一夜的火车,因为没有吃什么东西,刘晓慧早已饿得前胸贴后背,一到家就嚷嚷着要吃饭。阿姨已经准备好了一桌好吃的早餐在等着她,有豆浆、油条、皮蛋粥、牛奶,这都是她以前在家的时候最爱吃的,也是她很久都没吃到的美食啊!刘晓慧一个箭步上去就狼吞虎咽起来。

刘晓慧刚刚吃完,正打算站起来活动活动,因为吃得太快,肚子有些胀鼓鼓的,不舒服。门铃突然响起,打开门一看,来的正是她心心念念的男友陈建海。

看到陈建海,刘晓慧激动地扑到陈建海的怀里,全然不顾自己的父母还在一旁,俩人一遍一遍地表达着彼此的思念。

"建海,我们终于见面了……"

"晓慧,我也想你,很想。你瘦了,也黑了。"

刘晓慧拉着陈建海在沙发上坐了下来,刘爸爸和刘妈妈看到两个孩子重归于好,高兴得不得了。刘晓慧心情大好,开始讲述她这半年来的经历,屋里传出一阵阵快乐的笑声。

刘晓慧这半年的经历真是丰富多彩,刘爸爸很欣慰。陈建海也对眼前美丽、坚强而充满活力的女友刮目相看。

看着家人赞赏的目光,刘晓慧站起来,挺直了腰身大声宣布:"所以,我决定了,下学期,还要继续去支教,因为那里的孩子需要我。"

然而,这个消息并没有如刘晓慧所预想的那样掀起太大的声响。刘晓慧略显迟疑地看着他们,提高嗓门又大声强调了一次。

"我就知道会是这个结果,看着你刚刚讲得眉飞色舞的样子,我就猜到了会是这个结果。晓慧,妈妈舍不得你,妈妈觉得你去那边太苦了。"刘妈妈说着就开始抹起了眼泪。

"哎哟,孩子趁着年轻锻炼锻炼是好事情,你就别担心了。"一旁的刘爸爸安慰着刘妈妈,又看了看坐在沙发上一言不发的陈建海,就拉着刘妈妈回房了。

客厅里只剩下刘晓慧和陈建海。刘晓慧慢慢挪步到陈建海身边,摇着他的胳膊:"建海,建海。"

她用期待的眼神看着自己的男友,希望能得到他的支持。陈建海伸出双臂轻轻地将刘晓慧揽入怀里,温柔地抚摸着她的秀发:"晓慧,我不想和你分开,但我又不希望你不开心,我喜欢你做你自己喜欢做的事情,所以我尊重你的选择,你去吧。但答应我,一定要照顾好自己,我会等你回来。"

陈建海的这几句话,尤其是最后的这句"我会等你回来",让刘晓慧惴惴不安的心一下子放松了许多。"谢谢你,建海。"刘晓慧没有想到男友的态度跟之前相比会有如此大的转变,她兴奋地在男友脸上亲了又亲。

春节前回家的这段时间,陈建海和刘晓慧时常腻在一起,陈建海的母亲看到俩人和好也很开心,打算把结婚的事情提到日程上来。但因为俩人另有打算,所以也就尊重他们的选择,暂不再提起。

这天,陈建海提着一堆刘晓慧喜欢吃的零食来到她家,在一楼客厅和正在看电视的刘晓慧父母打了招呼,就直接上楼找刘晓慧去了。看见女友正在洗漱打扮,他把东西放在一边的桌子上,挨着刘晓慧身边坐下,刘晓慧从镜子里冲着男友做了个鬼脸。突然,刘晓慧的手机响了,她转身一看,是董磊打来的。

虽然上次她已明确告诉董磊,自己有男友,但董磊总还是忍不住会打来电话,尽管他也清楚刘晓慧的意思,但他放不下对她的牵挂,仍然有些不甘心地对这份情感抱有一丝希望。

刘晓慧当然明白董磊来电话的用意,但又不能不接听,这让她有些烦恼。她皱了一下眉头,还是接了。董磊没有说太多,只是问了问刘晓慧回家时路上顺不顺利,家里怎么样,几句寒暄后,刘晓慧就找借口挂了电话。

坐在身边的陈建海很清晰地听到电话里是一个年轻男人的声音,他皱了皱眉头:"谁啊,晓慧?"刘晓慧晃了晃手中的手机,解释道:"在李家坝支教时认识的一个朋友,算是一个在苦难中建立起友情的革命战友。"她还兴致勃勃地跟男友讲起他们那次募捐的事儿。

陈建海从刘晓慧纯净的目光中感觉到她和打来电话的这个男人的关系是纯洁的,但心里还是有一丝醋意。他附和着刘晓慧的兴致,认真倾听,时不时地点点头。而后,他勉强挤出一丝微笑,说道:"看来他很关心你啊!"

刘晓慧嫣然一笑,搂着陈建海的一只胳膊说:"咋了?你不会吃醋了吧?"

看着女友一副无辜的样子,陈建海顺势把刘晓慧搂入怀中,亲了一下她,说:"是啊,怕我未来的媳妇儿被别人抢跑了。"

腊月二十六,付文娟心心念念的父母也从外地回来了,因为在外工作了一年,夫妻俩回来的时候买了很多东西给女儿。

自从付文娟知道了爸爸妈妈要回来的消息后,她便每每早早站在村头。在村头,除了付文娟,还有很多其他的孩子也在等自己的父母回家过年。一辆接一辆的大巴车经过,站在路边的每个孩子都望眼欲穿,眼巴巴地盯着每一辆驶过来的车子不放。看到了父母的孩子们,就像一只只欢快的小鸟一样飞奔过去,一左一右紧紧拉着父母的手欢欢喜喜地向家里走去。而那些还没有等到父母的孩子一直眼巴巴地盯着过往的每一辆车子。

已经好几趟车经过,付文娟都没有等到自己的父母。眼看日落西山,付文娟的心情越来越沉重。在她知道今天的车子只剩最后一班的时候,她心里既充满期待又特别害怕。

最后一辆车渐渐出现在付文娟的眼前,她伸长了脖子,恨不得把两只眼睛贴到车子的玻璃上。车子停在了不远处,付文娟这次没有走到车跟前去,她害怕自己会失望。

因为是末班车,远远能看见车子里人不多。缓缓从车里下来了几个人,付文娟睁大眼睛寻找着,突然,一个身穿蓝色棉袄、围着围巾的中年女子和一个穿着黑色棉袄、围着灰色围巾的男子出现在付文娟的视线里,俩人手里拎着两个大大的行李袋,面带微笑地朝着付文娟走了过来。看着俩人越来越近,付文娟站在那儿,想跑过去拉着自己的父母,却又挪不动腿,走了两步又停了下来。迎面走来的俩人正是她的爸爸付祖荣和妈妈王银铃。见到女儿呆呆地站在那儿看着他们,付妈妈把手中的行李扔给付爸爸,冲到女儿面前,心疼地把女儿抱了起来说:"宝贝女儿,怎么了?你怎么哭了?妈妈和爸爸回来了,你不高兴吗?"

付文娟眼泪汪汪地扑进妈妈的怀里,委屈地说道:"我以为你们不回来了呢!"说完忍不住又哭起来。王银玲看了看女儿,又看了看身旁的丈夫,心里有说不出的难受。

付祖荣将行李放在一边,弯下身劝慰着母女俩,而后一起回家。付文娟一直盼着能早点见到自己的父母,当父母真真切切回到自己身边的时候,她以前的忧郁一下子就烟消云散,欢快得像一只小鸟,不停地在父母眼前跑来跑去,连晚上睡觉都要跟着妈妈睡。王银玲也很想念女儿,便同意了女儿的要求。夜晚,母女俩聊了很久很久。

这一晚,北风肆意呼啸,漫山遍野下起了大雪。付文娟睡在妈妈的怀里异常香甜,有爸爸妈妈在身边,她什么都不用害怕。

第二十八章　来自黄土地的问候

自从徐文君、许萌萌、付文娟成为好朋友后，寒假她们经常凑在一起，有时候一起做作业，有时候一起谈天说地，有时候一起嬉戏打闹，好不开心。

腊月二十八，付文娟父母出去拜访朋友，付文娟去找许萌萌玩。许萌萌说："文娟，你爸妈回来了，现在很开心吧？看你以前，只要一提到父母你就哭鼻子。"

付文娟掐了一下许萌萌的胳膊："又打趣我。"

许萌萌疼得喊出声来："你还真下狠手啊！不过文娟，你开心是因为你爸妈都回来了，但文君就不同了，听她说今年春节她父母不回来了，她又得孤零零地在她姑姑家过年了。"

"是啊！马上就过年了，文君一个人肯定很难受，我们去看看她吧？"

许萌萌也是这个意思，俩人便一起来到徐文君的姑姑家。徐文君平时与奶奶住在姑姑家，只有在父母回来时才会住回自己的家。

徐文君正在屋里看书，听到许萌萌与付文娟来找自己，忙跑了出来。三人有几天没有见面了，虽然只有短短几天，但感觉很久似的，竟然有一种久别重逢的感觉。徐文君说："我还以为你们把我忘了呢！"

"哪有啊，文娟的爸妈回来了，她就天天跟父母腻在一起，再过两天就要过年了，我和文娟就约好过来看看你。"

徐文君说："姑姑、姑父他们每天都很忙，就我一个人，太闲了。他们又不让我干活儿，也没人找我玩，我只能天天待在书房里看书，都郁闷死了。"

"所以我们就来找你玩了呀。"

付文娟说："其实呀，文君还不算是最郁闷的人，有人比她更郁闷呢！"

俩人都一脸疑惑地望着付文娟。付文娟说："在我们班里，张承峰应该算是最郁闷的了，他爸爸过世了，他妈妈改嫁了，他妈妈从来没有在过年的时候回来陪伴过他和他弟弟。我爸妈跟文君的爸妈虽然都在外地工作，但他们至少每年都会回来一两次，每年过年的时候都会陪在我们身边，而他永远都不会再有父母的陪伴了。"

对于付文娟的话，文君与萌萌都表示认同。许萌萌说："不如我们现在去看看他，怎么样？刘老师不是经常教育我们，同学之间要相互关照吗？"

"刘老师说得对，同学之间本来就应该相互关照。你认得去他家的路吗？"

"我认得，我有个亲戚就在他们那个村，我去过，从这边走过去，需要一个多小时。"

"一个多小时就一个多小时，反正没事，就当是闲逛了。"

于是三人决定去看看张承峰。想起张承峰上次在捐赠仪式上的发言,徐文君返回家中拿了些水果,而后三人就一路说笑着去往张承峰家。一个小时后,她们到了牛寨村,沿着村子中间的小路一直向前走,村庄第二排的第一家就是张承峰家。

张承峰正在家门口提水往院子里走,很意外地看到自己的三个同学来了。刚开始还不知道三个人是来看他的,他憨憨地对着三人笑。许萌萌说:"你笑什么?张承峰,我们可是来看你的。"

张承峰高兴地将她们三人请进家里。正在院子里干活的刘阿婆见孙子带了三个年龄相仿的女孩进了院子,说:"承峰,这三个女娃是谁啊?"承峰说:"奶奶,她们是我的同学,来找我玩呢。"而后一一做了介绍。刘阿婆热情地招呼三个女孩进屋里坐。

说是去屋里坐,其实屋里连坐的地方都没有。

张承峰的家用"家徒四壁"来形容毫不为过。屋里几乎没有什么东西,右手边的一间小房间里只有一堆杂物,黑乎乎的,上面布满了厚厚一层灰尘。左边也有一间破旧不堪的小房间,零零散散地放着一些锅碗瓢盆,散乱的柴火堆满一地;房间的最里面有个十来平方米的空间,里面有炕,炕上铺的被褥不知道多久没有清洗过了,几乎分辨不出来颜色。

三人把东西放下就和张承峰爷爷奶奶道别,张承峰跟她们一起出了院子大门,正好他们可以聊聊天。没聊几句,话题就扯到语文老师刘晓慧身上。近半年来,刘晓慧与他们在一起,同学们也都把她视为很亲很亲的人。

许萌萌说:"听说刘老师家里条件非常好,好像还有个男朋友一直在等着刘老师呢。我们这儿又偏远又贫穷,不知道过完年刘老师会不会回学校。"

这句话显然也击中了徐文君与付文娟的心,张承峰却拍着胸脯说:"肯定会来的。"

"你怎么这么肯定?"

"刘老师向我们保证过的。"

许萌萌说:"文君,你不是带了你妈妈的手机吗?不如我们给刘老师打个电话,顺便也可以试探一下刘老师会不会回来呀!"

徐文君从衣服口袋里掏出手机,想拨电话又犹豫了,说:"我不知道怎么跟刘老师说。"

付文娟说:"那就让萌萌来打吧。萌萌是文娱委员,她能说会道。"说着便把手机递给了许萌萌。许萌萌说:"那让我来打吧。"

电话拨通了,里面传来了刘晓慧亲切的声音:"喂,你是哪位?"

听见刘晓慧在问自己,许萌萌赶忙说:"刘老师,我是许萌萌。文娟和文君还有张承峰也都在呢。刘老师,我们想您了,就想给您打个电话。"然后向其他三个人使了一个眼色,其他三人一起对着手机那边的刘晓慧喊道:"刘老师好,我们都想念您!"

刘晓慧听到是自己的学生打来电话,还在电话里说想念她,一股暖流涌上心头,忙说:"你们在一起啊。太好了,老师也很想念你们啊。"

许萌萌抢着说:"刘老师,还有两天就过年了,我们四个人给您拜年啦!"而后四人一起喊道,"祝刘老师新年快乐!"付文娟抢过电话调皮地说:"还要祝刘老师早日找到自己的白马王子。"逗得旁边的几个同学哈哈大笑。

刘晓慧说:"好啦,谢谢你们。你们寒假过得好吗?"

"我们都挺好的,只是有一点点担心。"

"担心什么啊?"刘晓慧笑着问。

徐文君说:"我们怕您舍不得离开家,担心您不会再回来。"

"哦?不会的,我怎么会舍得离开你们呢?老师向你们保证过的,一定不会离开你们的,过完年老师一定会回去的。是不是啊,承峰?"

听刘晓慧这样说,张承峰连忙高兴地回答道:"是啊,刘老师。我跟她们也是这么说的,可她们就是不放心。"

"放心吧,老师一定会说话算数的。"

刘晓慧的话让几个人都放心了。挂了电话后,几个人又聊了一会儿,然后许萌萌三人便准备回家。张承峰跟在后面,说是要送她们到村外的路口。

四人刚走出去没几步,就看到张平峰一身狼狈地往家跑,一看就知道他又和别人打架了,满身都是灰,裤子撕裂了好大一个口子,脸上也有些乌青。

"张平峰,你又和别人打架了?"张承峰看着冲进去的弟弟,大声叫道。还没等到张平峰回答,院子里就传来了张爷爷的骂声:"你这兔崽子,整天就知道惹是生非,你就没有一天安分啊!"

屋里的打骂声,让张承峰有些尴尬。看到三位女同学不解的神情,他说:"这是我弟弟,特别顽皮,整天就知道在外面跟其他小孩打架,爷爷奶奶为他操了不少心。唉……没办法,我说他也不会听。"

"哦,他是在我们学校小学部上学吧?我好像见过,难怪刚刚看着那么眼熟。"许萌萌说。几个人边说边往村口走去。

不一会儿就到了村口,三个同学都叫承峰别再送了:"你快回去吧!说不定你爷爷奶奶还在为你弟弟的事情生气呢,你快回去劝劝他们吧。"

张承峰点头答应,目送她们走远后便回家了。

三人回到村子,许萌萌说:"文君、文娟,到我家去玩玩吧。"

徐文君有些犹豫,付文娟说:"文君,就到萌萌家去玩会儿吧,她爸妈可好了。"

于是,三人来到了许萌萌家。王明瑛对付文娟很熟悉,对徐文君有些陌生。许萌萌忙介绍道:"妈,这是我们班的徐文君,她学习可好了。"

"哦哦!"王明瑛热情地说,"原来你就是文君啊。听萌萌经常说起你。她一直说你很优秀哟。今天一见,不但学习好,长得也这么水灵。"

徐文君脸红了,忙说:"阿姨,我和萌萌是好朋友,萌萌也很优秀。"

"哎呀,你们几个都优秀,都是好孩子。文娟、文君,今天你们俩留下来在阿姨家吃饭。"

"那怎么行呢?阿姨,我们得回家。"

"有什么不行?"王明瑛笑着反问道,"你们三个是好朋友,在阿姨家吃饭有什么不行的?"

"我们不是这意思,阿姨……"

"文君,今天我们就在萌萌家吃饭吧。"说着,文娟还冲王明瑛做了个鬼脸。付文娟本来并不是很想在许萌萌家吃饭,她的爸妈好不容易春节回来一趟,她想回家跟父母一起吃饭,但又觉得徐文君回家又会孤单,才决定留下来陪徐文君在萌萌家吃饭。

"你看,文娟多好,今天你们就在阿姨家吃饭。"说完,王明瑛便转身向厨房走去。

晚饭过后,因为徐文君姑姑家要稍远一点,付文娟与许萌萌执意要送徐文君回家,徐文君不想麻烦她们。付文娟说:"文君,其实我们是想多跟你说会儿话,所以才想送你回家。"徐文君高兴地答应了。

等付文娟与许萌萌回到家时,已是晚上八点多,天已黑了。

第二十九章　春节，有人欢乐有人愁

次日便是大年三十。

一年即将结束，新的一年即将开始，中国人迎来了人人都期盼的团圆佳节——春节。

陕北的春节是炽热的，到处红红火火。

那里的百姓重视过节，一年中有许许多多的节日，不过，他们最重视的还是春节。

辛勤劳动了一年的人们，在过年时都会轻松快乐，心中满怀对春节的期待，也对新的一年充满期望。每年一到腊月，人们就开始为过年做准备。全家聚在一起做各种好吃的，开开心心地储备年货。

陕北的春节年味很重，老百姓们会做许多的糕点和美食，用来犒劳自己一年的辛苦付出，也会用来招待客人。推上碾子压糕面，赶上毛驴磨豆腐，擀杂面，炸油糕，蒸黄馍馍，做黄酒，过年的美食都要在年前就准备好。

新年新气象，全家老老少少都要在大年初一这天早晨换上新衣服。所有的被褥、衣服都要在春节前洗得干干净净，屋子里里外外都要收拾干净。

除夕到了，万事俱备，家家户户贴对联、打醋炭、挂红灯、净院落。打醋炭,是陕北一种独特的习俗,就是在铁勺上放一块烧红的煤炭,再浇上醋。打醋炭要在家里的每个角落进行,意为驱邪,实际上这是一种科学的杀菌消毒的方法。

夜幕降临,一些老年人总是虔诚地敬神、点香、烧纸,领着孩子们叩头祈福保平安。有些老人除夕夜不睡觉,静静地踏黑爬上山顶,面向东方瞭望,这叫"品天"。据老人说,从天的色道上能看出今年庄稼的收成、村寨的吉凶。究竟灵不灵,谁也不会去深究。

除夕夜,一般家里都彻夜不熄灯,预示四季平安,长命百岁。全家老少都会整夜守岁,围坐在一起看《春节联欢晚会》,吃美食,谈天说地,等候着新的一年的到来。

正月初一,天刚蒙蒙亮人们便起床,第一件事就是放"开门炮",这意味着开门大吉。接着,老人们便忙着迎门神、接灶君。

孩子们早就跑出去拜年了。拜年在这里叫"问强健",小辈见了长辈都要"问强健",像"爷爷强健啦""奶奶强健啦",长者便回答"娃娃乖着哩",意思是夸孩子健康进步。

秧歌拜年是陕北年俗中独特的风情。春节期间,每个村都组织秧歌队,挨家逐户拜年。秧歌拜年首先是谒庙、敬神,祈祷一年风调雨顺,五谷丰登,然后到各家各户拜年。秧歌队每到一户,就会有人即兴自编唱词向主人祝福,如"进了大门抬头看,六孔石窑齐展展,五谷丰登人兴旺,一年四季保平安"。

红艳艳的腰鼓队,红艳艳的秧歌舞,围着红艳艳的观众,那场面生机勃勃,热闹非凡,预示日子红红火火。

春节的李家坝也是如此,家家户户挂红灯、贴对联、大扫除、拜神祈福、做美食、换新装。因为过年,李家坝许多出外务工的人都回到家乡,家家户户都增加了人口,李家坝就更加热闹了。

除夕夜,大家团圆的日子,家家户户都挂好灯笼,点着灯,到处灯火通明。

付文娟的父母陪伴在她身边,她变成了快活的小精灵,家里每个角落都留下她欢快的笑声。一家人坐在炕上,桌子上摆满了好吃的,她们边聊天,边吃着东西,满满的温暖和幸福。

欢乐是别人的。因为徐文君父母年前回来过一次,夫妻俩过年时间忙碌,就决定不回家过年了。腊月二十九,当快递员给徐文君家送来一堆从外国邮寄来的礼物时,徐文君就已经知道,今年过年爸爸妈妈又不会回来了。

她早就预料到会如此,但心里还是期盼着。现在看到这些写满英文字母的东西,徐文君没有半分欢喜,反而觉得它们非常刺眼。它们好像在向她炫耀,它们又成功地把她的爸爸妈妈留在了国外。她越看越生气,拿起这些礼物疯狂地撕扯,好在姑姑及时阻止,不然就没有一样东西是完整的了。

"文君,你要听话,这是你爸爸妈妈买给你的礼物,你怎么能这样呢?"对于文君的任性,徐云芳有些生气。

徐文君全然不顾姑姑的劝阻,冲到里屋,一个人坐在书桌边,傻傻地看着窗外。此刻,她需要的不是礼物,而是父母,哪怕是父母一个简单的微笑与拥抱,也能抵御外面瑟瑟的寒风啊!

"唉,这孩子!"徐奶奶听到徐文君的喊声,从厨房出来,看到徐云芳在收拾地上的东西,不觉皱了皱眉头。其实徐奶奶何尝不理解自己的孙女?孙女是想自己的父母了,她自己又何尝不是?虽然儿子、儿媳妇在外工作可以为她们带来更好的物质生活,但长年难以团聚一次,那种思念之苦是多么不好受,更何况在这大家团团圆圆、热热闹闹的日子。

和徐文君比,张承峰的家就更显得凄凉,因为家里拮据,过年也准备不了什么年货。年夜饭的饭桌上也就多了几道小菜,鱼和肉也有,但少得可怜。吃饭时,张爷爷和刘阿婆舍不得吃,留给两个孙子。

张承峰和张平峰吃饭时异常安静,他们吃着比平日里丰富的饭菜,但都觉得不是滋味。张承峰甚至想,如果没有过年这个节日该多好啊!过年大家都穿上新衣服,吃着丰富的年夜饭,然后一家团团圆圆。然而他们穿不起,吃不起,一家也无法团圆。

每每看着爷爷奶奶忧愁的样子,张承峰心里就更痛恨这个年了。

晚上,张承峰的妈妈韩红霞打电话过来,邻居喊张承峰和张平峰去接电话。当张承峰拿起电话时,韩红霞温柔地叫着:"承峰吗?是承峰吗?"

旁边人说:"承峰,你说话呀。"

张承峰冷冷地回了一句:"是我。"

韩红霞声音哽咽了,说:"承峰,你,还有平峰,都还好吗?"

"反正就那样呗。"

"承峰,你怎么这样说话?你是在怪妈妈吗?"韩红霞的声音带着哭腔,说,"妈妈时刻都在想着你们啊!你、你……叫一声妈妈好吗?"半天听不到儿子的声音,韩红霞心里愧疚更甚,她太想儿子了,想听听孩子的声音。

"承峰,你说话呀。你爷爷奶奶他们都还好吗?你说话呀!"

"他们好不好跟你有啥关系?你好就可以了。"张承峰的语气如冰一样冷。

韩红霞哭了起来,说:"孩子,你别这样好吗?孩子,你说话呀。你要记得对爷爷奶奶他们好啊,他们带你不容易啊,都是妈妈不好……"见张承峰半天没有说话,韩红霞又说,"你让平峰接一下电话,好吗?"

张承峰把电话递给站在一旁的张平峰,说:"她要跟你说话。"

张平峰接过电话,吼道:"都不回来,有什么好说的?"说着就怒气冲冲地把电话挂断。

电话那边的韩红霞,心里充满了绝望,她大声痛哭了好久。

晚饭后,张承峰和弟弟坐在门口,不愿意去睡觉,他们看着黑漆漆的远方,想着那个人。虽然冻得直打哆嗦,他们也不愿意回屋睡觉。

天空中没有月亮,只有点点星星。也许这点点星星就是他们思念的爸爸,虽然爸爸已不在了,但他一直看着他们兄弟俩。

十二点的钟声敲响,家家户户都点燃鞭炮,放起烟花,瞬间整个世界都热闹起来,天空中七彩的烟花呈现着绚丽的姿态。这样的热闹,这样的景色,持续了好久好久,直到大地恢复平静,张承峰才和弟弟回屋里睡觉。

新的一年是美好的开始还是不幸的开端,没有人知道,但愿天地仁慈,给这大地多些怜悯和爱惜吧!

欢乐的日子总是过得飞快,一晃眼,春节就快结束了。过了正月初六,李家坝外出务工的人们又要收拾行李,离开自己的家乡,去谋求新一年回家的资本。

刘晓慧在家里生活舒适,家人环绕在身边的日子有着说不尽的惬意。这段时间,她除了在家里陪父母之外,都是跟男友在一起。她内心很享受这种有亲人、恋人相伴的感觉。

眼看离开学的日子越来越近,虽然每天日子过得舒适,但只要一想到她牵挂的那群孩子,她就觉得心里难受,毕竟那里很多孩子都无法享受这样幸福温暖的生活。

刘晓慧不由得伤感起来。翻翻日历,已经正月初十了,回家已经二十多天了,不知道那群孩子怎么样了。她想返回的心越来越迫切,于是她在网上订购了火车票,告诉父母她要回学校去了。

刘妈妈听到女儿元宵节都没过完就要返回学校,抱怨道:"这姑娘长大了,翅膀硬了,留不住了啊。"

"妈,我会照顾好自己的,你要相信你的女儿。"刘晓慧抱着母亲安慰着她。

"车票都订好了吧?你到了那边,要记得勤给家里来电话,有时间就回家,我和你妈去车站接你。"家里总需要一个坚强的后盾,刘爸爸支持女儿的决定。孩子大了,父母再舍不得也要放手,这样她才能获得她自己的幸福。

刘晓慧用力点点头。这一刻她感觉自己是幸运的,爸爸妈妈都在用自己的方式不求回报地疼爱着自己,他们也一直在自己的身边,从没让自己的成长缺少温暖,感到孤单。

刘晓慧抱着父母,动情地说道:"爸爸妈妈,有你们真好,我永远爱你们!"

"我们也永远爱你!"

做通了父母的工作,然后就是陈建海。中午,刘晓慧刚吃完饭,陈建海就来了。

刘晓慧在的这段时间,陈建海几乎天天都来,二十多天的相处,俩人的感情更加浓烈了。他俩有种一天不见如隔三秋的感觉。

"建海,我明天就回李家坝中学了!"

"这么快?不是过完元宵节才开学吗?"

"我心里挂念和担心那些孩子,尤其张承峰,你知道的,他们家的年肯定不好过。"

陈建海早做好刘晓慧要走的准备了,但没想到会这么快。虽然心里有万般不舍,但也只能放手。陈建海默默地注视了刘晓慧许久,在刘晓慧准备要投降的时候,陈建海拉着刘晓慧向屋外走去。

"建海,我们这是要去哪儿?"刘晓慧被拉上车,陈建海开着车到了苏州最大的百货商场。

"来商场干什么?"

"你不是要回去了吗?那边冷,环境也不好,买些保暖的衣服和东西,再买些你喜欢吃的零食,多带点过去。"陈建海说着,就拉着刘晓慧买了一大堆东西。刘晓慧看着眼花缭乱的东西,既甜蜜又无奈,这么多怎么拿啊?

回到家,陈建海就帮着女友收拾行李,除了衣服等生活用品装了一大箱,另外一只大箱子里全是吃的。

　　"我的天,我这是要搬家吗?"她拍着额头,不禁哀叹。

　　"你箱子里面有一个红色袋子,那不是给你的,是给张承峰的。"

　　"啊?"

　　"里面是一些肉类食品,够吃一阵子。他们这个年龄正是长身体的时候,多吃些有营养的对身体好。"

　　刘晓慧被陈建海对这个素不相识的孩子的用心感动了。她紧紧抱着陈建海,千言万语化成一句:"谢谢你,建海。"

第三十章 陕北，我又来了

正月十一，陈建海早早来到刘晓慧家。今天刘晓慧就要返回遥远的陕北，尽管他有百般不舍，但还是尊重她的选择。

体贴的陈建海替刘晓慧拿着行李箱，把她送到火车站。距离发车时间不到一个小时，陈建海拉着刘晓慧不肯放手。

刘晓慧也舍不得，但检票口排着长长的队伍，她必须尽快进站，不然会误点。她抱了抱陈建海："我要进去了，不然就赶不上火车了。"

"赶不上最好，你就可以晚点离开了。"陈建海狡黠地说道。

"好啦！我到了第一时间给你打电话，有时间我就回来看你。"

最后俩人依依不舍地分别。

苏州离陕北远，这次没买到飞机票，刘晓慧转了几趟车，拖着两个大行李箱，几经周折，身心俱疲，终于到了李家坝中学。

一到李家坝中学，就看到周围家家户户张灯结彩，红色的灯笼挂在屋檐下，写着祝福语的对联分外显眼，相比年前离开时，李家坝变得焕然一新。尽管冬天的黄土地还是荒凉一片，但人们对屋前屋后的精心装扮还是掩盖了几分冬日里万物枯败的萧条感。

眼前红红火火的场景，让刘晓慧疲惫的精神为之一振。路过校门口的村庄时，很多认识她的村民都热情地和她打招呼，这些人当中有些刘晓慧并没有见过,但他们认识她,并且用极大的热情欢迎她。

到了李家坝中学,看门的丁大爷远远就看到了她,快步走上前去一把拿过她手上的行李,笑呵呵地说道:"刘老师,来得这么早啊?你家那么远,还以为你会晚几天来呢。"

"丁大爷,新年好啊!我想大家了,所以就回来了。"

"你真是个好老师啊!"丁大爷知道刘晓慧对学生们的尽心尽责,很是感动,心里很喜欢这位善良的外地姑娘。

把刘晓慧送回宿舍,丁大爷给刘晓慧送来一碗热腾腾的面条,刘晓慧感动得连声说谢谢,一边狼吞虎咽地吃了起来。自己擀的面条,加上热腾腾的羊肉汤,真是美味可口。

吃完面,刘晓慧从行李箱里拿出一些家乡特产送给了丁大爷,用来回馈他平日里对自己的关照。因为坐了整整一天的火车,刘晓慧没怎么睡好,她把床铺好,随便洗漱了一下倒头睡着了。

等刘晓慧一觉醒来时,已经到了晚上十点多,她自己煮了些粥,配了些妈妈准备好的小菜,就开始吃起来。吃饭时,她才想起要跟家里报平安,从包里掏出手机,显示有十几个未接电话,还有几十条短信。

她赶紧打电话给父母报平安,而后又马上给陈建海回电话,刚拨通就听到陈建海委屈又慌张的声音:"怎么现在才接电话?给你打电话你一直不接,你知道我有多着急吗?"

"对不起,回来太累,就睡着了,让你们担心了。"

电话那头的陈建海沉默了一会:"唉!不知道我是有多宽心,

才放你去那样一个人生地不熟的地方!"听到男友这么说自己,刘晓慧想说些什么,但又不知道该说什么,只能不断地向男友道歉。

"我们俩之间不用道歉,只要你没事就好,记得一定要照顾好自己。还有,以后要多向我汇报,让我随时知道你的情况。"要是以前听到陈建海这样命令的口气,刘晓慧准会挂断电话,但今天她感觉格外温暖,"嗯嗯,会的,我保证。"俩人开心地聊了一会儿便挂了电话,因为太累,刘晓慧没有来得及收拾行李便上床倒头又睡了。

第二天早晨,刘晓慧吃完早饭,收拾好昨天没来得及收拾的行李,把宿舍也打扫了一番。看着整洁干净的屋子,刘晓慧心情大好。外面天气不错,刘晓慧打算去张承峰家里看看,顺便把陈建海买给他的礼物带给他们。刘晓慧暗暗在想,张承峰看到自己还不知道会高兴成什么样子呢!

陕北不像苏州,已经二月中旬还带着刺骨的寒冷。一阵风吹来,刘晓慧在家好不容易养好的嗓子又吸进了一口冷气,直呛得她的肺都要咳出来了。她回屋,含了一片陈建海买的润喉片,觉得好多了,重新围上厚厚的围巾,戴上帽子、手套,全副武装出发了。

在去牛寨村的路上,因为冰雪融化,有一些路段泥泞不好走,刘晓慧走得小心翼翼。好在这里的人大都热心,一个开拖拉机的大叔看到她,顺带捎了她一程。刘晓慧很感激,从衣服口袋里掏出十块钱作车费,却被大叔拒绝了。刘晓慧只能说声谢谢,便与大叔道别了。

在这儿待了半年,刘晓慧之前去做贫困生走访时,就多次遇到热心人的帮助。当她第一次掏钱对一位老大爷表示感谢时,老人竟然气冲冲地扭头就走。当时,柳成鹏告诉她,这里很多人觉得帮助别人是积福,如果你拿钱给他们,他们会觉得你看不起他们、侮辱他们的好心,所以就会很生气。

到了牛寨村,刘晓慧很快就找到了张承峰家,老远就看到张承峰在家门口跟弟弟张平峰追着一只羊玩。弟弟张平峰先看见迎面走来的刘晓慧,他激动地大声叫着:"刘老师来了,是刘老师!"然后像一阵风似的冲到刘晓慧面前,拉起刘晓慧的手就往屋里跑。

此时的张承峰也看到是刘老师来了,激动得站在原地一动不动,只是目不转睛地盯着刘晓慧看。但很快他便一个箭步冲了过去,但他比张平峰腼腆,跑到刘晓慧跟前只是开心地叫了声:"刘老师好!"就跟着弟弟和刘老师一起进了院子。

刘晓慧走进屋子,刘阿婆在炕上靠墙的一边坐着,张定华坐在角落抽着烟枪,屋里弥漫着一股呛人的烟味,刘晓慧不由得咳嗽了一声。见是刘老师进来,刘阿婆颤悠悠地要扶着墙站起来,被刘晓慧拦住了:"阿婆,您就坐着吧。"张定华说:"刘老师,今年这么早就来了啊?"

"是啊,我想你们了,想早早回来看看你们年过得好不好。"

她把手上的礼物交到刘阿婆手中。

"阿婆,给您拜个晚年,祝您老人家身体健康,新年快乐!"

刘阿婆伸出颤巍巍的双手接过礼物,她想从炕上下来给刘晓慧倒水喝,嘴里还不停地说着:"刘老师能来我们家就很好了,还带这么多东西,这叫我们怎么受得起啊!"

"阿婆,您就安心收着吧。这是我买的一些我们那边产的酱肉和营养品,可以放好长一段时间呢。您身体不好,承峰和平峰又在长身体,你们就多吃一些补一补。"

刘阿婆看着手中的东西,用衣袖擦了擦浑浊的眼睛,双手有些发抖地握着刘晓慧的手说:"好,好,刘老师可真是个好人啊!"

刘阿婆一家执意要刘晓慧吃了午饭再走,于是刘晓慧就留了下来。刘阿婆特意做了一些家常菜,还专门用刘晓慧带来的酱肉炒了两大盘菜。桌子上摆满了菜,全家人与刘晓慧一起吃了一顿丰盛的午餐。

吃饭时,张承峰与弟弟张平峰吃着美味可口的饭菜,嘴巴啧啧作响,俩人还时不时地扭头看看坐在身旁的刘晓慧。刘晓慧看得出来,平时家里一定没有这样奢侈地大吃大喝过,她不禁有些心酸。

张平峰扯着一大块牛肉直往嘴里塞,一边还不忘说:"刘老师来了,奶奶才舍得做这么多好吃的,以后刘老师天天来我们家。"

"哈哈哈。"大家都笑了起来,这么欢快融洽的场面在这个家里已经好久都没有过了。

这一顿饭,所有人都吃得特别开心,刘晓慧也感受到了他们的喜悦,瞬间觉得这个世界上最快乐的事儿莫过于给身边的人带来欢乐。

吃完饭后,大家围坐在炕上开心地聊着,刘晓慧看了看手腕上的表,已经是下午两点多了,觉得时间不早了,便起身告辞离开了。

返回宿舍后,刘晓慧收拾好昨夜没有来得及整理的行李,而后就去了楼下的操场,围绕着学校的操场跑了几圈。正准备停下来休息时,却看到付文娟和一个中年女人向她这边走来。

付文娟老远看到刘晓慧,拉着中年女人一起跑到她跟前:"刘老师,听说您回来了,我还以为他们在骗我呢,没想到是真的。这是我妈妈,听说您回来了,她说要来看看您。"

看着比年前快乐了很多的付文娟,刘晓慧很开心。

"文娟妈妈好,看文娟现在的样子比年前开心、活泼了很多呢。"

"刘老师好!"付文娟妈妈热情地打招呼,而后把拎在手上的几盒陕北特产硬塞进刘晓慧手里,"这是我们的一点儿心意,您一定要收下。非常感谢您这么照顾文娟,这次我们回来,感觉她的变化很大,这都是您的功劳。"

她一边说着,一边转向付文娟:"她呀,我们这次回来,黏我和她爸爸黏得厉害,不知道为什么这孩子越大越黏人,像个长不大的孩子。"

刘晓慧看着付文娟,笑着说:"文娟,几天不见好像长胖了一点,也白了,看来还是有爸妈在身边好啊!"付文娟羞涩但又幸福地笑了。

刘晓慧说:"文娟,你自己去操场玩一会儿,我和你妈妈说会儿话。"付文娟答应一声便转身去了操场。

只剩下刘晓慧与付文娟的母亲王银铃。

"文娟妈妈,我想和你聊聊。其实孩子大了,心思也就多了,其实她很希望你们能够陪伴在她身边,看着她成长。"

"唉,我和她爸后天就要走了,是我们亏欠孩子太多,但也没办法啊。"付文娟的母亲一边摇着头,一边无奈地说着。

"爱护孩子的最好办法就是不要让他成为留守儿童。"

"刘老师,您说得对。我们也在考虑,想尽快结束在外面的工作,早点回来陪着孩子。听文娟说,您对她们班级里的同学如同自己的亲人一样,我为她能有您这样的好老师而高兴啊!"

"我只是做了一个老师应该做的事。但文娟妈妈你要知道,作为老师,我们再怎么努力,也没有办法替代你们家长在孩子心中的位置啊。有时,真的需要在事业和孩子中间做出选择啊!"

"我明白了,刘老师。为了孩子,我们会做出选择。"

刘晓慧本想邀请她们去自己宿舍里坐坐,但付文娟妈妈有事,就带着付文娟离开了。

太阳已经慢慢西斜,这冬日的暖阳给黄土地披上了金装,光彩夺目。返回学校的这几天天气一直都很好,刘晓慧想,什么时候能让这些温暖的光芒照射进每一个留守儿童的心底,驱除他们内心所有的阴霾和忧愁,让他们开开心心、快快乐乐地成长?

第三十一章　赌来的班主任

　　转眼间,几天过去了。这几天因为没什么事,刘晓慧就一直在宿舍准备下学期的新课程。其间有几个知道她回学校的学生和学生家长来看望过她,也给她这个冷清的寒舍增添了一丝温暖的气息。

　　正月十五元宵节,李家坝前几天就已经有很多青壮年陆续外出打工了,出现了短暂的悲伤离别的氛围,而此刻这种氛围被元宵佳节的热闹气氛掩盖了。

　　这天傍晚,人们早早吃完元宵,李家坝的元宵之夜就开始了。村里出现了一条条龙灯,舞龙灯的队伍敲着锣打着鼓,浩浩荡荡地舞起了龙灯。刘晓慧早就听说陕北人民爱过节,没想到被人们渐渐忽略的元宵节在这里却显得格外热闹和红火。

　　瞬间,李家坝街上变成火的世界、灯的海洋、歌舞的天地。家家户户都点着灯,整个村庄都亮了起来。这里的人,无论男女老少都来到街上。小孩子们的手上都挑着一个红灿灿的灯笼,呼朋引伴,追逐嬉闹。秧歌队出现在人群中,歌声响亮,舞姿翩翩,欢快的节奏瞬间吸引了周围的人,他们跟着一起唱、一起欢快地跳。刘晓慧也被这激情似火的热闹劲儿吸引了,她来到大街上,在路边买了个精致的灯笼,和孩子们一起开心地嬉闹着。

这样欢快热闹的场面持续了多久,刘晓慧已经全然不知道了。她只知道,这个夜晚大家是欢快、幸福的!

过了正月十五,学生报名开学的时间到了。而就在开学的这一天,学校王校长单独找刘晓慧谈了话。他先给刘晓慧拜个晚年,然后说道:"刘老师,你还记得去年你与马焕明老师的赌局吗?"

"什么赌局?"

"就是根据所教科目成绩的情况来决定哪个当班主任的事啊。"

"哦,哦,其实那只是一句赌气的话。"刘晓慧有点儿不好意思地说。

"但我并没有把它当成赌气的话。能者上,庸者下,当然我并不是说马老师不行,只是你去年在教学上表现得很出色,在师生中的口碑也很好,今年应该由你来当这个班主任。"

"我……我还太年轻,也缺乏经验。"

"柳成鹏老师不也很年轻吗?他当班主任时也没有多少经验。我想,你就不要再推辞了。至于马老师那边,你也不用有太多顾虑,我已安排他去初一(1)班了。"

刘晓慧犹豫了一会,说:"好吧,王校长,那我就恭敬不如从命啰。您放心,我一定会尽全力带好这个班。如果我不能胜任,您再宣布把我的班主任撤掉吧。"王德生校长听了哈哈大笑。这笑声中充满着对刘晓慧的认可与信任。

第一天学生报名,各班班主任都必须到岗,刘晓慧从王校长办公室出来后就直接去了办公室。新学期刚开始,事情很多,每一位老师都在紧张地忙碌着。作为初一(3)班新班主任,刘晓慧也必须做好新学期的各项准备工作。

一晃就到了中午十二点多,报名的学生才稍微少了些,刘晓慧揉了揉酸痛的胳膊,觉得嗓子干得快要冒烟,她端起办公桌上满满的一杯水,仰起头一饮而尽。

"哈哈哈,你这是忙得连水都忘了喝的节奏啊。"一大早赶到初一(4)班的柳成鹏忙完了就过来看看新班主任刘晓慧,一进办公室看到刘晓慧拿着水杯仰头豪饮,便戏谑道。

"你还别笑,我还真忘了喝水呢。这一大早报名的学生就没断过,再加上是班主任,很多家长都跑来找我询问一些事儿,我还得给他们一一解答。马老师毕竟资格老,有些家长看到我这么年轻,还是有些不放心把学生交给我,好在学生们都认可我。"

"做班主任确实很辛苦,不过我相信再大的困难对你都不是个事儿,你的能力我可是见识过的啊。"

"哈哈,后面的路还长呢。行不行现在还很难下定论。你作为老前辈可一定要多多指点我哦。"

"我怎么就成老前辈了呢?不过,需要我的地方尽管说,我乐意为大美女效劳。"

刘晓慧给了柳成鹏一个大拇指:"够义气!"

"好了,赶快去吃饭吧。不然等会儿学生又来了,你恐怕连饭都没时间吃了。"

"走!你别说,我还真饿了呢。"

去食堂吃完饭,刘晓慧匆匆返回办公室,果然学生们陆陆续续已经来了不少。

接下来的三天,刘晓慧每天都忙得晕头转向。周一,新学期开学,学生们都来上课了。上午全体师生大会,开完会,班主任就进班级安排新学期事项。

刘晓慧来到初一(3)班,同学们都很兴奋,用热烈的掌声表达着内心的激动和他们对新班主任的喜爱。

"好了,同学们,感谢你们大家对我的信任。这个学期我将作为你们的新班主任来陪伴你们一起进步,不过老师有言在先,我们班有班规,对于表现好的同学,我们有奖励;表现不好的同学,我们也要惩罚。我们一定要赏罚分明,这样才能让你们有一个良好的学习环境和氛围。"

学生们看着刘晓慧严肃的表情,原本还有些嘈杂的教室渐渐安静下来。

班上的学生人数基本没什么变化,接下来的班会课也走的是之前的流程,班干部在这个学期也没有进行调整。等刘晓慧开完班会,学生们开始预习时,刘晓慧才有时间想张承峰的事。

早上大会时,刘晓慧就发现张承峰没有来上课,张承峰之前答应过会按时来上学的。她问班里跟张承峰关系一直很要好的王明明,张承峰为什么没来上学,王明明也答不上来。她看着教室外面,心里隐隐不安,张承峰家里一定是出什么事了。

下课期间,刘晓慧去小学部找到张平峰,才知道张承峰家里真的出事了。

中午一放学,刘晓慧就直接去了张承峰家。刘阿婆前几天因为感染风寒不省人事,不得已,刘爷爷把刘阿婆送进了医院。一个家庭,尤其是一个贫困家庭,一旦有人生病住院,那就如同雪上加霜。刘阿婆住在医院要刘爷爷照顾,家里又没有钱,治病的钱只能东借一些,西凑一点。两个主要的劳动力都不能干活,家里的重担只能落在"顶梁柱"张承峰身上。张承峰只能留在家里做家务,干农活。刘晓慧赶到时,张承峰正从山上的地里回来,破旧的裤腿上满是泥巴。因为干了一上午的活儿,他的脸红通通的,满脸都是汗,头发也都是湿的,有的还黏在脸上。

看到刘晓慧,张承峰低下了头,一声不吭。

"承峰,你打算从现在开始每天不上学,留在家里务农吗?"张承峰不敢看刘晓慧的眼睛,低着头。

"你不是说过让刘老师留下来陪着你,看着你进步吗?你不是说过无论遇到多大的困难都不会退缩,都不会放弃学习?现在刘老师留下来了,等着看你的进步,你就打算不去上学不想让自己进步了吗?"

"你说话啊。你告诉我,你心里到底是怎么想的?如果你真的想放弃学业,想放弃自己的前途,你就告诉我,我现在就走,就当我以前没跟你说过那些话,当我没你这个学生。"刘晓慧在张承峰无限的沉默中爆发了,她愤怒地吼着。

张承峰已经泪流满面,他慢慢地抬起头,看着刘老师。

"刘老师,我想去上学,我想让你看着我进步。可是,我奶奶生病住院了,爷爷要在医院照顾奶奶,还要每天大老远跑回来干农活,还要给我和弟弟做饭,实在太辛苦。我和弟弟上学要交学费,家里已经拿不出一分钱了,奶奶看病的钱还是爷爷出去借的。"说着哭得更伤心了。

刘晓慧第一次看到哭得这么伤心的张承峰,她知道张承峰实在没办法了,才选择不去上学的。

"你们家情况特殊,学费的事老师可以帮你申请补助。至于家里的活,你可以放学回家再做。地里的农活,你还太小,怎么干得了呢?你必须好好学习,让自己学到更多的知识和本领,才能真正地摆脱贫困,才能让你的爷爷奶奶以后过上好日子。"

这时,张定华弓着腰气喘吁吁地从医院赶了回来。

"刘老师说得对,你要去上学,家里有爷爷,我会安排好的。今天去医院你奶奶也好多了,可以自己下床吃饭,不需要我留在跟前照顾了。你赶快去洗洗脸换身衣服跟刘老师去学校。"刚刚从医院回来的张爷爷看到刘晓慧和孙子的这一幕,心疼这个懂事、可怜的孩子。他知道这时候他必须跟刘晓慧一起劝他去学校,他不想因为自己一时的困难而毁了孙子的一生。

见到张定华,刘晓慧从上衣口袋掏出三百元钱,说:"大伯,这是我的一点心意,希望阿婆早点好起来。"张定华说什么也不肯接受,说:"刘老师,您已经给俺们太多了。"刘晓慧硬是把钱塞到他的手中,说:"大伯,这点钱给阿婆买点营养品,您就不要再推辞了。"

张承峰不去上学本来就是迫不得已,想着今天开学他却一个人在家里,情绪非常低落。刘晓慧的到来,让他眼中有了希望的曙光。

第三十二章　董磊的情与痴

第二天早上,刘晓慧就带着张承峰去学校报名。因为张承峰家的特殊情况,没有钱交学费,所以刘晓慧让张承峰先进教室上课,她去找王校长。

在去校长办公室的路上,刘晓慧心里还是有些担心,她不知道学校是否会给张承峰这样的贫困生补助的名额,但她还是想尽自己最大的力量去争取,实在不行,她也做好了最坏的打算,那就是她自己帮张承峰交学费。

到了校长办公室,刘晓慧把张承峰家里的情况告诉了王校长,王校长听了也表示很同情,并很爽快地答应给张承峰免学费。他让刘晓慧去把申请贫困生减免的材料准备好,然后上交给财务科,待一切手续办妥之后,张承峰的学杂费等就可以免除。

刘晓慧没想到王校长这么爽快就答应,高兴极了,立刻就打算去准备申报的材料。

"刘老师,你让张承峰同学好好学习,家里的事情不要负担太重,学校会想办法给予他们一些帮助的,目前好好学习才是最关键的。"

"好的,王校长,我一定将您的意思转达给他,让他好好学习。"

刘晓慧和王校长道别后,就回去准备张承峰的贫困证明和一些申报需要的材料。

一切准备好后,刘晓慧和张承峰做了一次深谈,刘晓慧叮嘱他再也不能因为任何原因不来上学,并要求他必须更加努力地学习,拿出好的成绩才能对得起学校对他的帮助。

如刘晓慧所期待的,张承峰这个学期学习更加努力了,回到家里无论多么忙,都会认真把作业做完,课堂听课也非常认真。努力就有回报,张承峰不仅语文成绩突飞猛进,其他科目的成绩也在不断进步,这让刘晓慧无比欣慰。

作为新班主任,刘晓慧需要做的事情比以前增加了不少。因为没有当班主任的经验,在真正当班主任的过程中面临许多困难,好在刘晓慧用她的意志力和耐心把所有的困难都克服了。现在班级里的学生团结友爱,成绩也进步很快。

但也有个别底子非常弱的学生,因为对学习没有太大的兴趣,所以有点拖整个班级的后腿。对此,刘晓慧想尽一切办法,希望能够帮助这些学生找到学习的乐趣。做了班主任以后才知道,有时候,无论你多么努力想要去帮助学生进步,如果学生自己不积极、不自觉,你再着急也只是徒劳。不过,无论怎样,她也不忘初心,绝不能放弃任何一个学生。

付出了,上天总会用另一种方式回报你。尽管有些学生学习成绩一直进步不大,但他们在品德上完善不少。他们不再无视纪律、调皮捣蛋影响其他同学学习,而且会在其他方面积极表现。这也让刘晓慧感到一丝欣慰。

转眼,一个多月过去,李家坝迎来了人们期盼的春天。这片黄土地开始有了生机,小草从土里冒出来,零零星星的树木开始冒出新芽,鸟儿、虫儿也开始出来觅食,万物复苏,大地呈现出一派欣欣向荣的景象。

让刘晓慧惊喜的事情也发生在这个春天。上个星期,刘晓慧竟然从学校领到了一份补助。作为支教老师,刘晓慧是没打算要工资的,但王校长考虑到刘晓慧做了班主任,必须把班主任补助支付给她,一个月五百元钱。

刘晓慧再三拒绝,无果后就接受了这份补助。她也想好了要攒下这笔补助,充实班级开支。

因为这一段时间的忙碌,刘晓慧和家人以及男友陈建海几乎没有通过几次电话。周五晚上,刘晓慧稍微空闲了一些,就打算给家里打个电话。当她拿起手机还没来得及拨通家里的电话时,手机却响起来了,屏幕上显示的名字是董磊。

年前的时候,董磊已经在电话中表达了自己对刘晓慧的好感,刘晓慧也明确告知他自己已有男友,这让他很受打击。

在年前刘晓慧生病住院的那段日子,董磊时常跟刘晓慧通电话,每次在电话中听到刘晓慧嘶哑、虚弱的声音时,他会心疼不已。他曾劝过刘晓慧年后不要再去李家坝中学支教,他也告诉过刘晓慧帮助那些贫困学生的方式其实有很多种,没必要选择这种方式。

但刘晓慧果断拒绝了他的提议,她说:"只有亲身体验了这里的艰苦生活,感受到这些留守儿童孤独的内心,亲眼看到这些留守儿童困苦的生活,才能更深刻地体会他们的苦楚,才会知道他们真正需要的和缺失的是什么。"她也感觉到自己早已爱上了这群可怜的、被命运捉弄的孩子,她愿意和他们在一起。

这样坚强善良的刘晓慧,让董磊压抑的情感再次被唤起。从那以后,董磊经常会打电话对她嘘寒问暖,没有再过多地表示爱意,只是作为好朋友之间的一种惺惺相惜和关心。

刘晓慧接通电话,董磊先是习惯性地热情询问了刘晓慧的近况,而后就告诉她,他下个星期要带一批新的物资来她们学校捐赠。因为董磊已经来过两次,他们对于接下来的这次捐赠活动的安排简单沟通几句就结束了通话。

然后,刘晓慧给父母打了电话,告诉他们自己在这边一切都好,还自豪地告诉父母自己当选了班主任,并且领到了第一笔班主任补助金。虽然钱不多,自己也没打算用在自己身上,但这笔工资是对她工作的认可,她觉得很自豪。刘爸爸刘妈妈听后也为女儿感到高兴。和父母开心地聊了半个多钟头,在母亲不断的叮嘱声中刘晓慧心满意足地结束了通话。

刘晓慧和父母通话结束后,便迫不及待地拨通了男友陈建海的电话。每次刘晓慧打电话给陈建海时心里总是充满了甜蜜与期待。

很快,电话那头就传来陈建海的声音:"晓慧,你终于有时间想到我了。"声音中带着一丝被忽略的不满。

"我每天都在想你啊!"

"那还差不多。你最近怎么样?做班主任还习惯吧?"

"嗯,已经差不多了,班主任工作就是比一般老师工作烦琐些,但是只要用心把所有事情处理好,就没有多大问题了。"

"我就知道你一定能做好的。"

俩人有一搭没一搭地说了一个多小时,直到刘晓慧口干舌燥,俩人才依依不舍地挂了电话。

俩人从过年回去和好后,现在表现得更加默契了,对许多事情的看法和意见都一致,这也让两个人的心越走越近。

董磊其实大可不必亲自过来,只需要让人把物资送过来,学校这边做好接收工作就可以了。只有刘晓慧心里最清楚他亲自送物资过来的用意,早早地她就和学校领导在校门口等待资助队伍的到来。

董磊一行到了学校之后,将所有募集来的课外书直接送到了校阅览室,一些医药物资送到了校医务室。这些药品大多是用于防御春季流行疾病的。春天,万物复苏,一切生机勃勃的同时,许多细菌也慢慢滋生,所以,给人员密集的学校送来防御疾病的药品,也算考虑得周全。

把所有物资安排妥当,董磊又表示想和刘晓慧单独谈谈,刘晓慧没有拒绝,跟着董磊散步到学校操场一角的休息区坐下。

董磊坐下后,交给刘晓慧一本图片集,里面是一些他在曾经去过的各个贫困地区拍摄的照片。刘晓慧翻到最后一页,发现有十几张她不同角度、不同姿态的照片,拍的角度都是那么用心,让刘晓慧有些不好意思。刘晓慧看着相册,一旁的董磊一直没有说话,但她似乎能感觉到接下来董磊会对她说什么。

"晓慧,这是我近几年来去各贫困山区学校资助贫困生的照片,每去一个地方,看到那里的贫苦,都会让我很有感触,我就想着要尽自己最大的力量去帮助他们。看着他们因为获得资助而露出满足开心的笑容时,我就觉得自己做的是世界上最伟大、最有意义的事。直至来到李家坝遇到你我才知道,虽然自己帮助别人的欲望很强烈,但和你这种不顾一切、不畏惧任何困难和这里的人同甘共苦的行为和爱心相比,我有些自惭形秽。"

"你别这样说,我在这里只能尽我的能力帮助一小批人,相比你,我的力量实在太薄弱。而你却不同,你背后有强大的支撑,你能帮助的人遍布全国各地,我所能做到的不及你的万分之一,而你能做到的我却做不到,所以一直以来你是让我从心底敬佩的人,我要向你学习,向你看齐。"

听到刘晓慧这样夸赞自己,董磊心里乐开了花,他痴痴地看着刘晓慧,眼里散发着喜悦的光芒。

刘晓慧被这炙热的目光看得心神慌乱,她低下了头。

"晓慧,我们有着共同的理想,都希望生活在这个世界上的人没有苦难。我认定你就是我未来理想的另一半,虽然你之前告诉我你有男朋友,但是他并没有陪伴在你身边,再说你们并没有结婚,我还有希望不是吗?晓慧,你能不能给我一个和你男朋友公平竞争的机会?"

"对不起!虽然我男朋友起初的确不能理解我的选择,但是他也是个善良的人,现在他已经渐渐能接受我当初的选择了,现在我们的感情很好,他很尊重,也很支持我的选择。至于你说的公平竞争,在我的情感世界里是不允许的,我不允许自己三心二意,我不会背叛我们的情感,我也不希望伤害你们当中的任何一个人。董磊,你不要再把心思放在我身上了,你可以放眼去看看其他的女孩子,你是那样优秀,我相信,有那么一个非常优秀的女孩子在等着你呢!你一定会找到更好、更适合你的好女孩。"

"晓慧,我真的很喜欢你……"

"请你不要再说了,我只有一个男朋友,我们的感情很好。该上课了,我先走了。"说完,她头也不回地转身离去。

"晓慧,我不会放弃的。"董磊对着刘晓慧的背影,大声喊道。

因为董磊今天的表白,刘晓慧直至董磊离开都没有再看他一眼。

下午董磊离开时,在学校内环视了好几遍,最后还是没有看到刘晓慧的身影,他心里很不是滋味。但他也暗暗告诉自己,被拒绝再正常不过,还没有到最后自己绝不会放弃,他发誓一定要让刘晓慧成为自己的女朋友。

第三十三章　特别的文艺晚会

　　董磊离开以后,每个星期仍会给刘晓慧打电话嘘寒问暖,但刘晓慧每次都只是简单回复后就借故有事挂断了电话。
　　董磊的表白刚开始确实给刘晓慧带来了一些困扰,但这个困扰并没有持续多久,也没有对她造成任何影响,反而因为这件事让她的内心更加坚定,她认定她所喜欢的人只有一个,就是陈建海。所以很快她就把所有心思放在了工作上。
　　一波未平一波又起,这段时间,刘晓慧被一个重磅消息震撼了——初三年级一个叫王志的学生跳河自杀了。
　　王志在小学五年级的时候,爸爸妈妈就离开他去北京打工,因为夫妻俩的努力,不久有了些积蓄,并在北京开了个汽车修理厂。
　　修理厂的生意还算不错,于是一到寒暑假王志就被父母接到北京。
　　可随着王志的长大,他不愿意再跟着奶奶在家,想要父母陪伴在自己身边,因为经济问题,王志的父母无法把他带在身边。初二的时候,王志因为没人管教,开始迷恋网络,经常逃课去上网,学习成绩一落千丈。王志的母亲为了让儿子能够好好学习,跟王志的父亲协商后,由她回家陪在王志身边。
　　有父母陪伴的孩子是个宝,王志因为母亲回家,就再也没有去过网吧,而是用心好好学习。果然,王志的学习成绩在很短的时间内长进不少。

然而好景不长,在王志初三的时候,王志妈妈因为和丈夫长期分隔两地,矛盾越来越多,甚至差点闹离婚。为了挽回自己的婚姻,王志妈妈重新回到了北京。再一次没有父母在身边的王志,又一次沉迷于网络之中,他心里甚至开始恨自己的父母,也是从那以后,无论父母再怎么给他打电话,他就是不接。

今年春节刚刚过完,邻村一个初二的女孩子的父母就带着已经怀孕的女孩子找到了王志家。这时刚刚离开家的王志父母听到儿子闯了这么大的祸,如五雷轰顶,立刻赶回家里狠狠地收拾了自己的儿子,并向女孩及女孩家人赔礼道歉。两家父母商量让女孩打掉孩子。

然而,王志听到两家人的安排时,和小女孩一起跪下恳求自己的父母不要让他们拿掉孩子,说他们需要这个孩子,需要有一个家。然而他们的请求遭到了双方家长的强烈反对,小女孩被强行拿掉孩子后精神受刺激,疯了。

从此,王志父母不仅要承受各种流言蜚语,还要负担一个女孩子的一生。王志的爸爸因为受不了流言蜚语,躲回北京很少回来。

而王志的母亲不得不留下来照顾儿子,但她的情绪因这件事变得反复无常,她常常会对王志破口大骂,甚至扬言要将儿子赶出家门。

结果王志真的一天未归。第二天,村里人在村外的池塘里找到了王志的尸体。王志死前用手机编了一条信息:爸爸妈妈,我死了,你们是不是就满意、就开心了?我希望在另一个世界不再孤单……但信息并没有发出去,王志也没能被救下。

王志的死很快在全村及学校里传开,所有人都为这个年轻的生命感到惋惜。刘晓慧听到后心里也是难受至极。学校就这件事给全体学生上了一次心理教育和安全教育课,并且要求老师们多关注学生们的身心健康,尤其是一些处在叛逆期的留守儿童。但大家都知道,真正能够避免这种悲剧发生的最根本的办法,就是让这些孩子不再留守,他们的父母应该对他们的成长负责,应该陪伴在孩子的身边,这样才能有利于他们健康成长。

这件事一度在学校流传,让学校老师都不敢掉以轻心,也让一些懵懵懂懂的学生忐忑不安。学校为了缓和这件事带来的负面情绪,决定举办一次全校文艺演出。

作为文艺委员的许萌萌,就当之无愧地负责起了初一(3)班文艺演出的安排。因为学校要求每个班级必须出两个节目,刘晓慧和柳成鹏商量,把两个班课余时间一直参加体育训练的学生集中起来编一个节目去表演。柳成鹏本就有这个想法,俩人一拍即合。他们把这个消息告诉了学生,学生们个个斗志昂扬,非常想把自己酷炫的表演展示给大家看。

确定好一个节目后,还要再出一个节目,刘晓慧找许萌萌商量,最后决定来一个大合唱。她让班上几个爱好唱歌的学生组合在一起来个合唱表演。

许萌萌、徐文君还有几个学生都报名参加了,作为班级里三朵金花之一的付文娟却不愿参加。

周二放学,许萌萌、徐文君和付文娟一起回家。路上,付文娟有些闷闷不乐。许萌萌因为和付文娟是多年好友,一下子就感觉到付文娟的情绪变化。

"文娟,你怎么了?今天不开心?"

付文娟看着许萌萌说道:"昨天我妈妈打电话给我了,说给我买了一个我一直想要的书包和四大名著。"

"那你应该很开心啊!你不是一直都喜欢四大名著吗?"徐文君也有一套四大名著,之前借给付文娟看过,当时付文娟就表示自己也很想有一套,以后就可以慢慢品读。

"可是昨天妈妈和我通电话,我听出她生病了,而且感觉病得很严重,但无论我怎么问妈妈,她只说是感冒,我很担心妈妈的病。"说着,付文娟便伤心地大哭了起来。

"文娟,可能你妈妈真的只是感冒呢。你别胡思乱想了,再说了,你妈妈怎么会欺骗你?过年回家的时候,你妈妈不都是好好的吗?去年我不也感冒了好长一段时间吗?你妈妈很快会好的,你不要太担心,再说有你爸爸在你妈妈身边照顾,你妈妈一定会很快好起来的。"徐文君看出付文娟很担心,于是赶紧安慰她。

许萌萌也在一旁拼命点头:"对啊对啊,你妈妈给你买你喜欢的礼物,肯定是希望你开心,你开心了,你妈妈才会更开心,她的病也就好得快。所以你就不要伤心了,开开心心地好好学习,你妈妈和你爸爸才能在外面安心工作。"

"真的吗?"

"当然,你要是不信,今天回家就给你爸妈打电话,告诉他们你收到礼物很开心、很喜欢,他们一定也会开心的。"

"好!"

付文娟心情转好,三人手牵着手,一路说说笑笑回家了。

第二天,付文娟一到教室,就欢喜地告诉许萌萌和徐文君,她昨天晚上和父母通了电话,按照她们昨天下午商量好的,告诉父母自己收到礼物很开心、很喜欢,果不其然她感觉到母亲好了很多,在电话里跟她聊了很久。许萌萌和徐文君也为她感到高兴。

上午放学,刘晓慧把参加文艺演出的学生留下来,因为付文娟没有参加演出,她只能自己一个人回去了。

看着孤零零离开的付文娟,刘晓慧叫住了她:"文娟,许萌萌和徐文君都参加了大合唱,你为什么不参加呢?"

刘晓慧这么一问,在场的所有学生都看着付文娟,眼里充满了疑惑。刘晓慧意识到些什么,看着许萌萌。

"老师,文娟不爱唱歌,她不参加就算了。"其他学生也点点头,表示赞同。

"刘老师,我先回去吃饭了,老师再见!"付文娟打完招呼就离开了。

看着付文娟离去的背影,刘晓慧感觉问题没那么简单。

"许萌萌你跟老师说真话,付文娟为什么不参加文艺表演?"

"刘老师,去年文艺演出文娟也报名参加了大合唱,可是马老师说她唱歌声音太粗,而且还老是跑调,马老师就告诉她,让她把心思用在学习上,说她不是唱歌的料,还会影响整体发挥,会给班级拖后腿。这件事对文娟的打击很大,从那以后,她就不愿意再唱歌了,也不再参加除学习之外的任何一项活动了。"

听了许萌萌的话,刘晓慧感到心痛,也对马焕明的行为感到气愤,她决定一定要让付文娟来参加大合唱。

大家商量后,刘晓慧选定演唱歌曲为《我想有个家》。之后刘晓慧就安排学生们好好熟悉歌词,希望到时能有好的发挥。

"文君、萌萌,下午我会让文娟也加入演唱。考虑到她的嗓音问题,我打算在高潮部分设置和声,这部分让文娟单独来唱,这样搭配的话歌曲一定更有层次感,也更有感染力。所以你们要和老师一起劝她来参加。至于跑调问题,付文娟这么聪明,你们陪她一起多加练习,她一定会克服这个困难的。"

听了刘晓慧的安排,许萌萌和徐文君对这位美女老师更多了几分尊敬,一口答应一定帮老师说服付文娟参加大合唱。

下午,许萌萌吃完饭就去找付文娟,告诉她刘晓慧老师的安排。听了这个消息,付文娟心里也跃跃欲试,她虽然性格比较内向,可是一直以来都很喜欢唱歌,每次心情不好的时候,她就喜欢用唱歌来缓解,只要一唱歌她的心情很快就会变好。可是去年马老师说她不适合唱歌,她就觉得自己其实并不具备唱歌的天赋,于是她就放弃了自己的这个爱好,不再开口唱歌。可是今天刘晓慧老师说她可以去唱,还一再要求让她去唱和声,那似乎是个重要角色,她怎么能不心动?

可是,敏感的个性又让她有些胆怯和退缩,她担心自己如果发挥不好就会影响班级的整体荣誉。

"刘老师并没有听过我唱歌,如果我唱得不好,让老师失望了怎么办?"

"不会的,刘老师可是城里来的,她是见过世面的人,她说你适合就一定适合。不管怎样,等会儿去学校我们就去找刘老师。"许萌萌拉着付文娟去了徐文君家。在去学校的路上,徐文君也劝了付文娟好一会儿,最后付文娟终于同意参加文艺演唱。

到了学校,三人第一时间去办公室找刘晓慧。刘晓慧看到付文娟很开心,于是把她负责唱的部分歌词画出来交给她,还叮嘱她们回去跟着录音带好好练习。

"文娟,老师可是很看好你的,你要和萌萌、文君她们俩一起加强练习。你这么聪明,一定很快就学会的,老师相信你一定会表现得很出色。"

得到刘晓慧的肯定,付文娟心里充满了力量,她重新燃起了对唱歌的热爱,每天一有时间就听歌,跟着录音带反复练习。果然,功夫不负有心人,不到一个星期的时间,付文娟就把《我想有个家》这首歌的歌词记得滚瓜烂熟,而且能够准确地把这首歌唱完。

付文娟用自己的努力证明了自己是可以的,她当着全班同学的面试唱后,赢得同学们热烈的掌声。甚至不少同学表示,听了付文娟与众不同的声音,发现这首歌曲被赋予了更深厚的情感,唱出了与众不同的味道,更感染人心了。

大家紧锣密鼓地排练着,声势浩大的全校性的文艺演出终于来临了。学校对这次演出做了精心安排,上台参加表演的除了学校师生、学校周边街坊邻居和学生家长外,还有学校特地请来的县教育局的相关领导。负责文艺部的老师为了把学生的精彩演出记录下来,还专门从县城借来了摄影装备,请来镇上照相馆的摄影师过来拍照留档。

升国旗仪式之后,李家坝中学第五次文艺演出开始了。男女主持人登场亮相,对各项活动议程和现场相关领导嘉宾一一做了介绍,随后教育局领导和校领导上台致辞。

准备表演节目的人员依次在舞台一侧等候上场。校长讲话结束,台下响起热烈的掌声。两位小主持人正式宣布文艺演出开始。

第一个节目是初二(2)班表演的舞蹈——《梦幻青春》。在欢快的旋律中,十几个身着休闲装的学生在舞台中央活力四射地尽情欢舞,同学们全身的运动细胞都被这欢快的气氛调动了起来,大家嗨翻了全场。一曲结束,台上的小演员虽气喘吁吁,但情绪高涨,意犹未尽,台下掌声、欢呼声不断。

"接下来,我们有请初一(3)班和(4)班共同为我们带来别开生面的体育表演,这个体育表演到底会是什么样子的呢?让我们一起拭目以待吧!"

"加油,加油……"由初一(3)班学生陈立伟组织的啦啦队集合在舞台一侧敲起鼓,为台上表演的学生呐喊助威。这热烈的场面让现场的气氛更加活跃,所有人都兴致勃勃地看向舞台。

只见一群拿着跳绳和足球的运动宝贝踩着音乐的节奏上场了。随着开场一小段持续的鼓点声,所有运动员按次序分开,组成四个小组,两组跳绳,两组踢球。

跳绳组先由两个学生拉起双绳挥舞起来,四个学生依次进入,接着负责甩绳的学生开始双手交替甩绳,跳绳的学生必须跟上节奏,否则一不小心就会踩到绳子。甩绳节奏越来越快,跳得也越来越快。随着节奏声,现场的欢呼声和尖叫声响成一片。

表演被推向高潮,当所有人以为表演要结束时,另外两个甩绳的学生也加入了表演队伍。也不知他们是怎么做到的,四根长绳竟然完美地结合在一起,不仔细看,这些绳子就好像被施了魔法一样瞬间消失了。跳绳的人数不断增加,他们在绳子中间穿梭自如,还在其中编排了花样舞蹈,让人惊艳无比。欢呼声、掌声越来越热烈,好久没有举行过这么有意义的活动了,开心、兴奋、激动写在每一位师生的脸上。

另一边四个踢球的学生在四个足球间来回穿梭着,整个节目表演了五分多钟,足球一直在他们身上变换着花样,跟随着音乐的节奏欢快地舞动着。这哪里是球?这分明是被注入了生命的舞者。另一组花样足球的四个学生也陆续加入队伍中,八人在场上快速变换队形,足球在空中被他们抛出各种形状,圆形、方形、菱形、波浪形……看得人眼花缭乱。

最后一分钟,两组花样队伍相互交叉,跳绳和足球需要完美结合,两组队员的配合必须高度一致,才能达到完美效果。

眼看要结束了,刘晓慧也为台上表演的学生们捏了一把汗,她知道这项活动的难度,稍有差池就可能出现失误。

表演前,刘晓慧就看过他们预演,学生们也是经过反复刻苦练习才取得最后预演的成功的。为了不在表演时出现失误,在临近演出一个多月的时间里,学生们几乎放弃所有周末和每天午休的时间加强练习,还有个别学生因被绳子甩到而受伤,也有在练习足球的过程中摔倒受伤的。刘晓慧曾提议把后面难度较大的环节取消,但学生们很喜欢这个环节,都愿意去挑战一次,刘晓慧一直为他们捏了一把汗,生怕现场表演时出现失误。

刘晓慧看了看站在舞台一侧的柳成鹏,他环抱双臂紧张地盯着台上正在表演的学生看。看得出来,他也在为他们捏着一把汗。

随着最后一声鼓点,所有表演者在最后一刻回归最初的状态,尘埃落定,完美落幕。台下的啦啦队欢呼起来,场下所有人都站起来,为这群酷炫的孩子鼓掌,喝彩声持续了很久很久。

接下来还有五个节目,《我想有个家》是最后一个节目,因为文艺演出越到最后大家就越疲倦,甚至出现有人提前离场的情况。

徐文君有些失望地看着台下,抱怨道:"最后出场最不好了,好多人都走掉了,大家也都不会认真看。"听她这么一说,其他参演的学生也都显得有些失落。

"放心,还有我们呢,加油!"初一(3)班其他学生都站了起来,为班上合唱团呐喊加油。

"对,我们练了这么久,而且我们知道唱这首歌的意义,不管台下几个人,我们只要用心去唱,用情去唱,我们就成功了。"

听了刘晓慧的话,大家立刻信心倍增。

很快就到最后一个节目了,由初一(3)班的学生演唱《我想有个家》这首略带伤感、寄托对家庭渴望的歌曲,演唱的学生们把自己内心的情感带进了歌曲的韵律当中,用心去唱,台下许多学生和家长都悄悄抹起了眼泪。唱到最后一段时,不知台下谁带的头,大家跟着一起唱了起来,现场的气氛又一次被调动起来,大家唱着、哭着、感动着,每个人的心里都憧憬着一个幸福、团圆的家。

演唱结束,小主持人匆匆抹干眼泪,宣布文艺演出圆满结束。

文艺表演结束,初一(3)班教室的后墙上出现了一张"优秀班级"的奖状。所有的学生都很开心,为自己班级所取得的荣誉深感自豪和骄傲。

春天是个美好的季节,春暖花开,鸟语花香。《我想有个家》不仅让付文娟战胜了心理障碍,也让班级获得了荣誉。对于付文娟来说,这也许是一个新的开始。

第三十四章　一次美好的春游

转眼又是周末了,为了庆祝付文娟主唱的《我想有个家》获得成功,由许萌萌提议,三朵小金花决定在这个周末出去春游。

周末一大早,许萌萌就背着妈妈为她们准备的水果和零食,骑着自行车去找付文娟。付文娟也早早就起床了。昨天她跟爷爷奶奶说要出去春游,爷爷觉得三个女孩子出去不安全,试图劝阻。一旁的奶奶则说:"你这个老古董,娃儿很少出去,大白天的有啥不放心的?她们想去就让她们去吧!"虽然她嘴上这么说着,但一遍又一遍地叮嘱孙女一定要注意安全,一定要记得早点回家。奶奶一边唠叨着,一边起身去屋里拿了一个可以随身携带的水壶、两个馍馍和二十块零钱塞进孙女的书包里。刚收拾好,许萌萌骑着自行车便到了。于是俩人一起骑车到徐文君的姑姑家。远远地就看到徐文君背着背包站在姑姑家门口,见到付文娟与许萌萌过来,徐文君埋怨道:"我都等你们半天了。"

很快,三个人骑着自行车,背着各自准备的美食出发了。

春天,陕北冰雪渐渐融化,黄土地裸露出来。好在李家坝这里的人们明白植被的重要性,大家长期的保护和合理种植,让原本裸露在外面的黄土地少了很多。此时,小路两旁都长起了一人多高的小树,树下种植着密集的花花草草。

迎着春风，人们时不时会闻到空气中夹杂着花的香味、青草的甜味以及乡村特有的泥土的芬芳。天气渐暖，鸟叫虫鸣，万物复苏，大地一片生机盎然。

在这么美好的日子里，三人心情大好，时而下车推行，边走边愉快地谈天说地，欣赏美好的春光，时而来一场说比就比的自行车大赛。快乐的时光总能洗涤心灵，让人忘记忧愁。

骑骑走走两个多小时过去了，前面是一处僻静的湖，湖边是一块绿草地，看上去有点江南水乡的感觉。徐文君激动地说："哇，你们快看，这个地方太美了！不如我们就在这儿坐坐欣赏欣赏美景吧。"

三人把自行车停在草地上，把身上的背包扔在了草地上。许萌萌一个翻身，就滚到草地上去了。徐文君忙说："你也不怕弄脏衣服，竟然在草地上打滚？"

"有什么脏的？我才不怕呢！你也过来陪我一起吧。"许萌萌一伸手，把徐文君也拉倒在地。徐文君假装有些生气地说道："我看你就是个疯子。"付文娟说："她本来就是疯子啊！"话未说完，她也被许萌萌一伸手就拉到草地上了。三人索性在草地上尽情地翻滚起来，偶尔有路人走过，投来异样的眼光。这三个小疯子，洋溢着青春活力，放飞着彩色年华。

太阳暖暖地照在她们三人身上，明亮而不刺眼。草地散发着清新而芬芳的气息。两边的白杨树高大挺拔，像守护她们的卫士。有时，人生的美好，与这风景一样美丽。

许萌萌不禁高喊："喂，天空，我好喜欢你！"

付文娟喊道:"喂,大地,我好喜欢你!"

徐文君喊道:"喂,太阳,我好喜欢你!"

许萌萌又喊道:"喂,小河,我好喜欢你!"

付文娟又喊道:"喂,杨树,我好喜欢你!"

徐文君又喊道:"喂,草地,我好喜欢你!"

……

这满含青春朝气的声音,从这草地上向外散发,引来路人羡慕的目光。

喊了半晌,徐文君声音都有些沙哑了,她说:"不跟你们玩了。"一翻身起来,走到小湖边坐着,手托着腮看着湖沉思。

付文娟与许萌萌笑哈哈地也走过去,挨着徐文君坐下来。湖面在微风的吹拂和阳光的照耀下,泛起一道道金色的波光,不时会有一条条小鱼悠闲地游过。

"如果能像这鱼儿一样自由自在,那该多好。"

"我也想呢。我还想像鸟儿一样翱翔在广阔的天空,那样才更自由呢。"付文娟说。

这时一条红色的鲤鱼从她们眼前悠闲地游过,许萌萌说:"看那条鲤鱼,好大啊!太漂亮了!"

徐文君说:"是啊,这条鱼好漂亮。有时候真羡慕它们,能够这样自由自在、无拘无束地畅游在美丽的大自然中。"

此时,太阳到了头顶,已是正午时分,许萌萌说:"中午了,我们吃点东西吧。"

在草地上铺一层薄薄的塑料布,徐文君从背包里拿出很多吃的,有水果,有各种零食,还有两块面包。许萌萌也拿出随身带的几包点心和零食,俩人将所有好吃的摆了一大圈。只有付文娟不好意思地从背包里掏出来两个馍馍,她说:"我喜欢吃馍馍。"许萌萌一把从付文娟手里抢过一个馍馍,说:"我也喜欢吃馍馍。"说着看了一眼徐文君。徐文君似乎明白了,从付文娟手里抢过剩余的一个馍馍说:"文娟,给我一个吧,我也要吃馍馍。"付文娟知道她们是在为自己解围,心里暖暖的。

大自然美好的景色让三人食欲大开,摆在地上的食物很快就被三人狼吞虎咽消灭得干干净净,她们的肚子也被撑得圆鼓鼓的。

吃过东西后,付文娟一个人坐在草地上,神情黯然。许萌萌说:"文娟,你怎么了?"

文娟突然眼眶红了,啜泣着说:"你们不要对我这样好。"

徐文君说:"文娟,你到底怎么了?怎么说这样的话呢?"

"我知道,你们是想让我吃你们带来的食物,才骗我说你们也喜欢吃馍馍。"

"哪有?没有这事,文娟你想多了。"许萌萌说。

徐文君也说:"是啊,文娟你别胡思乱想了。再说了,我们还是三朵金花呢。有福同享,有难必须要同当呢。"

付文娟破涕为笑,说:"好吧,那我们就做三朵有福同享、有难同当的小金花吧。"

三人又平躺在了草地上,看着蓝天白云,静静地享受着大自然的美好。

她们就这样看着蓝天白云,有一搭没一搭地聊着学习与生活上的事,不知不觉地就到了下午。直到临近傍晚,三个人才骑着车回家了。

美好的时光总是短暂的,春天也接近尾声,在夏天来临前,一个刘晓慧盼了很久的节日来了,那就是五一劳动节。劳动节有三天假期,刘晓慧离家也快三个月了,她正在思考要不要回家看看。

如果回去,只有三天,无论坐火车还是飞机都会特别仓促,并且费用都不便宜,在经济成本与情感之间,刘晓慧陷入了两难的抉择。犹豫很久,她都无法打定主意,眼看到了29号,后天就是五一了,刘晓慧还是没能做出选择。这期间,刘晓慧的父母来电话询问了好几次,男友陈建海也迫切希望她能回家一趟,她虽犹豫不决,但答应男友等晚上查过车票后再做决定。晚上她上网查看了往返的车票以及火车时刻表,才发现无论是火车票还是飞机票都已经售空了,她心里有些失落,同时也稍微心安了一些,终于可以给自己一个合理的借口和理由不回家了。

以往在苏州,五一放假,刘晓慧一定会趁着难得的假期约上伙伴们一起去旅游。但这次五一假期,刘晓慧在李家坝却不一样,这里交通不便,而且也没什么朋友,柳成鹏和纪若雨因为离家较近都回去了,整个学校除了看大门的丁大爷就只剩下她一个人。她决定哪儿都不去,好好待在宿舍休息几天。

5月1日早晨天刚蒙蒙亮,准备睡个懒觉的刘晓慧就被丁大爷叫醒,被告知有一个帅气的小伙子来找她。

刘晓慧睡眼蒙眬地起身,打开宿舍门就看到丁大爷身旁站着一个帅气的小伙子。她兴奋地跑上前去紧紧地抱着他,激动地问道:"怎么会是你?建海,你怎么来了?"

"你不回去,我就来了呗。"陈建海一边说着,一边帮刘晓慧整了整额前几缕凌乱的头发,回头和一脸疑惑的丁大爷道了声"谢谢"。

丁大爷看着俩人笑了笑:"好,好,郎才女貌,很般配的一对,好!"丁大爷的夸赞反而让刘晓慧有些不好意思,她羞涩地冲着丁大爷笑了笑。

丁大爷离开后,刘晓慧拉着陈建海进了宿舍。

"你怎么会来?你要过来怎么都不告诉我一声呢?再说我都买不到票,你是怎么买到的?"

刘晓慧连续发问,坐在床边的陈建海一言不发地看着刘晓慧,而后有些抱怨地说道:"只要真心想来,就一定能有办法。"话外之意是责怪刘晓慧无心回去还给自己找借口。

"好吧,我错了,不过你来了就好,不然这三天我都不知道该干什么。我爸妈和叔叔阿姨他们都好吧?"

"他们都很好,我这次过来时他们又让我给你带了好多东西。"陈建海打开行李箱,好吃的苏州特产肯定少不了,还有几套春夏的新装和一套护肤品。

两套新装是陈建海决定来之前去商场买的,是刘晓慧喜欢的款式和颜色。她抱着这些东西,幸福地说道:"建海,有你真好!"说完哈哈大笑起来。

"嗯,你是开心了。"

刘晓慧听陈建海一副酸溜溜的语气,假装生气道:"你的意思是见到我不开心?是不是后悔来看我了?"

见女友这么说自己,陈建海做出一副投降的姿态:"你这是哪里的话?我要是见你不开心,干吗还要跑这么远来看你呢?"说完还伸手捏了一下女友的脸,自己调皮地扮了个鬼脸。这句话让刘晓慧很受用,她看着男友咯咯直笑。

突然刘晓慧大喊了一声:"啊!我还没洗脸刷牙呢。"说着,拿起面盆就冲出了屋子。

陈建海若无其事地摇摇头,喊了一声:"没事,我不嫌弃。"

洗完脸、刷完牙,一切收拾停当之后,刘晓慧才意识到陈建海坐了一整夜的火车,这会儿一定还饿着肚子呢。于是她从柜子里取出挂面和两只鸡蛋,准备做碗面条让男友填肚子。

陈建海看着刘晓慧煮面条时一副娴熟的样子,笑着打趣道:"你这以前油瓶子倒了都不扶的人,现在做起饭来像模像样的,肯定没少做吧?"

"那是,每天都做,能不熟练吗?"刘晓慧说完,脸上露出得意的神色。

面条煮好了,陈建海狼吞虎咽几口就把一碗面吃了个干净,还直夸面条做得好吃。意犹未尽,看着锅里还有一些,陈建海说还想吃。见男友这么喜欢吃自己做的饭,刘晓慧开心得不得了。

吃饱喝足后,陈建海就倒在床上呼呼大睡起来,一觉睡到了中午。刘晓慧正在想着中午饭该怎么吃,陈建海从床上一跃而起,长臂一挥,说道:"走,哥带你去吃好吃的。"

刘晓慧表示同意,于是俩人简单收拾一番,准备去镇上找个好点儿的饭店吃顿好的。俩人手牵着手,一路说说笑笑,刚走出校门,就听到不远处有车的喇叭声响起。刘晓慧循声看去,原来按喇叭的人是董磊。

董磊热情地和刘晓慧打招呼,像没看到站在一旁的陈建海一般:"晓慧,听说五一放假你没回去,怕你一个人留在学校寂寞,我今天可是专门开车过来接你一起出去玩的。"

本来董磊来找刘晓慧只是单纯地想看看她,因为他知道刘晓慧不可能同意单独和他一起出去玩的。但他看到刘晓慧与别人牵着手有说有笑,顿时心生嫉妒,于是故意这样暧昧地说。

董磊的话让刘晓慧有些尴尬,她没回答他,而是回过头小心翼翼地看着陈建海,她担心董磊刚才的一番话被男友误会。

陈建海听到一个陌生男子当着自己的面和女友说出这么暧昧的话,心里很不是滋味,但他的修养告诉自己一定要淡定。

陈建海主动走到董磊车前,伸手和他握手,并笑容满面地说:"你是晓慧的朋友吧?我叫陈建海,是晓慧的男朋友。谢谢你这么关心她,她一个人在这里人生地不熟,幸好有你们这么多关心她的好朋友,我经常听晓慧说起你们。以后我会利用假期经常过来陪她的,但我还是要替晓慧谢谢你平日里对她的照顾。"

董磊听了,心里更不是滋味。他很想告诉陈建海,他不仅仅想做刘晓慧的朋友,还想追求她。但看着一脸满意地望着陈建海的刘晓慧,他知道自己已经输了,说什么都只是自讨没趣。

"我和晓慧去镇上吃饭,你也一起去吧?"陈建海始终保持绅士风度,热情地邀请董磊和他们一起吃午饭。

"不用了,你们……那……我就不打扰你们了。"说完,董磊就开车离开了。他从车的后视镜看到刘晓慧和陈建海手牵着手,甜蜜地对笑,他知道自己该死心了。如果再一味纠缠下去,不仅会失了风度,或许连普通朋友都没得做了。

董磊开车快快地离开,刘晓慧和陈建海手拉着手散着步去镇上。正值初夏时节,路旁的花草树木长得非常茂盛,天气也格外爽朗,阳光明媚,万里无云。阳光沐浴着两个彼此相爱的人儿。

"你不问问那个人是谁吗?"

"我们家晓慧这么美丽善良,有几个好朋友或者几个倾慕者不是很正常吗?"

"那你不吃醋?不害怕我们……"

"哈哈,害怕什么?我一点不怕,我们俩的关系如此牢不可破,岂是他人能够插足得了的?再说,我相信你,胜过相信我自己。"

刘晓慧被男友的一番话感动得一塌糊涂,她转身抱着陈建海:"建海,谢谢你如此信任我。"

"傻瓜,你在这大庭广众之下对我搂搂抱抱,不怕你的学生或者学生家长看到吗?"

"哼,我才不怕。"刘晓慧娇羞地说,但看到有路人经过,便立刻放开手,和陈建海保持正常距离继续前行。

陈建海太了解刘晓慧腼腆害羞的性格了,看着一脸难为情的刘晓慧,不再打趣她。

因为这里比较贫穷,小镇也不是很繁华。俩人找了半天也没有找到一家像样的饭店,他们就随便在街边上找了个小饭馆将就着吃了点。饭后,陈建海听取刘晓慧的建议,一起去周边走走。

这里的山地较多,人们种庄稼都是在梯田上进行,每次干农活都需要在山间穿梭。陈建海以前在电视里看到过陕北乡村人们劳作的身影。

这次来到李家坝,陈建海亲眼看见这些人的辛勤劳作,感触更深。因为这里土地贫瘠,即使再辛苦劳作也无法满足生活所需,所以很多年轻人都选择背上行李外出打工来贴补家用,于是在田地间穿梭劳作的都是一些上了年纪的老人和中年妇女,他们佝偻着身躯,艰难地在田间耕作,似乎随时都有可能被累倒。

因为是假期,田间也有不少小孩的身影,他们身后背着大大的背篓,帮着爷爷奶奶做一些力所能及的农活。陈建海想想自己和他们这般大小的时候,每天背着书包去上学都会叫苦连天,这里的孩子这么小就要早早当家,做着连城里大人都做不了的农活,陈建海心里有些泛酸。

在这一刻,他更能理解刘晓慧为什么要留在这里了。这里的人们生活虽然艰难,却教会他们很多,比如知足常乐,比如乐观生活、勤劳勇敢……

"在这里这样的现象太常见了,当地有一些特困户家庭,他们的生活简直不能称为生活。有些家离学校远的孩子为了能够按时上学,每天凌晨五点不到就要从家里出发,翻山越岭来学校上课,下午放学又要原路返回。不过,好在学校已经计划建造学生宿舍,明年就应该能建好,这些住得偏远的孩子就不用再这么辛苦地来回奔波了。"刘晓慧看到陈建海皱着的眉头,安慰他。

"如果不出来走走,还真的无法体会这里的贫苦。不过这些人乐观朴实的生活态度,倒是我们身上所缺乏的。很多时候,物质反而会让人的欲望越来越膨胀,欲望越大,越不容易满足,反而过得不开心。"陈建海不仅感受到了这里的人们所承受的艰辛,更感受到了他们身上的美好。

"嗯,这一点,我来这儿这么长时间深有体会,想不到你才来一会儿就有这么多的感触,嗯嗯,很不错嘛。观察敏锐,悟性极高。"刘晓慧不想陈建海太过忧虑,于是打趣他,转移他的注意力。

"哈哈,那我是不是该开心呢?被刘老师如此夸赞。"

"当然!"

俩人在周边走了一圈,日落西山时,他们回到了学校。

"晓慧,明天我们去西安玩吧?你今年来这里都没进城去过吧?"

"嗯,我还真一次都没有去过呢。而且来这里这么久了,都不知道西安是什么样子呢。"

"好,那我们今晚做个攻略,看看西安都有什么好玩的、好吃的,明天一大早我们就出发。"俩人都为明天的旅行开心。

突然,刘晓慧想到什么,说道:"建海,就我们两个去是不是没意思?"

"那你的意思是?"

"我建议把我们班级里一些家庭条件不太好的留守孩子带上几个,也让他们跟着一起见见世面,开心开心。"

"好,这个你来安排,我为你们保驾护航。"陈建海高兴地说。

"人,我已经想好了,只是需要先打电话跟他们确认一下。"

第三十五章　难忘的游历

晚上给陈建海安排好住处，刘晓慧就在大脑里盘算着要带去西安玩的学生。

张承峰家境贫寒，一定没有去过市区。他的性格内向自卑，带他去看看外面的世界，或许能让他大开眼界，让他的内心世界变得广阔，人也可能变得自信乐观。另外，张承峰的弟弟张平峰也是个可怜的孩子，既然叫了张承峰，那就把他的弟弟一起带上吧。

父母不在家的付文娟，性格敏感腼腆，多出去与外界接触接触，可以让她变得更大方开朗。

徐文君虽然家境富足，也一定去过很多地方，但她渴望得到身边人的陪伴与呵护，所以也要带上她一起去。

刘晓慧很快便在心里确定下了这几个人，随后便拿起手机与他们一一联系。她先给张承峰家里打了个电话。张承峰的爷爷前不久因为张承峰的奶奶生病住院要随时联系，便咬咬牙买了一部老式旧手机，这么晚接到刘晓慧的电话有些意外。刘晓慧把第二天想邀请张承峰、张平峰兄弟二人去西安玩的决定告诉了张定华，张定华激动得连连表示感谢。

挂掉电话之后，刘晓慧给付文娟的爷爷付田华拨通了电话，正好付文娟就在付田华旁边。见是班主任刘晓慧打来的电话，付田华便将手中的电话递给了身旁的孙女。付文娟接过电话说:"刘老师,您找我呀?"

"是啊,我想邀请你明天跟我一起去西安玩呢。"

"刘老师,是真的吗?您真的要带我去西安吗?"付文娟掩饰不住内心的激动,兴奋地问道。

接着她又说:"刘老师,您怎么会想起来要带我去西安玩呢?"

"刘老师来陕北这么久了,延安去过两次,但西安一次都还没有去过呢!所以嘛,希望你能陪我一起去啊!"

"那太好了,还有谁去吗?"

"嗯,我还约了张承峰兄弟俩,还准备叫上徐文君。"

"那萌萌呢?她也一起去吗?"

"哈哈,你们这三朵小金花可真是姐妹情深,形影不离啊!那就也叫上她吧。"

而后刘晓慧又分别给徐文君与许萌萌家里打了电话。每个人都很高兴能跟着刘老师一起去西安玩。一切准备就绪,刘晓慧欣喜不已,心里很期待明日的旅行。

打开宿舍门,月亮已经漫过树梢,大地沉睡在一片静谧之中。刘晓慧觉得这个微凉的夜晚,明月清风都有着别样的诗情画意,令她陶醉。她沐浴着月光,踩着清风到陈建海住处告诉陈建海人数已经确定。喜悦似乎一下子扩散开来,装满他们的心房。

开心归开心,但也不能忘了正事儿,俩人确定了第二天要去旅游的地方并安排好紧密的行程。

因为带的学生人数较多,又加上五一是旅游黄金周,各项费用开支都会很大。为了节省开支,俩人决定将旅游时间只限定在当天,所以他们就必须规划好既有意义又节约时间的旅程。经过再三对比,西安市区距离延安有将近三百公里的路程,光是往返的时间就得六个多小时,加上旅游旺季一定是人山人海,去了估计什么也玩不了就得返程。经过再三协商,俩人最后决定带学生们一起去距离西安市区不远的咸阳市。咸阳市距离西安市区虽然只有三四十公里的路程,但游客远没有西安市区那么多,坐车也方便,又是有"天下第一帝都"之称的历史古城,俩人一致认为很值得一去。

咸阳是秦始皇统一六国建立秦朝时的帝都。作为一个朝代的都城,纵使时间已经流逝几千年,它曾经的辉煌与灿烂也必然会以它独特的方式流传下来。

去"中国第一帝都"咸阳市,那就一定要去收藏历史文物最多的地方——咸阳市博物馆,于是他们确定了旅游的第一个地点——咸阳市博物馆。

参观博物馆大概需要两小时,时间还充足,他们打算再到距离博物馆最近的凤凰台和安国寺这两个景点看看。

凤凰台是咸阳市区唯一一处保存较完好的高台古建筑群,同时又是革命旧址,被誉为"咸阳古城明珠"。凤凰台对面就是安国寺,是宣扬善念的佛家重地,去请香拜佛求得平安也未尝不可。

如果一切顺利,那么最后一个值得去的地方就是清渭楼。清渭楼距离这三个景点只有十分钟左右的车程。历史上清渭楼被称为"西北第一名楼"。

确定好路线,借好出行的车子,俩人互道晚安,各自早早入睡。

第二天,天微亮,陈建海和刘晓慧开车去接徐文君、付文娟、许萌萌和张承峰、张平峰兄弟俩。张承峰家比较偏远,车子先接上张承峰兄弟俩。因为第二天要出远门去游玩,兄弟俩一晚上兴奋得睡不着觉,早早地就起床找出平时不舍得穿的新衣服坐在家门口等着刘晓慧的车来接他们。看到刘老师跟着一个帅气十足的青年来了,张平峰高兴得蹦了起来,说:"哥,刘老师他们来了,哈哈哈!"

刘阿婆的病早已经痊愈了,听到刘晓慧来了,慌忙从屋里小跑出来,一再向刘晓慧表示感谢。随后,几个人来到许家屯,把付文娟、许萌萌接上,最后再接上徐文君。一车人开开心心地向咸阳进发。

付文娟、许萌萌、徐文君这三朵小金花坐在后排,窃窃私语,时不时发出笑声。刘晓慧坐在副驾驶位置上,听她们几个小声谈笑,回过头来问道:"嘿,三朵小金花都在聊什么呢?聊得这么开心,说出来让老师也听听,一起高兴高兴嘛!"

听刘晓慧这么说,几个人笑得更夸张了。许萌萌说:"刘老师,我们在讨论,这位开车的大帅哥是不是您男朋友啊?"

一听这话,刘晓慧就有些不好意思。陈建海在开车,听到几个人在议论自己,笑着搭腔:"你们这几个小家伙的眼光不错嘛!一眼就看出来我是你们刘老师的男朋友了。"

刘晓慧娇羞地制止男友:"陈建海,你给我闭嘴,害臊不害臊啊!"

这句话让全车人都笑了,笑声伴随着他们一路前行。

他们的两旁从黄山沙砾到绿水丛林再到亭台楼阁,一路的风景变换让人大开眼界。

因为进城车多路堵,他们十点多才到咸阳市区。五一黄金周,咸阳市区人山人海,车水马龙。这繁荣热闹的场面,让几个没离开过家乡的孩子兴奋不已,他们不停地指着外面的人流、建筑、风景,抑制不住地欢呼。

徐文君因为经常被父母带出去游玩,比其他几个同学见识要多一些,她给他们讲她在其他地方游玩时的所见所闻,车上充满着欢乐的气氛。

经过一番周折,他们终于到了咸阳市博物馆。博物馆是免费的,有许多慕名而来的游客前来游玩参观。陈建海找地方将车子停好后,就和刘晓慧带着几个学生进了博物馆。

张承峰立刻发现自己和弟弟的穿着和身旁的同龄人相比,显得有些寒碜,但并没有如他所担忧的那样引起其他游客的注意,反而时不时迎来一些陌生游客友善的笑容,这让内心自卑的张承峰心里安稳舒服了许多。

博物馆专门培训了一批介绍文物的小小解说员。这些和张承峰他们差不多大小的孩子系着绶带,为前来参观的游客认真周到地做古迹介绍。他们热情大方、口齿伶俐,所有听他们讲解的游客都纷纷伸出大拇指为他们点赞。

"老师,这些小孩子太厉害了,他们懂的可真多啊!"徐文君看到这群和他们年龄相仿的小讲解员,心里的敬佩之情溢于言表。

"对啊,他们的胆量真大,在这么多人面前都不紧张。"让性格腼腆的付文娟更钦佩的是,他们那种面对陌生人落落大方的神态。

"是啊,在这里像这样的小志愿者很多,他们不仅可以帮助别人,自己也可以获取更加丰富的知识,得到很好的锻炼。所以你们也要努力,对任何事情都要敢于尝试,只要大胆地去尝试,说不定你们比他们做得更好。"刘晓慧借此机会,在这几个学生的心田撒下了改变他们性格和使他们更加奋进的种子。

听了刘晓慧的话,他们似乎明白了老师的言外之意。他们一致点了点头,因为这一幕已经深深烙进了他们的心底。

他们在博物馆内参观了一个多小时,展柜里的文物琳琅满目。有些用玉制作的兵器做工精湛,虽已过千年,但看起来依然锋利无比,晶莹剔透,这让他们惊讶无比。还有那栩栩如生的西汉陶俑,让他们感受到古代工匠的高超技艺。一些刻在石碑上的铭文大气而沉稳,就是书法大家手写也不一定能做到如此。这里所有新鲜的事物都让他们大开眼界,受益匪浅。

文物不胜枚举,文物背后的故事也让这些学生听得津津有味。如果不是人流的推搡,他们还真舍不得早早结束这次博物馆之行呢!

参观完博物馆,已经是中午十二点多了,大家饥肠辘辘。陈建海和刘晓慧在附近找了一家有特色的秦镇米皮店,一行人每人点了一份米皮、一个特色肉夹馍,浇上特制的油泼辣子,柔软细腻的米皮配上香喷喷的辣子,令人食欲大开。

也许因为饿了,也许因为大家伙儿急切地想去下一个旅游景点,每个人都吃得匆促,来不及细细品味这绝味美食。后来当大家回味那次咸阳之旅时,最难以忘怀的就是那份油泼辣子米皮。

饭后,大家直奔凤凰台,因为里面正在施工,凤凰台没有对外开放,只能从外面观望一番。这是咸阳唯一一处保存较完整的高台建筑,虽然只能站在外面远远地观望,但也能感受到它琉璃彩绘的绚丽和宏伟、磅礴的气势。

因为不能走进去一睹它的风采,大家都有些失落,好在凤凰台对面的安国寺是开放的。

"为什么取这么好听的名字——凤凰台?"对这里尤为留恋的付文娟到了安国寺还在惦记着不能一睹真容的凤凰台。

"不愧是学霸,求知若渴。"陈建海早就从女友那里了解到这几个学生的各方面情况,听了付文娟的发问,笑着说道。

付文娟有些不好意思,但仍想打破砂锅问到底。她看着刘晓慧,希望从刘晓慧那里得到她想要的答案。好在刘晓慧在来之前查了相关资料,于是解释道:

"相传,秦迁都于咸阳,秦穆公之女弄玉吹箫,美妙的音乐把凤凰吸引到这里驻足,所以取名凤凰台。当然这只是传说,它的真实性我们无须考究。不过也有说取此名是和它的造型有关,凤凰台建筑相当别致,当年是全市的制高点,上边有庙宇,廊檐参差,形似一群凤凰聚集一处,因此就取名凤凰台。"

"原来是这样啊!那里面一定很美,可惜不能看。"

"没事儿,美好的东西总会有些遗憾,再说,以后我们还会有机会过来看的。"刘晓慧抚摸了一下付文娟的头,宽慰道。

安国寺并不大,从南门进,寺墙由灰色方砖建成,门窗都是朱红色。进了寺庙,一个四合院的构造,颜色也是以灰、红色为主。

一眼看去,寺内有五座殿,大门内两侧为对称的偏殿,中间沿中轴线分布三座殿。园内幽静肃雅,殿内有泥塑佛像,墙壁有彩绘。

参观过安国寺,时间还允许,最后他们驱车来到了位于咸阳郊外渭河边上的清渭楼。

十多分钟后,他们就到了清渭楼,清渭楼也是免费的。

从远处观望,清渭楼矗立在花草树林间,斗拱飞檐、雕梁画栋,气势磅礴。大家穿过清渭楼广场,初夏时节,百花齐放,娇艳绚丽,为这座名楼增添了亮丽光彩。离主楼越来越近,大家才更深刻地感受到它的恢宏雄伟。

历史中的清渭楼已多处损毁,政府很重视,对原先破损的清渭楼进行了修复。为了达到宣传文化的效果,把清渭楼与美术馆融为一体,建成了眼前这座被誉为西部最大的民办公益性美术馆。清渭楼加美术馆共有上下十层,其中地下一层,地上九层。

不到长城非好汉,到了这清渭楼之下,不登高望远也不是英雄所为。一行七人一鼓作气登上了顶楼。从高处眺望,清渭楼屹立于渭水之畔,东边是泾渭河交汇的地方,向南可以隐约看到秦岭山脉,西面是丝路古道,北依空港新城、秦汉新城,四面八方一览无余。大家站在清渭楼的最高处,感受到帝都咸阳的大好河山,惬意不已,胸中瞬间填满了豪情壮志。

观赏了一番,时间催人离,他们不得不依依不舍地离开。

下楼时大家走得不急不慢,每一层的每一幅展画和书法家们写出来的诗词歌赋,都值得细细品赏一番。他们虽然对书画不怎么懂,但这一幅幅精美绝伦的画和精妙的诗词歌赋也让他们的心灵受到了熏陶。

到了底层,一天的行程也接近尾声,大家一步三回头,坐上车,向来时的路进发。这时,他们才感觉到疲惫感袭上心头,一番沉寂后,大家都呼呼大睡起来。刘晓慧回头看看这群熟睡的孩子,心里既欣慰又无比满足。

"今天之行不管怎样,他们是开心的,也收获不少。"刘晓慧开心地说道。

"嗯,那当然了,你看这一路上他们的兴奋劲可是收都收不住呢。"陈建海也为他们感到高兴,更为自己能够做这样一件有意义的事情而倍感欣慰。

车子离开了这座繁华的历史古城,夕阳落下,车子也驶进了李家坝。

第三十六章　相见时难别亦难

到李家坝已是晚上七点多,刘晓慧与男友把五个学生分别送回家,学生家长再三挽留他们吃了晚饭再走,但被俩人一一谢绝了。

这次师生之旅,并没有花费多少钱,但让这些孩子受益良多。尤其对于一直生活在大城市中的陈建海来说,这次旅行让他感触颇深。

从很小开始,每逢假期,陈建海的父母就带他玩过世界许多地方。第一次跟随父母出国旅游时,他只有五六岁。当第一次坐飞机在蓝天翱翔,第一次看见花花绿绿、热闹非凡的外面世界的时候,他跟今天这几个孩子一样,特别兴奋和激动。随着旅游次数的增多,去的地方也越来越远,他似乎渐渐忘记了小时候那份旅游中简简单单的快乐。长大后,旅游成了一种负担,成了每年要完成的一项任务,抑或是一个可以向别人炫耀的谈资。

这次带着这些孩子,虽然只去了一个小城市,但他们一路上的欢喜之情深深感染了陈建海,唤起了他对一个地方的人文风情的热爱与好奇。这也让他第一次明白快乐可以来得这么简单。

有时候,人们拼命地去追求,去索取,虽然得到的越来越多,结果却并不如我们所预期的那样快乐。偶然的一次付出,却能让人获得更浓厚、更深沉的喜悦。

一天的奔波终于结束。回到宿舍,刘晓慧搬来凳子让陈建海坐下,认真地说:"建海,我替这些孩子谢谢你。"

"晓慧,应该是我谢谢你,是你让我度过了一个快乐、充实、有意义的节日,我应该感谢你,还有这些可爱的孩子,谢谢你们!"

听了陈建海的话,刘晓慧有些惊讶,但心里更多的是高兴,终于得到男友的支持和理解,这对于她来说胜过一切。

陈建海笑着继续说道:"我和你一样啊,帮助别人,快乐自己!"

刘晓慧露出了欣慰的笑容,她使劲地点头。

5月的李家坝,到了夜晚,虫鸣蛙叫,衬托出这个夜晚分外安宁祥和。人们伴着这大自然的夜歌,进入甜美的梦乡。

几个出去游玩的孩子,虽然早早上床,但他们的思绪穿过云层,端坐在月亮之上,俯视着白天看到的不一样的世界。他们的心里依然有着抑制不住的激动、快乐和兴奋。

第二天是5月3日,也是假期的最后一天,陈建海买了下午返回苏州的机票。上午九点多,阳光透过窗户洒满房间,刘晓慧睁开睡意蒙眬的双眼,感觉肚子有些饿,下床洗漱好后就忙着做早餐。

因为学校距离机场有两个多小时的路程,吃完早饭陈建海就得赶去飞机场。早晨的这顿饭俩人吃得很安静。

相聚总是愉悦的,分别却是感伤的。快乐的时光总是那样匆匆。

陈建海慢慢地吃着食物,希望时间可以过得慢点。

"怎么了建海?是我做的饭不好吃吗?"刘晓慧已经吃完饭,看着陈建海一副心不在焉的样子。

"等会儿我就要走了,有些吃不下……"陈建海话里和眼中都有着满满的不舍。

刘晓慧皱了皱眉头,看着陈建海:"对啊,你就要走了,时间过得真快。"

她强迫自己挤出一丝笑容:"不过没事,你路上小心点,落地了记得报平安。"

"唉,想着要和你分开了心里就难受。我现在也更能感受到那些和父母分开的孩子的心情了。"陈建海感同身受的话在刘晓慧泛着涟漪的心湖中翻起了惊涛骇浪。是啊,离别,于这些留守儿童来说显得那样残酷,但又无可奈何。他们本该依偎在父母怀里撒娇,无忧无虑地成长,但残酷的现实让他们不得不一次次地经历与亲人分别的痛苦,而这些如刀割般的疼痛他们无法躲避,只能默默地承受着。

"是啊,离别对大人来说是痛苦的,但对孩子的伤害更大。"

离别的不舍和对一群留守儿童的怜爱,让俩人的分别显得更加沉重。

刘晓慧送陈建海出门,俩人都不愿说话。

最后还是陈建海打破沉默:"晓慧,我真舍不得和你分开,我知道我不该问,但是我还是忍不住。"陈建海严肃又认真地看着刘晓慧。

刘晓慧从他的眼神中已经猜出陈建海要问的话,她轻轻地点点头。

"那你还要在这里待多久?"

"至少一年吧。"

"虽然我知道是这样的结果,但我还是有些难过。"陈建海有些伤心地说道。

"建海,对不起,如果你实在难以接受,那就……"

陈建海立即打断了刘晓慧的话:"那就怎样? 放弃你吗? 你就真的忍心? 真的可以做到放弃我们的感情吗?"

"那……"

陈建海轻轻地抱了抱刘晓慧,笑了笑说:"没事,我等,人家许仙都能等白素贞等到西湖水干、雷峰塔倒,我等一年算什么?"

这时,送陈建海去机场的车子已经到了宿舍楼下。陈建海给了刘晓慧一个安心的道别,转过身头也不回地上车离去。车子越走越远,消失在刘晓慧的目光尽头。

车子离去,尘埃却久久没有落定,刘晓慧站在校门口驻足了很久很久。她心里既开心又难受,开心的是陈建海还愿意等她,但她明白再深的情感,在时间面前也会不堪一击。更何况,俩人之间还隔着万水千山的距离,他们的情感又如何能战胜时间和距离这两座横在眼前的大山呢? 再者,刘晓慧也清楚,她或许在这里不止一年,或许是年复一年。

这边刘晓慧忧心忡忡,那边的陈建海却显得信心十足,因为他在这一刻已经打定了主意。当然,他并没有现在就把他的这个决定告诉刘晓慧,他想给她一个惊喜。

陈建海离去后,刘晓慧把所有的精力放在了工作和学生身上。

节后收假,刘晓慧发现和她一起去旅游的几个学生有明显变化。张承峰会主动找其他同学聊天玩耍了,见到任课老师还会主动上前问候。付文娟脸上的笑容也比以前更加灿烂,不再像以前那样一说话就脸红,低着头不敢看人了。

刘晓慧在食堂吃完午饭出来,看见迎面走来的张平峰,他像往常一样热情地和她打招呼。

"平峰,你怎么还没回去吃午饭?"刘晓慧关切地问道。

"刘老师,我正准备回去呢。下午有数学课,我把下午的课提前预习了一下,反正这会儿回去刚好赶上吃午饭。"他说完像一阵风似的向校门外跑去。这让刘晓慧感到吃惊,她没有想到,张平峰这个一直淘气顽皮,从来不爱学习的男孩竟然也知道提前预习功课。

后来刘晓慧无意中向张承峰问起张平峰的近况。张承峰告诉刘晓慧说:"弟弟最近一段时间以来变化很大,每天放学回家都会帮爷爷奶奶做家务,而且会主动做作业,从五一假期旅游回来就这样。"

"哦,原来是这样啊!看来带他出去一趟还真有效果。"

想要通过一次旅行来获得多少特别意外的收获,刘晓慧清楚那是不可能的。但能让这些孩子有些变化,已经让刘晓慧感到非常欣慰了。

日子有序地过着,无论身边发生着什么或大或小的事件,对于这些偏远的小山村来说,也丝毫不会引起多少波澜。

李家坝中学却传来了一个令人振奋的消息,那就是学校的学生宿舍已经竣工,离学校远的学生马上就可以住校了。这也就意味着许多需要早起晚归、跋山涉水来上学的学生能够住在学校,每周只需要回去一次就可以了。

新建成的学生宿舍就在教学楼后面,与教学楼只有几十米的距离,这对于学校、学生来说,都是一件值得庆祝的好事情。

在学生入住前,各个班级的班主任需要把一些路途遥远的学生登记在册,给他们安排宿舍。很快名单下来了,因为需要住校的人数较多,学校只能在各个宿舍里放置架子床,安排学生住上下铺,低年级的学生则安排两个人睡一张床,一张架子床要睡四个人;高年级学生安排一张架子床睡两个人。

住宿问题解决了,再就是吃饭的问题,住校生必须在学校食堂吃饭。因为条件所限,食堂的饭菜也仅仅只能吃饱肚子。但无论怎样,能给学生们解决吃住问题,就是一件好事情、一件值得庆贺的大事情。

跨过五月,转眼间便到了端午节,陕北看重过节。

同中国其他地方一样,陕北在端午节这天,家家户户都要包粽子。陕北独特的气候和地域环境,非常适宜糜子的生长,因此人们包粽子时在煮好的粽叶里装上糜子,搭配喜欢的馅,比如大红枣、咸蛋黄、豆沙等,然后包成角状粽子。

人们还会在屋外门头上插上艾草,用来驱虫辟邪,还会用五色丝线编织成五彩绳戴在孩子们的手腕和脚腕上。据说戴五色绳可以使儿童避开毒虫的伤害。另外,人们还会缝制各式各样的香包佩戴在孩子们的身上。

刘晓慧入乡随俗,学习包粽子,编织五色绳,这个节日也过得意义非凡。

端午节这天,已经习惯早起的刘晓慧天微亮就起来了,和往常一样,在操场上跑几圈。农历五月的李家坝已经进入夏季,天气有些微热,刚跑了几圈,刘晓慧便已汗流浃背、气喘吁吁。

第三十七章　端午节的欢乐与哀愁

洗了个热水澡,神清气爽。刘晓慧吃了早饭,拿着五彩丝线,搬了把椅子到宿舍外找了个宽敞的地方坐下。

昨天她和纪若雨一起到学校后山上采摘了些艾草,晚上她们把艾草挂在了门头上,顺便给柳成鹏的宿舍门上也挂了些。

昨晚插了艾草,刘晓慧发现蚊虫比以往少了许多,所以晚上睡了一个好觉。

刚刚编好一只五彩手环,刘晓慧看到远远地张承峰与张平峰提着一袋粽子走了过来。

"承峰,你们怎么来了?"

"我们看您来了,刘老师。"张平峰眯着一双眼睛,咧着嘴直笑。

"刘老师,端午节好!"张承峰把手上的袋子递给了刘晓慧,"这是奶奶自己包的。"刘晓慧接过袋子打开一看,每一个粽子都包得那样精细和别致,一个个大而饱满:"这粽子真好看,一定非常好吃。不过你们也不用拿这么多过来呀,留几个给老师就行了,剩余的你们带回家自己吃。"

"那可不行,这些都是给您的。这是奶奶特意为您包的呢。奶奶说您一定要收下,还说您平时那么照顾我和弟弟。"说着,张承峰把刘晓慧递回的粽子硬挡了回去。

刘晓慧无奈而又甜蜜地笑了,她看了看手中的五彩手环,拉起张承峰的手给他戴上,而后满意地点点头:"嗯,很不错,大小刚刚合适。听说戴这个可以驱虫辟邪,这是老师自己编的,送给你戴。谢谢你的粽子,也替我谢谢你爷爷奶奶,告诉他们老师很喜欢。"

"老师,我没有手环吗?"这边,张平峰已经急不可耐了。

"哈哈,平峰,你别急,刘老师这儿还有呢。"刘晓慧说着转身进了屋子,打开抽屉,拿出一只一模一样的五彩手环,戴在了张平峰的手腕上。

张平峰开心地冲哥哥大喊:"你看,我也有一个跟你一模一样的。"

"哇,刘老师,有什么好宝贝呀?也给我一个吧。"门外传来女孩子的声音,几个人朝门外看去,原来是许萌萌、徐文君与付文娟三个人。

今天一大早,许萌萌的妈妈王明瑛就让许萌萌去邀请付文娟和徐文君一起来家里过节,说是让几个孩子凑在一起热闹热闹。许萌萌听了妈妈的建议高兴得不得了,于是邀请付文娟和徐文君来自己家里过节。

付文娟突然想到刘老师一个人在学校,大过节的身边又没有家人陪伴,她一定很孤单,于是建议一起去学校陪刘晓慧过端午节。

三人跟家人说了自己的想法,然后各带了些自己家包好的粽子去了学校。远远地就听到张平峰的声音,许萌萌忍不住说也要刘老师送的手环。

看见三人,刘晓慧高兴地说道:"哟,我们班的三朵小金花全来了呀。"付文娟、许萌萌、徐文君三人看到张承峰和张平峰,笑着说:"好啊,你们俩竟然偷偷背着我们来看刘老师,这也太不够意思了吧。"说完,大家一起哈哈大笑起来。

还未等张承峰开口,一旁的张平峰做了个鬼脸说:"那当然了,我就是要刘老师先吃我们家包的粽子。"

几个学生把粽子交给刘晓慧。刘晓慧把所有的粽子整整齐齐地摆在小桌子上,笑着说道:"哇,这么多好吃的粽子,我可不能一个人独享,所以你们得留下来陪老师一起吃掉它们。"

看着满满一桌的粽子,孩子们忍不住大笑:"好啊,今天我们就是来陪刘老师过端午节的呢!"几个人开开心心地陪刘晓慧一起过节。

既然是粽子宴,那就应该把所有的粽子都煮好了一起吃。刘晓慧去学校后勤处借来食堂钥匙,几个人一起去食堂煮粽子。

张承峰在家里经常做饭,负责生火,几个女孩子也不闲着,坐在炉灶旁,一边闲聊,一边用刘晓慧准备的五彩丝线编织各种美丽有趣的物件。

这个端午节的上午大家都在忙碌着,也都很开心。刘晓慧看着孩子们,暖流在心里涌动。

她本以为这个端午节自己会简简单单地度过,没想到却过得这么充实和快乐。她在想,世间的有些事儿真的让人难以预料,一年前她都没有想到会来这个偏远而又贫穷的地方,并且成为一名支教老师。本来只是想锻炼自己,趁自己还年轻做点有意义的事情,让自己的人生更加充足和富有,但没有想到跟这些孩子在一起会给自己带来这么多的欢乐和惊喜。

"我说这大过节的,怎么食堂里这么热闹呢!原来是你们偷偷躲在这儿做好吃的啊!"突然一个洪亮的声音打破了刘晓慧的深思,原来是纪若雨,和她一同来的还有柳成鹏。

"哈哈哈,你们鼻子可真够尖的。一早上都没有看到你们俩的身影,还以为你们回家了呢。快,快看我们煮了这么多粽子,等会儿煮好了,你们俩也要一起吃哦。"

"嗯嗯,我早就听说这里人包的粽子特别好吃,我们真是太有口福了。"

时间还早,天气也不错,有人提议先去操场上活动一下,让粽子多焖一会儿会更好吃。

于是他们就去操场打会儿羽毛球。羽毛球在空中飞舞,大家打得酣畅淋漓。几轮下来,除了柳成鹏这个运动健将外,其余人都累得气喘吁吁、饥肠辘辘,这个时候去吃香喷喷的粽子是再幸福不过的了。

刘晓慧和纪若雨先去食堂,她们拼了两张小方桌,然后用盘子把不同口味的粽子分类,有红枣味的,有豆沙的,有鸭蛋黄的,有肉的,还有五仁的,那一股股粽叶的清香,真是让人馋得不行。

很快,吃粽子大战就开始了,喜欢吃粽子的就比速度,看谁吃得最快、吃得最多。刘晓慧吃了一口红枣粽,特别香甜,吃完一个,在纪若雨的强烈推荐下,又吃了一个鸭蛋黄和五仁的粽子,味蕾一下被打开,刘晓慧竟一口气吃掉了五个粽子,最后撑得受不了才停了下来。

在大家的"齐心协力"下,粽子被吃得所剩无几,饭桌上一片狼藉,这一刻大家都很满足。

刘晓慧他们的情感在这个端午节的食堂里不断升华,后来很多年过去,哪怕吃着山珍海味,但这些老师、学生都觉得这顿饭有着不一样的美好,始终让人回味无穷。

吃饱喝足,已是下午了。刘晓慧对孩子们说道:"谢谢你们陪老师过了这么一个快乐、有意义的节日。你们也不要玩得太晚了,都早点回去吧。家里人一定还在等着你们回去吃饭呢。别忘了代我谢谢你们的家人,告诉他们,粽子真的很好吃。"

几个人在刘晓慧的催促下恋恋不舍地离去。

一路上,张平峰表现得特别兴奋:"哥,今天这个端午节是我过得最快乐的一个节日,也是我最快乐的一天,如果以后每个节日都能像今天这么快乐就好了。"接着又说,"你运气咋这么好呢?怎么会碰到这么好的老师,我怎么就没有?我一定要认真学习,等我上了初中,一定要去刘老师的班级。"

俩人边走边说,很快就进了村子,老远就看见一个四十岁左右的中年妇女的身影出现在自己家门口,张承峰觉得有些熟悉,又有些陌生。他走得更近一些时,看见那中年妇女梳着两条麻花辫,穿着一件暗红色的上衣,黑裤子,衣服有些肥大,但看起来还算干净整洁。

她面对着门站着,手里拉着一个四五岁模样、头上扎着两个羊角辫的小女孩。小女孩身上穿着干净漂亮的粉红色裙子,脚上穿着一双样式很可爱的黑色小皮靴,紧紧地依偎在中年妇女的身边。奶奶刘阿婆正在与她交谈着什么。

大门外的地上堆放着一袋粽子和几个礼品盒还有一大包东西,张承峰立刻明白了这个人是谁。

"承峰,平峰,你们终于回来了,你妈来看你们了。"正和女人交谈的刘阿婆看到两个孙子回来了,招着手向他们大声说道。

女人迅速转过身来,正好与张承峰来了个正面相对。女人显得有些激动,嘴角不停地抽搐着,一动不动地站在那里一句话也说不出来。张承峰看到她的脸,还是那张熟悉的脸,但是眼角周围却布满了皱纹,皮肤也如暗黄晒干的橘子皮一般。身边的小女孩不知所措地看着每一个人,把女人的手抓得更紧了。女人低头轻轻地安慰了小女孩几句,走到张承峰和张平峰跟前,双眼含着泪水,她伸开双臂想要抱抱她的两个儿子。

女人的嘴角不停地抽搐着,话没说出来,眼泪却跟断了线的珠子般流淌下来:"我的娃儿,妈来看你们了。"

张承峰兄弟俩没有想到自己的母亲会在今天过来看他们,俩人都愣住了。张承峰呆呆地站在那里一动不动,他的嘴微微张着,似乎想叫妈妈,可是怎么也开不了口,只是傻傻地站着。兄弟俩就这么冷冷地盯着眼前这个对他们来说既熟悉又陌生的母亲,就是说不出一句话。张平峰的脸上和眼睛里也丝毫捕捉不到一丝快乐的神情,相反,他的双眼充满着哀怨和仇恨,他就那样恶狠狠地瞪着她。突然,他朝地上狠狠地吐了一口口水,然后径直走开,坐到门口的一块大石头上,冷冷地注视着另外一个方向,仍然不说一句话。

女人说:"平峰,你……你……"

刘阿婆说:"平峰,你妈来看你了,你也不知道叫一声妈妈。"

张平峰气呼呼地说道:"她不是我妈妈,我没妈妈,我也根本不认识她,她是她的妈妈。"他用手指向母亲韩红霞手里牵着的小女孩,愤愤地大喊道。

韩红霞心里掠过一丝疼痛,她走过来想拉住张平峰的手。张平峰蹭地一下站起身来,用力地甩开胳膊转身进了院子。只留下韩红霞在后面无奈的叫声:"平峰、平峰……"任韩红霞怎么呼唤,张平峰依然不为所动,头也不回地站在院子里盯着屋顶的方向看。

韩红霞哭了,身旁的小女孩很懂事地伸出小手抹着韩红霞的泪水,说:"妈妈别哭,妈妈别哭……"

刘阿婆看着韩红霞一副伤心的样子,说道:"孩子他妈,你也别太伤心,平峰一直都是这样,怪只怪你当年走的时候,他还太小,家里发生的事情他都不懂,在他最需要你的时候,你撇下他就走了,他现在这个样子也不能全怪他啊!我知道你也有你的苦衷,等他再大一点,他就会慢慢明白的,会懂事的。"韩红霞哭着说:"妈,这俩孩子让您操心了。"

见张承峰还呆呆地站在那里,韩红霞走到张承峰跟前,说:"承峰,你长大了,又长个儿了,真好。"说着,用手轻轻地在张承峰的头上抚摸着,张承峰的嘴巴动了一下,想说什么又不知道该说什么。韩红霞说:"妈妈给你和弟弟买了几身新衣服,还有一些好吃的。"一边说着,一边用手指了指放在地上的一大堆东西。

见张承峰没有说话,她想去拉张承峰的手,张承峰的身子微微向后缩了一下,韩红霞见儿子有意避开她,眼睛又一次红了,伸出的手又缩了回来。

张承峰冷冷地说了一句:"我进屋去了。"说完便头也不回地向院子里走去,用僵硬冰冷的背影对着这个和他血脉相连,给他生命,本该最亲密的人——妈妈。

韩红霞本就愧对自己的儿子,现在孩子长大了,都不愿搭理她,甚至对她充满了厌恶和仇恨,这无疑像把利剑不断刺伤她的心脏,每一次的拒绝都让她心如刀割、痛不欲生。韩红霞再次流泪了。旁边的小女孩看到妈妈哭得很伤心,她不明白为什么,只是静静地陪在妈妈身边,紧紧地拉着妈妈的手,时不时地伸出一双小手帮妈妈擦拭眼泪。

韩红霞伤心地站在原地哭了好一阵子。刘阿婆说:"娃儿都还小,等再长大点就懂事了,慢慢会理解你的,你也别太难过了。你看天也快黑了,要不就别回去了,在家里住一晚上陪陪两个娃儿。"韩红霞擦了擦眼泪说:"不用了,妈,我得回去。这俩娃儿要让您多操心,有什么事情就给我打电话。"

韩红霞走到家门口,对着蹲在院子里抽烟袋的张定华说:"爸,那我走了。"张定华一边抽着烟一边剧烈地咳嗽了几声。听了韩红霞的话,他边点头边挥手示意。韩红霞又看了看站在院子里的张承峰,说:"承峰,妈要走了,你跟平峰要听爷爷奶奶的话,要好好学习,妈过一阵子再回来看你们。"张承峰没有看她,也没有回答她的话,韩红霞有些不甘心地转身离去。听着母亲离去的脚步声,张承峰猛然转过头来,看着母亲远去的背影,他一个箭步冲出门外,目送着母亲渐渐消失的身影,眼泪无声地在他脸上肆意地流淌着。

看着那个熟悉的、不知在梦中出现过多少回的身影渐渐消失,张平峰和张承峰兄弟俩终于忍不住抱头大哭了起来,那哭声中包含了多少的期盼与哀怨,又显得那样的无奈和无助。

今天的刘晓慧沉浸在温暖的海洋里。她没有想到,竟然会有这么一群可爱懂事的孩子陪着自己过端午节,她觉得这是她人生当中度过的最有意义的一次端午节。午饭后,柳成鹏对刘晓慧与纪若雨说:"中午吃了刘老师的粽子宴,晚饭我请你们吧。"

刘晓慧笑着说:"怎么,这么快就要还人情吗?"

"是我家人邮递来了好多好吃的,晚上我请客,但不在食堂,就在我宿舍,反正学校就剩下我们三个留守老师了。"

刘晓慧与纪若雨相视一笑,说:"好啊,那晚上我们就尝尝柳老师的厨艺。"

回到宿舍,刘晓慧就接到了父母的电话。母亲对于女儿一个人在这样偏僻之地过端午节很是不舍,更多地询问她的各方面情况。跟父母通完电话,她便与陈建海煲起了电话粥,把今天在学校里过端午的开心事分享给自己的男友听,两个人开心地在电话里聊了一个多小时。而后她准备躺一会儿再起来,没想到竟然睡着了,直到外面有人敲门才把刘晓慧吵醒。一听是纪若雨的声音,她慌忙一骨碌爬起来。

打开门,纪若雨走了进来,说:"晓慧,柳成鹏做了一桌美食等你吃呢。"

刘晓慧笑着说:"哟,我差点儿给忘了,本想躺下休息一会儿,不料睡着了。"

她简单收拾了一下凌乱的头发,便跟纪若雨一起去了隔壁柳成鹏的宿舍,老远就闻到肉香味。刘晓慧笑着说:"看来柳成鹏厨艺真不错,闻着都这么香。"

俩人笑着来到柳成鹏宿舍,柳成鹏已在屋子里支好了饭桌,桌子上摆了四盘菜,还有一大碗烧好的汤。最显眼最诱人的是摆在中间的一盘红烧肉。

见纪若雨与刘晓慧进来,柳成鹏笑着说:"两位美女,快来坐。刘大美女,等你好久了。"

刘晓慧有些不好意思地说:"真不好意思啊,回宿舍就睡着了,也没能帮忙一起做饭。"

"那可得罚你一杯哟!咱们喝点酒如何?我这里有红酒,女人喝了养颜。"说着,柳成鹏起身从书柜里找出来一瓶红酒。

纪若雨说:"看来今天柳老师是做了精心准备啊!"

"那当然,两位大美女驾临寒舍,能请两位大美女吃饭是何等荣幸,我能不上点儿心准备一番吗?怎么样,赏个脸吧!喝点酒如何?"

看着柳成鹏一副兴致勃勃的样子,刘晓慧不忍扫大家的兴致,笑着说:"好吧,但可不能多喝哦。"

纪若雨也笑着表示赞同。柳成鹏找来三只杯子,给刘晓慧、纪若雨斟满酒,然后也给自己倒满一杯,举起杯子说:"来,为我们三个在这异乡相聚干一杯。"

刘晓慧笑着说:"是啊,在异乡过端午节,一定会成为我们人生中一次难忘的记忆。"

纪若雨也跟着说道:"确实,这也将是我们人生当中最珍贵的片段。"

"来,干杯。"柳成鹏举起手中的酒杯说道。刘晓慧并不是很能喝酒,一大口酒下肚,脸就开始泛红。柳成鹏指着中间那盘红烧肉说:"刘老师,吃这个,这可是我最拿手的,你快尝尝好不好吃。"

"哦,看着都好吃,没想到你有这么好的厨艺。"纪若雨夸赞道。

"那是自然,我拿手的菜多着呢。以后只要过节,我就做给两位大美女吃。"听纪若雨夸赞自己的厨艺,柳成鹏自豪地说道。

三人将一杯酒喝完后,柳成鹏又分别给每人倒了一杯,他们边开心地聊着,边吃着可口的饭菜,都感觉今年的这个端午节将会是他们人生中最难忘的一次节日。聊了一会儿后,柳成鹏突然声音有些低沉地说:"以后只怕是没有这种机会在一起开心地喝酒了。"

刘晓慧听出了柳成鹏话里的意思,忙安慰道:"柳老师,怎么这么说呢?我们三个人同在一个学校,以后像这样大口吃肉、大碗喝酒的机会应该不会少吧?"

"我也不知道是开心还是难过,我接到山东大学研究生录取通知书了。"

"哦,好啊,柳老师,祝贺你考研成功了!"刘晓慧高兴地说道。

纪若雨也高兴地说:"这真是一件值得庆贺的事,你怎么说不知道是开心还是难过呢?"

"按理说,我是应该高兴的。考研是我一直以来的梦想,但此刻我真的开心不起来。"柳成鹏自饮了一杯,说,"本来只是想到这儿锻炼一下自己,但现在我才发现,这里还真有很多吸引人的地方。这里民风淳朴,每个人都是那样热情和友善,还有这样一群天真、活泼、纯净、善良的孩子,我……我竟然有些舍不得离开了啊。"柳成鹏红着脸道。

"是啊,我也有这感觉。"

"其实,更舍不得的还是你们这些知心好朋友。"

纪若雨说:"虽然我也不舍得你离开这儿,但我觉得你还是应该去读研,为你以后的人生、为你的前程打下更坚实的基础。更何况,考研是你一直以来的梦想,好不容易考上了,就不要轻易放弃。等你研究生毕业了,你就能有更大的力量来回馈社会。"

"若雨这话我赞成,柳老师,海内存知己,天涯若比邻啊!天下没有不散的筵席。"

柳成鹏拿起酒瓶给她俩斟满酒,说:"谢谢你们,你们的鼓励也让我有了更大的决心和信心。支教这两年,让我看到了社会上还有不少需要帮助的人。你们说得对,只有自己变强大了才有能力帮助更多人。"

刘晓慧跟纪若雨说:"来,让我们为柳才子考上研究生好好干一杯。"

这一夜,他们边喝边聊,畅所欲言,直到深夜才回宿舍。

第三十八章　不一样的快乐儿童节

　　人世间的幸福都是一样的，但不幸却各有各的不同。有人因为生死而相隔天涯，有人又因为贫穷而不得不分离，还有一种不幸便是生不逢时或者身不由己。

　　相比张承峰的不幸，徐文君就幸福多了。

　　五月过后，如火的六月悄然而至。山坡上肆意绽放的各种野花，在烈日的照耀下散发出浓浓的香味，那么热烈，那么绚丽多姿。树木和草丛由嫩绿变为墨绿，枣园里的枣树盛开着嫩黄的枣花，枣花不大，但开得娇艳欲滴，散发着馨香，吸引了成群结队的蜜蜂和蝴蝶在花蕊上来回舞动。

　　面朝黄土背朝天的人们，累了、热了，坐下来吸一口枣花香，赏一眼漫山遍野的花草，所有的疲倦和燥热都消散一空。

　　塬坡上的地里，高粱、糜子、玉米在六月的骄阳里疯狂生长着，好一派丰收景象。

　　在这美好的季节里，徐文君的妈妈李雅娟从国外回来了。李雅娟一直记得去年国庆离开女儿时的情景，她坐车离去的那一刻，女儿追在车后的哭喊声一直撕扯着她的心。她和丈夫商量好，一定要利用在国外的这几年努力工作，等有足够能力的时候就把孩子接到国外或者大城市里，接受更好的教育。

然而今年年初王志的悲剧,让她一度陷入深思。他们如此拼命地工作,为的就是能够给孩子的成长创造更好的环境,可是孩子的成长真的就如他们想的那样吗?优越的生活环境真的可以替代一切吗?为了这一天,却要牺牲孩子的整个童年,没有父母的陪伴,孩子真的能快乐吗?不,孩子犹如一棵正在成长的小树,除了雨露、施肥,他们更需要的是温暖的阳光。而这温暖的阳光不就是父母的陪伴和呵护吗?对一个孩子正确的教育,更需要的是他人生的第一任老师——父母的言传身教。

李雅娟常常想,如果王志的妈妈没有第二次离开自己的儿子,也许悲剧就不会发生,王志或许还可能考上一所好的学校,长大成人后或许会有不一样的幸福人生,也或许会成为国家之栋梁。

这件事一直缠绕在李雅娟心头,时常让她陷入沉思。

李雅娟和女儿相隔千里,但她无时无刻不在牵挂着她。李家坝中学的文艺表演,她也第一时间收到了徐文君姑姑发给她的视频。当她看到女儿在舞台上从容淡定地演唱着《我想有个家》时,她感到骄傲自豪,她突然意识到女儿已经长大了,有自己的思想了。她和丈夫看完整首歌的演唱视频后,俩人早已泪流满面。他们觉得亏欠女儿的实在太多,他们突然明白女儿需要的是什么。

那个晚上,她和丈夫开始商量回国陪伴女儿的事情。

"孩子的成长,我们已经缺失了太久,现在孩子正处在青春叛逆期,我想回去陪在她身边。"李雅娟擦干眼泪,平静地和丈夫说。

"你已经想好了吗?你不是一直说等以后条件允许了,把孩子接到身边来?"

"是,一直以来我都是这么想的,可是事实告诉我,我们可以等,女儿的成长却不允许等,我不想让自己再继续错下去了,那样我会后悔一辈子。"

丈夫徐宇波同样放心不下自己的宝贝女儿,于是认真地看着妻子:"你下定决心了就好,你放心,我会努力的,我会给你和孩子创造一个更好的未来。"

李雅娟再一次泪眼婆娑,她靠在丈夫的肩膀上,一股暖流涌上心头。她流下了眼泪,却是幸福的泪水。

李雅娟很快辞去了国外的工作,安排好一切事宜,就搭乘回国的航班,离开了这个一直以来承载着她的梦想的繁华大都市。尽管离开,她的梦想变得更遥远了,但是为了自己的女儿,她甘之如饴。

女儿快乐健康地成长才是她最大的梦想。

6月1日,儿童节,在这个属于全国儿童的节日里,李雅娟回到了自己的家乡,回到了女儿的身边。

徐文君听到母亲要回来的消息,欢喜得一晚上睡不着,第二天早晨早早就起床收拾好,等待母亲的归来。

中午吃完饭,她就坐在家门口的树荫下写着作业,显然她的心思不在写作业上,她时不时抬头看着路口。徐奶奶坐在孙女的身旁,一边择着篮子里的菜,一边看着心不在焉向路口张望的孙女。这一刻,她为孙女感到高兴,布满皱纹的脸因为高兴而绽放得像一朵花。

车子轧着路面的声音越来越近,一辆白色大巴缓缓出现在徐文君的眼前,她迫不及待地站起来,因为站起来时速度太快,她把小书桌上的文具和作业本带落一地。然而她顾不上去收拾,像一只欢快的小鸟,跑到车子跟前。徐奶奶也站了起来,她走到小书桌旁,弯腰将散落一地的文具和作业本捡起来放好。

大巴车停了下来,只见一个留着长发,穿着白色上衣和牛仔裤的漂亮女人下了车,她拎着一个大行李箱。徐文君看到了自己朝思暮想的母亲,开心极了,她飞奔过去接过母亲手中的行李箱,甜甜地喊了一声:"妈妈。"

"嗯,宝贝。"李雅娟一只手拖着行李箱,一只手拉着女儿向家里走去,欢快的神情溢于言表。

"雅娟,你回来了啊,太好了。"徐奶奶看着儿媳李雅娟,站在树下,慈祥地笑着。

"嗯,妈,我回来了,这些年辛苦您了,以后该我和文君一起来照顾您了。"

听儿媳妇这么说,老人苍老浑浊的双眸有些湿润,她掏出手帕擦了擦眼睛:"回来了就好,回来了就好!"

"嗯,我和宇波商量好了,不去了,以后就待在家里陪你们。"李雅娟点着头回答道。

"妈妈,真的吗?你真的不会再走了吗?"徐文君有些不敢相信地追问道。

"嗯,妈妈真的不去了,我要留在家里好好陪着你。"

徐文君听了妈妈的话,像一只欢快的小鸟,在李雅娟身边蹦蹦跳跳地转圈欢呼。

看见女儿一副撒欢的样子,李雅娟慈爱地说道:"你呀,还跟个小孩子似的。但你可别高兴得太早哦,现在妈妈不用工作了,以后也就不能总给你买礼物了。"

"我不需要礼物,只要有妈妈陪,我什么都不要。"

"好了,快进屋吧。路上折腾了那么久,一定累坏了。你快回屋里休息一会儿,我去给你做饭,吃完饭好好睡一觉。"徐奶奶看到李雅娟虽然笑容满面,但也掩饰不了满身的疲惫。

"嗯嗯,妈妈快进屋吧。我和奶奶去给你做好吃的,等你吃完饭再好好睡一觉。"徐文君开心地说道。

李雅娟摸了摸女儿的头,欣慰地笑了。她坐了十几个小时的飞机,又坐了好几个小时的火车和汽车,早已疲惫不堪。不一会儿,饭就做好了,徐奶奶端来一碗羊肉面递到她手中,她匆匆填饱肚子,倒在床上就睡着了。

李雅娟一觉睡到晚上七点。这期间,徐文君去房间偷偷瞄过很多次,每次看到母亲还在熟睡,就忍不住想把她叫醒,但她还是按捺住心里的焦急,没有叫醒母亲。

睡醒后的李雅娟,顿觉神清气爽,她走出屋子。客厅餐桌上摆满了饭菜,徐奶奶、徐云芳、徐文君坐在一边看电视。

"唉,没想到睡了这么久。"

徐文君冲到李雅娟身边,抱着她的手臂,撒娇道:"妈妈,你终于醒了。"

"好了,饿了吧?赶紧吃饭吧。"一旁的奶奶看着李雅娟说道。

虽然徐文君的爸爸没能回家,但是对于这个家庭来说,尤其对于徐文君来说,只要母亲能回来陪自己,已经是天大的喜事了。吃饭的时候,徐文君将憋了一下午想对母亲说的话,一股脑地都道了出来。她说了很多开心的事,比如认识了几个好朋友、文艺演出获奖、五一劳动节去咸阳旅游……这些她都讲了个遍,李雅娟也听得津津有味。

"你们这个新来的刘老师,你很喜欢吧?"在女儿滔滔不绝、乐此不疲的讲述中,她听到最多的就是刘老师,忍不住说道。

"嗯嗯,我们这位刘老师不仅见多识广,而且还特别温柔善良,她对每个学生都好。自从她当了我们的班主任,我们班的学习成绩提高了许多,我们班还被评为我们全校的优秀班级呢!……"徐文君从吃晚饭到上床睡觉,一直说的都是刘晓慧。

"反正,不仅我喜欢她,我们班所有同学都喜欢她,不仅如此,其他班级的学生也都很羡慕我们班级呢!"徐文君的脸上流露出无比自豪的神情,她一句接一句地给母亲说道。

"这样啊,你把你们的刘老师说得这么好,妈妈听着都喜欢她了。"

"当然了,你要是见了刘老师也一定会喜欢她的。"

夜已深,徐文君睡在妈妈的怀里,幸福地进入甜美的梦乡。

这个六一终究不同寻常。李家坝中学收到一个很好的消息,因为之前文艺表演在李家坝反响很大,县教育局的领导把获得第一名的《花样》表演节目送到市里参加全市少年儿童文艺演出的比赛。没想到《花样》很快得到市文艺宣传办的认可。他们被邀请作为县上的代表队去参加全市六一文艺演出。

消息传出后,举校欢庆,然而最开心的莫过于柳成鹏了。他作为花样足球、跳绳表演的总指导,虽然很多花样他还玩得不是很好,但这群孩子却很乐于研究和摸索,做出了许多让他意想不到的新花样,他这个引导者功不可没。然而最令他开心的是,这次演出机会,不仅将让这些孩子得到了锻炼和认可,还让他离开这里后拥有一个美好的回忆和念想。

六一当天的文艺演出,刘晓慧通过手机视频看现场直播。不愧是市级表演,能去参加的节目个个都十分精彩,作为县代表的《花样》表演反而不那么突出了。庆幸的是孩子们在那样的大舞台上,表演得很自信从容,竟然没有出现丝毫失误。无论如何,重在参与,尽管最后只拿了个三等奖,但也让他们欣喜不已。

当然这次不仅是获得市级三等奖,更重要的是,孩子们得到了一次展示自我的机会。这让更多偏远地区的孩子们看到了希望,看到了更广阔的世界。而且,因为这次给县里和学校争得了荣誉,李家坝中学得到了县教育局和镇政府更多的关注,又一批免费体育设备被运到了李家坝中学,孩子们的体育课变得更加丰富多彩起来。

六一收假,去参加花样比赛的孩子们成了校园里的小明星,无人不知,无人不晓。作为《花样》表演成员之一的张承峰,也成了小明星,这虽然没能给他生活带来太多的改变,却让他更加自信,性格也变得阳光开朗了许多。这天,张承峰在课间休息时去上厕所,途中被一批小粉丝包围,幸亏被恰巧路过的许萌萌看见,在她的帮助下他才得以脱身。

他感激地对许萌萌连声说谢谢。

许萌萌打趣他:"哈哈!看样子当明星也不是多么快乐的一件事啊,上个厕所都能被围追堵截。"

见许萌萌打趣自己,张承峰有些不好意思,脸唰地一下红了起来,转身向教室跑去。

"张承峰、萌萌,你们都在啊。快,这是我妈妈从国外带回来的巧克力,可好吃了。"

站在教室门口的徐文君看到他们,就从手中的巧克力盒里掏出两块巧克力递给张承峰和许萌萌。

"文君,你妈妈回来了?"

徐文君开心地点头。

"文君的妈妈不仅回来了,而且还打算陪在她身边,不再去国外了呢。"站在一旁,已经获悉消息的付文娟有些羡慕地补充着。

"哇,文君,你这下开心了吧。"

"嗯嗯。"徐文君高兴地使劲点头,然后抱着巧克力盒子进教室和其他同学分享。

张承峰和付文娟看着欢呼雀跃的徐文君,既为她高兴,又羡慕不已。

第三十九章　来势汹汹的病

下午放学,徐文君没有和付文娟、许萌萌一起回去,因为李雅娟要来接她回家。一放学,李雅娟准时等候在校门口接徐文君,手里还拎着两大盒从国外带回的礼品。徐文君大老远就看到母亲在等自己,她像一只快活的小燕子飞奔到母亲身边,拉着母亲的手一刻也不松开。陆续走出来的付文娟、许萌萌分别和李雅娟打了招呼,就和她们道别了。付文娟看着徐文君紧紧地拉着母亲的手,羡慕不已。

"快走吧,文娟,你是不是又想你爸妈了?"许萌萌看到付文娟羡慕的眼神,担忧地看着她。

"嗯嗯,你看文君真幸福,我爸妈要是也在我身边就好了。"

"文娟,会的,说不定你爸妈也正打算回来陪你呢。现在呢,你的任务就是好好学习,争取以后考到市高中去,那样你不就可以和你爸妈在一起了吗?"

"嗯,我一定要努力考进市高中!"付文娟黯然的双眸瞬间发出光芒。

"文君,带妈妈去见见你们的刘老师吧。"

徐文君看到母亲时,就看见她手中拎着的两个大盒礼品,她立刻明白了母亲的意图,欢快地拉着母亲的胳膊去找刘晓慧。

刘晓慧下课后就直接去了办公室,这会儿刚刚忙完正准备去食堂吃饭,在路上碰到了徐文君她们。

"刘老师,这是我妈妈,我妈妈说要来看你。"徐文君看到刘晓慧,老远就拽着她的母亲李雅娟向刘晓慧奔去。

刘晓慧停了下来,打量了一下李雅娟。徐文君跟她的母亲长得很像,皮肤白皙,五官精致。李雅娟虽然是一个十几岁孩子的母亲,但仍显年轻,风姿绰约。除了笑时眼角会有些轻微的细纹,几乎难以看出真实年龄。

此时李雅娟也在打量刘晓慧,她的脸上始终挂着淡淡的微笑,显得温文尔雅。

"文君妈妈好,您看起来真年轻。"刘晓慧情不自禁地夸赞道,又转头看着一旁开心雀跃的徐文君,"文君,你有这么漂亮的妈妈,是不是很开心?"

刘晓慧被李雅娟打量着,没有一丝慌张,反而落落大方,这让阅人无数的李雅娟不由得心生钦佩。

"刘老师,您过奖了,文君有您这样美丽优秀的老师才是她的福气呢。我早就想来看看您,上次回家因为时间太匆忙了,没来得及过来。听文君经常说起您,您可是我们文君心目中的女神啊!她在我面前说得最多的就是她的刘老师,说得我都有些吃醋了呢!"李雅娟温和而又风趣地说。

"还有妈妈,妈妈也是我心目中的女神呢!"徐文君拉着母亲的手,笑得如春天盛开的花朵一般灿烂。

李雅娟走得更近些,把手中的礼盒递给刘晓慧:"刘老师,谢谢您一直以来对文君的关心和照顾,真的非常感谢您。这是我的一点心意,希望您能收下。"

刘晓慧慌忙摆手说:"这……这可不行啊!文君本来就很乖巧懂事,学习也很自觉,根本就不需要我花多少心思,您千万别客气。"

"刘老师您就收下吧。这只我的一点心意而已。"

"对啊,对啊,老师,我家里还有很多呢,您就收下吧!"徐文君见刘晓慧不愿意收母亲带来的礼品,着急地在一旁帮腔。

见李雅娟母女俩真诚又急切的样子,刘晓慧不忍再拒绝,说了声感谢后就收下了。

"那就恭敬不如从命了,谢谢您啦!"

"嗯嗯,老师,小零食可好吃了,您一定会喜欢的。"见老师终于肯收下了,徐文君笑得像一朵花。

刘晓慧伸出手轻轻地拍了拍徐文君的背,点点头,看着李雅娟,说道:"听文君说您这次回来了,以后就不再去国外了?"

"是的,我已经跟她爸爸商量好了,打算留在家里陪她。"

"那真是太好了,毕竟什么都不及父母给孩子的陪伴来得重要。"

俩人又聊了一会,李雅娟就带着徐文君回家了。

刘晓慧看着一大一小亲密相随的背影,心里说不出的喜悦,她多么希望以后能有更多的父母像徐文君的母亲一样,放下一些所谓的追求,用心陪伴在孩子身边,给他们一个健康快乐、无忧无虑的童年。

回去的路上,徐文君始终紧紧拉着李雅娟的手:"妈妈,刘老师是不是很漂亮?"

"嗯,当然很漂亮,也很优秀,难怪你那么喜欢她呢。妈妈就只见了这一会儿,都有些喜欢她了,能看得出来她是一位负责任的好老师。"

"是吧,看我没说错吧?"徐文君骄傲地仰起头,听到自己喜欢的老师被母亲如此认可,她感到无比的自豪和骄傲。

6月的天气,早晚温差较大,许多疾病便悄悄地来了。

一场流行性感冒席卷了大半个人口密集的城市在,而人口稀疏的李家坝镇也同样没能幸免,有许多的老人和孩子因为长期营养跟不上,所以免疫力低下,也患上了流行性感冒。

这场感冒伴随着发烧呕吐,传播很快,因为担心传染,许多家长便给孩子请假,让孩子在家自学。

学校为了防止病情在校园里传播,每天都给学生们量体温,一旦发现有感冒症状的,便及时医治。每天下午放学后,学校还会把一些预防和治疗流感的药物发放给一些家境比较贫困的学生。

在大家的齐心协力下,流感终于得以控制。六月也接近尾声,夏天的气息越来越浓烈,人们在刚刚战胜流感后,又一场疾病悄然而至。

周三下午第一节课,刘晓慧在初一(3)班上课时,发现王清雅一直趴在桌子上,一副萎靡不振的样子。刘晓慧走上前去叫她,发现她的脸颊有些微红,眼皮沉重,眼睛很难睁开。她伸手摸了摸她的额头,有些发烫,刘晓慧马上安排学生自习,自己快步跑去办公室拿了体温计和退烧药。

给王清雅量了体温,温度计上显示38.1度,她舒了口气,体温并不算太高。她帮王清雅服下退烧药后,就带着她回宿舍休息了。

下课后,刘晓慧去宿舍看望她。推开宿舍门,刘晓慧发现到处都被塞得满满当当的。她很担忧,一个宿舍住这么多学生,却只有两个小的窗户通风。天气炎热,学校开水供应紧张,学生们的洗澡问题不能解决,很多学生便不怎么洗澡,大多数都是挨上一个星期,周末回家再洗澡。长时间不能洗澡,身上的汗只能反复地干了湿,湿了又被焐干。既不能洗澡,又住在这样一个不怎么通风的地方,细菌容易滋生,这些学生很容易感染疾病。

刘晓慧赶紧把门窗都打开,通通风,然后她倒了一杯热水放在王清雅的床边,摸了摸王清雅的额头,热度已经退去。刘晓慧叫醒她,嘱咐她多喝开水。

"感觉好些了吗?"刘晓慧关切地问道。

王清雅挣扎着坐了起来,觉得好了很多。坐了一会儿,她便下了床:"刘老师,我好了,我现在就去上课。"

"你确定好了吗?"

"嗯,我没事。"

刘晓慧把宿舍门锁好,目送着王清雅向教室走去,又忍不住回头看了看身后这排刚建好不久的宿舍,她决定把自己的担忧向校领导反映一下,看有没有什么好的办法可以解决。

下午,刘晓慧上完课便径直去了校长办公室,正好管理事务的吴处长也在,刘晓慧就把自己对学生宿舍的担忧向两位校领导做了反映。

王德生听后,对吴处长说:"吴老师,刘老师说得很有道理,你看能不能想想办法,把这个问题尽快给解决了?"

"这个问题的确需要尽快解决,但是目前学校宿舍太少,住宿的学生多,唯一解决的办法就是减少每个宿舍的学生人数。我只能暂时先安排管理宿舍的老师,多去给宿舍通通风,另外让食堂多烧些热水,要求学生们勤洗澡。"

"好的,暂时就先这么办吧。刘老师,你觉得呢?"

刘晓慧知道,让学校减少每个宿舍的学生人数显然是不现实的,毕竟资金问题是个大问题,更何况加盖宿舍也是需要时间的,目前最好的办法也只能这样了。于是她点点头,表示认同。

然而,学校还没来得及通知老师加强宿舍管理,刘晓慧担心的事情就发生了。

晚上,王清雅再一次发烧,不仅她,跟她同一宿舍的另外两名学生也发烧了,其他宿舍也发现有学生发烧。每个学生出现的症状都一样,低烧,全身乏力,除此以外,没有发现其他症状。宿舍管理人员分别让他们吃了退烧药,烧很快就退下去了。

这些学生没有感冒的症状,要不然刘晓慧会以为是好不容易消失的流感再次卷土重来。第二天上午,这些学生也都好了很多,但出现了其他的状况,他们每个人的脸上、四肢、背部都冒出了红点,瘙痒发烫。只要用手去挠,红点就会越来越多,很快蔓延到全身。到了下午快放学时,又有几名学生出现了发烧的症状,而且在红点的地方出现密密麻麻一片一片的淡黄色水泡。

小时候得过水痘的人，一定很快就能断定这就是出水痘了。

水痘是一种传播很快的传染性疾病。不得已，这些学生都被学校要求回家隔离治疗。几名学生感染水痘后没几天，刘晓慧班上就有十几名学生也被诊断得了水痘，尤其是那些住在宿舍的学生，几乎没人幸免。有两个宿舍的二十四名学生全部得了水痘。

眼看一学期要结束了，这么多学生得了水痘，老师、家长和学生都很焦急，但又没更好、见效更快的办法。得了水痘，至少需要半个月的时间才能恢复，有一部分学生为了能在期末考个好成绩，身上的水痘还没有结痂就跑去上课。

看着自己的学生一张张花猫似的脸，刘晓慧既心疼又好笑。但她知道水痘也是一种常见病，很多人会得一次，身体由此也会产生抗体，以后就不会再得水痘了。

因为期末在即，这场水痘过去后，刘晓慧就在每天放学后和周末给这些落下课的学生安排补课。好在学生们都比较认真好学，他们很快就把落下的课程全部补回来了。

也因为这次大面积的水痘感染，学校听取刘晓慧的建议，开始加强对宿舍的管理。宿舍管理人员每天会定时给宿舍通风，也会监督学生勤洗澡勤换衣服，安排学生每天两次对宿舍进行卫生清理，并且会定时定期给宿舍消毒。总的来说，学生宿舍卫生得到了很大的改善。

第四十章　摸底考试遭遇滑铁卢

夏天对刘晓慧来说是一个多事的季节。作为这个学期的新班主任,刘晓慧凭借自己的智慧和努力,成功地完成了一个老师的升级。

作为班主任,她不仅把班级管理得井井有条,帮助学生学习进步,而且公平、民主、科学地给他们营造了一个更健康快乐的学习环境。

这个学期不同以往,几次疾病突袭,让刘晓慧一度应接不暇、身心俱疲。前一段时间,为了配合学校加强对疾病的防控和医治,她经常情绪紧张,睡不安稳,没有多余的时间去放松自己的身心。尤其看到自己的学生被疾病缠身,萎靡不振的样子,她更加担心和焦虑着。

李家坝中学,留守儿童普遍,这些学生大多父母不在身边,只和年迈的老人一起生活。他们一旦生病,必然是让一家子人手忙脚乱。这时的她就既是老师,又是爹娘,在学校、医院和学生家往返奔波。同时,刘晓慧还要不断地帮助这些病愈的学生调整学习状态。

忙忙碌碌中,一个学期即将接近尾声,期末考试也匆匆来到。

期末考试前,学校进行最后一次模拟考试,因为大多数学生缺课,这次模拟考试的成绩并不理想。

因为全校模拟成绩不佳,学校老师和领导对期末考试十分担忧。学校教务主任召集全体老师开了紧急会议。

会上先分析了各科成绩,然后重点批评了一些班级成绩不理想的班主任老师,刘晓慧也在内。被点名批评刘晓慧早有心理准备,因为这次模拟考试,刘晓慧班级的语文和数学成绩在初一年级分别排倒数第一和倒数第二。已调到初一(1)班任教的马焕明所在的班级这次考得还不错。他作为优秀老师代表发言:"我感觉关键还是管理,我们中有些人啊,对学生过于放任,简直就是纵容。自己没有教过两天课,却整天自以为是地对人指手画脚,自以为很了不起,就知道玩点小花样,耍点小聪明。"所有人都明白马焕明话中的意思,他是在含沙射影地嘲讽刘晓慧。刘晓慧大脑里一片空白,脸上发烫,她仿佛感到所有在场老师的目光都在注视着自己。

听着马焕明一句接一句酸溜溜的发言,柳成鹏说话了:"马老师,其实这也只是一次模拟考试,前段时间学校发生了一些干扰学习的事情,我想等这段时间稳定下来之后,学生们只要加强复习,把这段时间落下的功课补回来,相信期末考试时一定会考出好的成绩。"纪若雨随即也表示认同。

听了俩人的发言,王德生笑着说:"是啊,这次只是模拟考试,毕竟不是真正的期末考试,都还有机会。"

散会后,王校长特意把刘晓慧叫到办公室里,说:"刘老师,这次模拟考试你们班成绩不理想啊,你有没有想想是什么原因?"

"前一段时间班上生病请假的学生很多,先是流感,接着又有十几名学生得了水痘,为了避免传染给其他学生,医生建议对这一部分学生进行隔离医治,所以只能让他们回家休养,这种病恢复时间慢,所以耽误了不少课程,也没有办法将他们集中在一起进行补习,所以就……当然,主要还是我没能教好他们。"刘晓慧平静地说。

"你呀,平时对学生的管理还是太过宽松,该严格要求的时候还是得严厉一些啊。你可是我们学校的一面旗帜呀!"

刘晓慧默默地退出了校长办公室,整整一个下午,马焕明和王校长的话始终在她的大脑里交替回放着,她要想办法拿出成绩来证明自己。

也许是因为刘晓慧对学生过于体谅,十几名学生得了水痘之后,大多在一个星期后就陆续回到课堂上课,但是刘晓慧考虑到这些学生病刚好,担心他们恢复得不彻底,所以不忍心给他们太多课业压力,布置的作业相比平时少了许多。为了让这些学生不落下太多的课程,她特意把课程进度减缓,于是模拟考试如期而至时,有些内容刘晓慧还没有来得及给学生进行梳理辅导。同样,数学课也是如此。

一直以来,刘晓慧作为班主任,事事都比较顺遂,虽然这次事先已经做好了挨批的准备,但真到了这一刻,她还是觉得有些难受,心里堵得慌。毕竟作为一名刚支教不久的新老师、新班主任,她的压力不小。

会上,她没有为自己辩解,也不后悔自己的所作所为。但是看到年过半百的数学老师周老师低着头,她觉得作为班主任,自己做事还是需要考虑得更为周到,否则连带着让其他任课老师也一起挨批。

最后,教务主任要求每位老师在这最后时期,把教学质量的提高放在第一位,期末务必考出好成绩。

被王校长找去谈完话之后,刘晓慧第一时间向数学老师周春红道歉。

"刘老师,这和你没关系,这次学生没考好,是我的原因。我前段时间生病,精神不振,影响了上课效率,再加上你体谅我这老人家身体不好,不想我太操劳,所以才没考好。不过没关系,后面还有时间,我们接下来一起努力,一定要在期末考试打一个漂亮的翻身仗,也不丢脸。"说完,周春红拍了拍刘晓慧的肩膀,笑着走了。

周春红那爽朗的笑声给刘晓慧打了一针强心剂。是啊,还有时间,她不应该因为几句批评的话就泄了气。她相信自己,也相信自己的学生。

周老师已经五十多岁了,两鬓有些银发,多年的教学让她对所有问题的出现都能处理得淡定从容。一直以来,刘晓慧都非常尊重她,俩人虽说没有太过亲密的接触,但也相处和谐。刘晓慧从心里感激周老师的大度和从容,这让她心里舒畅了许多。

"晓慧,你没事吧?"柳成鹏在会上看到刘晓慧的失落,从会议室出来后,他关心地问她。

刘晓慧露出俏皮的笑容:"我很好啊。不过我现在得好好去上课了,不能让我们班的学生失望啊。我的班级可是只想拿正数名次,而不是倒数名次呢!"

说完,她挥一挥衣袖,一个潇洒的背影留给了柳成鹏。

"哎,晓慧没事吗?"赶上来打算安慰刘晓慧的纪若雨看到洒脱转身离去的刘晓慧,一头雾水。

"看样子没事,她一定是对自己的学生充满信心。好了,我们也别替她操心了,这些小事,她肯定能处理好。"

"嗯嗯,有道理。"

刘晓慧回到班里,并没有因为学生考试成绩不佳而批评任何一个学生,反而是学生因为这次模拟考试没考好,表现得十分沮丧,一些学生甚至低着头,悄悄抹眼泪,他们觉得是因为自己没能考出好成绩而让刘老师挨了批。

刘晓慧感受到这群学生的自尊自强,还有对自己的歉疚,心里更加有了底气。她觉得应该给孩子们打打气。

"同学们,这次考试的结果并不重要,重要的是我们发现问题,及时补救。老师看到你们现在的表现似乎很消极,这样不对。我们应该打起一百二十分的精神,一定争取在期末考试打个翻身仗,让其他班级对我们刮目相看。老师对你们有信心,你们一定要自信起来。"

学生们听了刘晓慧的话,不再那么沮丧,但整个氛围还是有些压抑和低沉。

"同学们对自己有信心吗?"刘晓慧加大音量,大声问道。

"有……有……"大家回答得稀稀拉拉。

"有信心吗?"

"有……"声音整齐了些,也响亮很多。

"到底有没有信心?"

"有!"这次声音一致,洪亮。

刘晓慧满意地点点头。

"那么大家抓紧复习吧。"

说到这次模拟考试,班上一些学生成绩不理想,张承峰的成绩却意外地好,他的语文、数学和英语各科成绩都在九十分以上,总分排到了班级前五名。虽然这个学期张承峰成绩一直都稳步前进,但在这次整体考试失利的情况下,他还能发挥得这么好,让刘晓慧既感到意外又十分惊喜。

下午放学,张承峰值日,刘晓慧看到他,递给他一支崭新的钢笔和一瓶墨水:"送给你,奖励你这次模拟考试考出了好成绩。"

张承峰看着刘晓慧递过来的黑色钢笔,那发亮的黑色笔杆,似乎散发着金色的光芒,他欣喜地接过钢笔和墨水,高兴地说:"谢谢老师。"

刘晓慧送他钢笔,是之前观察到在书法课上,同学们都用钢笔练字,张承峰却只能用水笔。写作课上要求必须用钢笔时,他就向王明明借了支旧钢笔,旧钢笔还能勉强使用,但每次漏水严重,常常一节课下来,张承峰双手都沾满黑色的墨水。

刘晓慧好几次看到张承峰上完课就径直去洗手,所以她特意买了一支钢笔打算送给他,正好这次他考得不错,用这支钢笔来作为对他的奖励再合适不过。

看着他满脸的欢喜,刘晓慧露出了笑容:"不过,我们有些内容还没复习到,很多同学都做错了,但我看到你是对的。"

"嗯,现在弟弟开始帮我做家务了,我就有了更多的学习时间,我把之前学过的课程都加强复习,这次考试的内容我自己已经复习过了。"

"嗯,很好,能够自己安排复习,再结合老师所讲的,难怪这次能考出这么好的成绩。"刘晓慧看着张承峰,欣慰地点头,"老师为你骄傲,你没有让老师失望。"

"谢谢老师,我一定会继续努力的。"

"嗯,我相信你,快去打扫卫生,打扫完了早点回家。"

张承峰拿起笤帚继续扫地。

"承峰,你弟弟这次考试怎么样?"正准备转身离去的刘晓慧突然想起张承峰刚才说起他的弟弟最近变化很大,还知道帮忙做家务,她还想起张平峰曾经对着自己说过"要向他的朋友学习",忍不住问道。

张承峰略有迟疑地回答道:"他这次的考试成绩还是不太理想,但是有了进步,每门都考及格了。"

"那已经很好了,有进步就是好的。这个你替我转交他,算是给他的奖励。"说着刘晓慧从上衣口袋里掏出了一支款式漂亮的中性笔。这支笔她很喜欢,一直都随身携带,"这支笔很好用,送给你弟弟,让他继续加油,好好学习!"

"好的,谢谢老师。"

从这之后,刘晓慧更忙碌起来,她安排之前落下课程的学生每天下午放学和每个周末补课。周末的时候,柳成鹏和纪若雨也会主动过来帮她给学生们辅导功课。学生们很努力,进步很大,刘晓慧心里松了很大一口气,毕竟离期末考试越来越近。

  张承峰打扫完教室,就欢快地回家了。回到家时,张平峰已经在帮奶奶烧火煮饭了。他一边烧火,一边手拿语文课本背诵课文。刘阿婆正在炒菜,时不时看着自己的孙子,露出慈爱的笑容。

  "奶奶,我回来了。"张承峰如往常一样和奶奶打着招呼,然后小心翼翼地从书包里掏出刘晓慧送的那支中性笔藏在身后,对张平峰说,"猜猜我手里是什么?猜对了就送给你。"

  "你能有什么好东西送给我呀?"张平峰一脸的不屑。

  "看来你是不想要了?"说着张承峰从背后抽出手,展开手掌,一支款式漂亮、别致的中性笔展现在眼前。张平峰的两只眼睛立刻放出光彩,他伸手就从张承峰的手中把笔抢了过去,说:"谁说我不要?我当然要啦。"

  张承峰笑了,说:"这支笔本来就是给你的,看把你急得。"

  张平峰一脸雾水地看着哥哥。张承峰说:"是刘老师奖励给你的,说你这次考试进步了,让你拿着它好好写作业,要继续努力,加油!"

  张平峰用右手将笔高高举起,跳了起来,高兴地欢呼道:"真的吗?真的是刘老师奖励给我的?"

  张承峰重重地点点头,表示千真万确。

  "奶奶,刘老师送给我的,刘老师奖励给我的……"张平峰抓着刘阿婆的手臂,不停地向奶奶炫耀、欢呼。

"嗯嗯,知道了,你一定要继续努力,可不能辜负了刘老师对你的期望啊!"刘阿婆欣慰地看着欢天喜地的孙子,她已经很久没在他们的脸上看到这样开心的笑容了。"你们刘老师可真是好人啊!人长得好,心又善,都不知道帮了我们多少回了。你们俩可一定要尊重刘老师,有空了请她来咱家里坐坐……"

夜晚,兄弟俩帮着爷爷奶奶干完活,就一起做作业和复习功课直至晚上十点多。

睡觉时,张平峰在床上翻来覆去睡不着。

"你怎么了?这么晚了还不睡?"被张平峰干扰得无法入睡的张承峰有些生气地问道。

"哥,我今天太开心了,一点儿都不瞌睡。"张平峰一个鲤鱼打挺坐起来,黑灯瞎火中睁着乌溜溜的眼睛看着哥哥。

"好啦,别兴奋了,明天还要上学呢!"

"哥,你知不知道,以前你收到刘老师送的礼物的时候,我多么羡慕……"张平峰越说越有劲。后来可能是说累了,他慢慢地躺了下去,不再说话。

第四十一章　梦想，原来并不遥远

当张承峰快要睡着的时候，张平峰又开始说话了，声音里充满着压抑和难受。

"其实，我早就知道爸爸不会回来了，可是我不愿意相信，我每天都会告诉自己，爸爸一定会回来的。为了让爸爸早点回来，我每天故意去招惹别人，找他们打架，就希望他们找到家里来告状，然后幻想着爸爸能够回来，狠狠地揍我一顿，哪怕把我打得屁股开花我都愿意、都高兴。我太想爸爸了，太想太想让爸爸回来了。

"不过现在我已经长大了，我必须接受爸爸已经不在的现实。哥，你知道吗？咱们上次跟刘老师一起去咸阳旅游的时候，我认识的那个好朋友，他是残疾人，他有一条腿是截肢的，虽然装了假肢，但还是能看出来他走路的时候一瘸一拐，可是他丝毫没有表现出难过，反而始终笑着给我们讲解那些文物背后的历史和故事。那时候，我就告诉自己一定要坚强、乐观起来，要好好努力，向他学习。

"所以从那以后，我就不再出去惹是生非了，我看见爷爷奶奶还有你都很开心，我也开始努力学习。你们都是我的亲人，都在我身边，我想让你们都为我高兴。哥，我一定会继续努力，会让自己越来越好，一定不会让你们失望的。"渐渐地，张平峰话音不再有伤感,而是充满了希望和信心。

张承峰始终没有说一句话,他听着弟弟的话,心里百感交集,他既为弟弟的懂事开心,又为自己和弟弟命运不济伤感。他不知道命运是否还能像现在一样一直对他们有所眷顾,如果厄运在他们还没有来得及长大成人独当一面的时候再次降临,那该如何是好?更高的学费以及年迈的爷爷奶奶每况愈下的身体,这些都是他们不得不面对的现实。想想,张承峰就有些后怕,但他知道他必须学会坚强,不能被任何困难打倒,他需要继续努力,让自己变得足够强大,而目前他唯一能做的,就是努力学习,通过知识来改变一切。他也不能让那个一直在默默关心、鼓励、信任自己的刘老师失望。

夜越发深沉,兄弟俩怀揣着各自的心事,在此起彼伏的蛙鸣声中进入了梦乡。

愿梦中的每一个人都没有苦难。

日出东方,一切照旧。新的一天的到来意味着期末考试又近了一天,初一(3)班的学生大多在上课前半个小时就到了教室。提前半小时开始学习并不是刘晓慧或者其他代课老师要求他们这样做的,而是班上学习委员的要求。

偶尔总会有些头脑发热、不愿配合的学生,但只要班长和学习委员给他们贴上"拖集体后腿"的标签后,他们便会收敛许多,跟随大家一起学习。

每次晨读结束,任课老师到教室时就看到学生们早已进入学习状态,这让课程进展十分顺利。一周后,刘晓慧发现,有些离学校较远,没有住校的学生因为起得太早,上午第二节课后,精神就会萎靡。于是她便带学生们在操场上跑五分钟。

夏天虽然燥热,阳光强烈,几圈跑下来学生们一个个便气喘吁吁、汗流浃背,但能够很快恢复精神。因为运动时间也不长,刚好让学生们有精神迎接下一堂课的到来。

根据学校安排,每天中午都有午睡时间,且每个学生都必须午睡。可是初一(3)班的一些学生会利用午睡的时间偷偷翻出课本复习。

这天中午,刘晓慧到班上例行巡视,看到不少学生在偷偷看书写作业,她刚一进教室,学生们便迅速收起了课本。只有陈立伟似乎太过投入,他拿着笔,左手挠着头皮,正在和书上的数学题目做殊死搏斗,完全没有意识到老师的出现。

刘晓慧走到他的面前,轻轻拍了拍他的后背,轻声说道:"睡觉。"陈立伟显然被吓了一跳,显得有些蒙,不好意思地看了刘晓慧好一会才反应过来,赶紧收起作业,趴下睡觉。

为了防止学生不午睡,刘晓慧一直坐在教室里,直到午睡铃声响起。

"都说自己不瞌睡,但我坐在这里,你们就得睡觉,同学们不是都睡着了吗?所以午睡一定要坚持。"刘晓慧有些严肃地说道。

"老师,期末考试马上要到了,我们就想抓紧时间多复习复习,睡午觉太浪费时间了。"突然一个细微的声音从学生中传来,很多学生听后也都随声附和。

"睡午觉怎么会是浪费时间呢?下午还有三节课,如果你们中午不休息,下午的课上起来就会没精神,没有了精神,你们怎么能够好好学习?每个人的精力是有限的,尤其是夏季,天气炎热更容易耗体力和精力。如果你们不好好午睡,下午肯定会打瞌睡,所以请同学们相信,学校安排午睡绝对是合理的。如果你们有些人实在睡不着,闭上眼睛趴着,也是休息。"刘晓慧态度坚决地向学生们讲着午睡的重要性。

一直以来,刘晓慧都是主张民主的班主任,多数时候会尊重学生的意见,但午睡一直是她坚持的,她觉得是非常有必要的,所以她不会给学生任何商量的机会。学生们也很少看到刘晓慧这样一副坚决的神情,所以不再争辩,接受班主任的要求。

从那以后,初一(3)班再也没有出现过一个学生不好好午睡的情况。很多学生没有午睡的习惯,眯着眼睛翻来覆去。但几天下来,这些翻来覆去睡不着的学生少了很多。下午上课的时候,打瞌睡的学生明显少了很多。

时间飞快,期末考试如期而至,这周二就是期末考试的日子,上午考数学和语文,下午是英语和历史,第二天考地理、生物、思想品德等课程,考试时间为两天。监考老师都是其他学校的老师,为了避免学生作弊,每个学生一张桌子,每张桌子之间保持一定距离,这样,作弊的现象就不会发生,可以体现出学生们真正的实力。

一场考试其实就如一场表演,考试前、考试中、考试后,每个学生的神态、动作都千差万别。

考试前有的学生面不改色、淡定从容,有的学生眉头紧锁。考试时,有的学生奋笔疾书,有的抓耳挠腮、一筹莫展。考试结束后也必然是有人欢喜有人忧愁。

期末考试结束,意味着长假的来临,学生和老师们有两个月左右的时间可以休息。学生们考完试就可以带着暑假作业回家,等待期末考试成绩的公布,而老师们则开始紧张忙碌地批改试卷。

三天后,所有的成绩都出来了,刘晓慧所在的班级的确打了个漂亮的翻身仗,语文平均分数是初一全年级第一名,数学成绩仅次于初一(4)班,拿了全年级第二,其他科目也都名列前茅。这次的期末考试成绩让刘晓慧感到无比自豪和欣慰。

当学生们返回学校领取成绩单的时候,看见他们满怀欣喜地拿着成绩单回家,这让刘晓慧开心不已。

"刘老师,这个学期结束了,我听初一(4)班的学生说柳老师要回去读研,以后就不在这里教书了。那您是不是也要离开我们了?"许萌萌、徐文君和付文娟三人在这次期末考试中也都取得了好成绩,但是这个结果对于她们来说,都是意料之中的,所以她们看到成绩单时,并没有表现出非常惊喜,反而一脸担忧地看着刘晓慧。

早晨在去学校的路上,万事通的许萌萌就把自己听到的消息告诉了徐文君和付文娟。

付文娟听到刘晓慧要走的消息,心里很不好受,沮丧地说道:"刘老师来这里已经一年了,以前来支教的老师都没有待过这么久,这次肯定也要走了吧?"

"啊?不会吧?要走,刘老师一定会提前告诉我们的。"徐文君听了付文娟的话,心里一直忐忑不安,不愿相信这是真的。

"怎么不会？刘老师肯定怕我们不舍得她走,所以才不愿意告诉我们。以前我爸妈去外地工作,每次走的时候都会趁我睡着时不声不响就走了。刘老师肯定也会这样。"

"哎呀！我们别在这儿瞎猜了,等会儿到学校找刘老师问问不就知道了?"许萌萌的小心脏也被说得七上八下,但她假装镇定,拉着两位同伴大步向学校走去。

于是就有了许萌萌对刘晓慧的询问。

刘晓慧看着满脸紧张的学生,笑着说道:"你们如果需要老师,那老师就不走了。"

徐文君拉着刘晓慧的手,开心地说道:"老师,我们真的很需要您,您不要走。"

其他在场的学生也围上来,异口同声地说:"老师,我们不让您走,我们都需要您。"

看着这群如嗷嗷待哺的小鸟期待鸟妈妈来喂食的学生,刘晓慧一边为这群孩子对自己的依赖和认可而深感欣慰,一边也在暗暗庆幸,好在自己没有和柳成鹏一样考研,否则自己也不得不离开。

刘晓慧回过神来,大声应道:"好,不走！老师不会离开你们的。"

学生们听到刘晓慧的肯定答复,都开心地回家了,他们还要急着回去把这次好成绩告诉自己的父母及爷爷奶奶呢！

张承峰来领取成绩单时,刘晓慧把他的成绩单交给他,用手遮住双眼,假装真的被光芒刺到了眼睛:"承峰,恭喜你哦！总分数名列全班第二,你现在是优秀得发光呢!"刘晓慧有些调皮地说道。

张承峰看着刘晓慧,腼腆地笑着接过成绩单:"刘老师,谢谢您!我这次终于没有让您失望。"

"当然,不仅没有让我失望,而且让我很骄傲很自豪呢!"

"谢谢老师!"张承峰突然弯下腰,向刘晓慧深深地鞠了一躬。

"怎么这样隆重啊?"刘晓慧有点愕然。

"刘老师,我太激动了,我也觉得自己太幸运了。我想如果不是遇到您,我现在还不知道是什么样子,可能还是穿着破旧的衣服坐在最后一排被全班同学耻笑呢!"张承峰说话时,泪水在眼眶里打转。

张承峰走了,其他学生也陆陆续续拿着成绩单离开,一切喧闹重归宁静。

刘晓慧想起当初张承峰给她的那封信,她不禁眼眶泛红,但这次是喜悦的泪水。短短一学期,她亲眼看着这群孩子在成长。

第四十二章　慨当以慷，忧思难忘

学期收尾工作，全体老师开完总结会，准备好新一学年的工作计划，老师们就正式进入暑假。

总结会上，因为柳成鹏要离开，所以他在会上和全体老师道别。

毕竟在这里工作了两年，李家坝中学的老师对这个热情能干的青年非常喜欢。虽然知道他离开是因为有了更好的选择，但是大家还是有许多不舍。

"柳老师啊，感谢这两年来你为我们学校的付出，今后你若还记得这里，就常回来看看，我们随时欢迎你。虽然很想挽留你，但是你的选择是对的，机会难得，你要好好把握。读书是一辈子的事，活到老学到老才是大智慧。所以我就不留你了，希望我们的学生以后向你学习，成为优秀的国之栋梁。"校长王德生表达了最有力、最真挚的感谢。

"我应该感谢校长和各位老师，在两年的时间里，我成长飞快，收获也很多。能考上研究生很大程度上离不开在这里的学习，将来我在学校里有新的收获，一定向你们汇报。滴水之恩，涌泉相报。我也要告诉更多的学生懂得反哺，希望李家坝中学越办越好，希望我们的每一位学生都能成才，将来更好地回报学校。"柳成鹏有些激动,说完后在大家的掌声中深深鞠了一躬。

一切尽在不言中。

这天早会结束,刘晓慧、纪若雨和柳成鹏都没有回去,他们已经提前约好,留下来给柳成鹏送别。

晚上,刘晓慧和纪若雨买了很多菜,在简陋的厨房里,做了四菜一汤。柳成鹏还专门去镇上买来啤酒。这个离别的夜晚,有明月相伴,怎能少了小酌呢?

因为是夏天,他们把小桌子搬到宿舍外,借着昏黄的路灯照明。夏天的夜晚蚊子特别多,尤其是在山里,他们就点了两盘蚊香,借着夜晚的热风,吃喝畅聊。

尽管燥热,但是喝着冰凉的啤酒,吃着可口的小菜,海阔天空地聊着,大家反而有一股激情在心头。

"对酒当歌,人生几何?譬如朝露,去日苦多。"已经喝得微醉的柳成鹏举起酒杯,对月咏诗。

"慨当以慷,忧思难忘。"刘晓慧接起。

"这个我也会,何以解忧?唯有杜康。"

大家举起酒杯,一饮而尽。

"如果是白酒,是不是来得更加贴切?"柳成鹏醉眼蒙眬。

"无妨,有酒精,就能够醉倒人,让人忘忧的都是酒。"刘晓慧不太会喝酒,只能是小酌几口,几巡下来有些微醉,脸颊绯红,很是可爱。

而酒量超群的纪若雨,虽然喝了不少,但依然脸不红气不喘。她看着他们摇头笑道:"你们啊,酒量都不如我呢。少喝点,少喝点。"

刘晓慧和柳成鹏相视一笑,酒醉的人哪还在乎醉不醉,三人都无所顾忌地继续畅饮。

夜渐渐深了,虫鸣之声越发响亮。三人吃饱喝足,放下手中杯盏,一起靠着墙坐下,看着夜空明月、远方。

三人的呼吸声,和着树叶沙沙声、虫鸣蛙叫声,奏成一首独特的乐曲。这一刻,是如此和谐而美好。

"如果时间能停留在这一刻就好了。"纪若雨很享受这份和谐。

又是一阵长久的静默。

"承鹏要去读研了,我呢,还得在这里待上几年。晓慧,你呢?是打算留下来呢,还是回到自己的城市?"

"我又没有承鹏那样的好运气可以继续去上学,我当然是留下来了。"

纪若雨抱着刘晓慧:"真好,还有你陪我。"

"不过你留在这里,一直和你男朋友分隔两地,时间久了,距离就产生不了美了。"纪若雨很高兴刘晓慧能够留下,但是想到她那遥远的牵挂,不禁为她担忧起来。

刘晓慧沉默了好一会儿,她也无数次想过这个问题,可是她无法做到现在离开去追求属于她自己的幸福。

"走一步算一步吧!如果最终因为这个而分手了,也只能说我们缘分如此,那也没办法。"

"值得吗?"

"不知道,反正至少现在我觉得值得。"

"嗯,也是。人有时候不要想太多,更不要想那么久远,过好当下才是最好,以后的事以后再说。我们坚决不能把明天可能会出现的痛苦拿到现在来折磨自己。"

柳成鹏始终没有接过一句话。他觉得这一刻,说什么都显得多余和苍白无力。是啊!命运有时候真的让人无法琢磨,唯一的办法就是过好当下,按照现有的路子走下去,这样人生才不会那么痛苦。

三个人不知聊了多久,也不知道他们的饭局是何时结束的,只知道第二天醒来时,他们各自在自己的宿舍,屋外的饭菜已收拾干净,桌椅也搬回了屋里。

因为买的是中午的火车票,三人早早起床一起赶火车。

早晨,刘晓慧醒来,头还有些痛。她喝了一杯热牛奶,便接到了父母和陈建海的电话,于是她带上收拾好的行李去找柳成鹏和纪若雨。

出门时,刘晓慧就看到他们已经在屋外等她了。

"好早啊!"

"就你酒量最差,原谅你起来迟了。"纪若雨笑着嗔怪。

"哈哈哈!我本来就喝不了酒啊!"

说完,三人拖着行李去校门外乘去县城的班车,一个多小时后他们就到了县城,又转车到了市区火车站,分别的时刻终于到了。

一切尽在不言中,三人拥抱,然后各自头也不回地进入各自的候车室。

刘晓慧买的车票出发时间最晚,所以她需要在候车室多待一会儿。在川流不息的人流中,刘晓慧思绪万千,她和柳成鹏已经相识整整一年时间,这一年来,他们共同经历了很多,在患难与共中友谊早已变得异常深厚。

他走了,虽说以后还有可能会在另一个陌生的城市相聚,但那时相见一定很难再找到如今的纯粹和美好。有时候,我们害怕分别,并不是多么离不开彼此,而是害怕,害怕分别就是永远的分别,害怕在时间的摧残下,彼此的心越走越远。

沉浸在自己的世界里,时间总是过得飞快。很快,刘晓慧便坐上了回家的列车。经过一天的奔波,第二天早晨,刘晓慧到了苏州火车站。

这次来接她回家的不是她的父母,而是陈建海。这是临上车前陈建海与刘晓慧在电话里约定好的。

自从五一分开之后,俩人已有两个多月没见了。见了面,俩人并没有预想的那般,紧紧拥抱,欢喜异常,而是默契地相视一笑。陈建海接过刘晓慧的行李,递给她一瓶矿泉水,拉着刘晓慧的手向车站地下停车场走去。

回家的路上,刘晓慧因为太累,一句话都没有说,陈建海也没有打扰她。

这种平静和谐的相处模式,只有经过时间的沉淀后才能做到。

回到家,刘晓慧洗了个热水澡,匆匆吃完早饭,和父母打了声招呼,就上楼回自己的卧室睡觉了。

陈建海则坐在客厅的沙发上,拿着笔记本电脑在办公。

刘晓慧一觉睡到下午三点多钟。当她下楼时,陈建海依然坐在沙发上敲打着电脑。

"你怎么没回公司?"刘晓慧睡了一觉,精神完全恢复。

"你回来了,我哪有心思去上班?反正在这儿和在公司工作都一样。"陈建海说的倒是实话,他自己开的网络公司,现在业务也基本步入正轨。通过大半年的努力,公司业务也有了很大的提升,前不久他又招聘了一位副总经理帮忙打理公司,他自己基本算是半个自由人了。

"那是,现在你已经是大老板了,上不上班还不是你说了算?"刘晓慧在他旁边坐下打趣道。

陈建海也不反驳,笑了笑:"叔叔阿姨说有事出去了。你等会儿,我把手头这点事处理完再陪你聊天。"

"嗯,你先忙。"说完,刘晓慧拿出一本言情小说津津有味地读起来。读高中时她就爱看小说,尤其是言情小说,她买了很多。但自从工作后,她就很少再看了。现在再翻开时,还是看得如痴如醉。

半个小时不到,陈建海就把手头工作处理完了。看着盘坐在沙发上,微低着头,沉迷在书中的刘晓慧白皙而精致的脸庞,陈建海有些痴迷。

刘晓慧虽然看得投入,但被这么热烈的目光注视着,想不被打扰都难。她放下手中的书,抬头看着陈建海,笑着说道:"这么看着我干什么?不认识我吗?"

被刘晓慧发现,陈建海也没有丝毫不好意思,仍然目不转睛地、痴痴地注视着她。

"没有啊,就是想多看看你。"

"好吧,你工作忙好了?"刘晓慧白皙的脸上飞过一片红云,有些不好意思地问道。

"嗯!"

"这次,我们班期末考试成绩可好了,语文拿到全年级第一名。"刘晓慧有些骄傲地昂着头,"对了,你还记得那个张承峰吗?他竟然考了全班第二名呢!还有张承峰的弟弟,你应该也记得吧……"说起自己的学生,刘晓慧总会变得滔滔不绝。

"我们订婚吧,晓慧!"陈建海打断了正在滔滔不绝地夸赞着她的学生的刘晓慧。

刘晓慧被陈建海突如其来的一句话说怔住了,满脸通红地看着男友。陈建海见状,伸手轻轻地拍着她的后背,半开玩笑半认真地说道:"就知道你会激动,但没想到你会这么激动,原来你这么想嫁给我啊!早知道这样,我早就向你求婚了。"

第四十三章　幸福来得猝不及防

刘晓慧努力让自己表现得镇定自若,听了陈建海的打趣,娇嗔道:"我激动什么呀?你,怎么突然想起来说这个?"

"怎么叫突然说这个?我只是第一次对你这么认真地说。我们俩的事儿我已经跟我父母还有你父母都说过了,他们的意见是,只要我们俩同意就好。"

陈建海认真地看着刘晓慧,表示自己丝毫没有开玩笑。

刘晓慧的脸上闪现出一丝忧郁,她皱紧眉头想了好一会儿:"你知道的,我还想继续留在李家坝中学支教,我们还要长时间分隔两地。所以,如果我们订婚……"

"所以才要订婚啊。订婚了,你就不会每天胡思乱想,总想着要和我分开。"

"建海,真的订婚了就不是我们两个人的事儿了,是两个家庭的结合。如果我们,我说的是假如,我们最后还是因为两地分离而导致分手,会伤害到两个家庭。"刘晓慧的眉头皱得更紧。

"不会的,我们会长长久久在一起,永远都不会有分手的那一天。而且,我有一件事没告诉你。"陈建海伸出有些发烫的双手,温柔地抚去刘晓慧粘在额前的几丝乱发,一脸神秘地看着她。

"还有什么事要告诉我?难道能够解决我们所面临的这些问

题吗?"

"当然!"陈建海重重地点头。

刘晓慧睁大眼睛盯着他,示意他快点说。

陈建海却故意吊她胃口,看着她就是不说。

看着陈建海一副神秘兮兮的样子,刘晓慧噘起嘴,假装有些生气地说道:"不说算了,你刚刚说的那些话我就当作没听见。我们俩的事儿等以后再说……"

"我已经和你们王校长申请过了,等秋季开学就去你们学校任教,而且王校长已经同意了。前几天他还跟我通电话说,你们学校刚刚走了一位初一的数学老师,说让我去接替他呢!"

刘晓慧一脸惊讶:"这是什么时候的事?"

"五一回来后,我就和你们王校长联系了。他很高兴,也很欢迎我加入你们的教师队伍呢!我一直没有告诉你,就是想等你回来之后当面告诉你,给你个惊喜。"

"啊?不可能!你父母是不会同意的。"刘晓慧有些不大相信地大声说道。

"事实是他们已经同意了。"虽然当他把这个决定告诉父母时,遭到他们的强烈反对,但他提前把所有事情处理好了,并且表达了自己必去的决心。父母见拗不过他,也只能同意。

"怎么会呢?"

"当然会。如果他们不同意我去,他们未来的好儿媳妇要是跟别人跑了怎么办?我父母那么喜欢你,怎么舍得让你跟别人跑了呢?"

刘晓慧有些生气:"我在和你认真说呢,你只知道开玩笑。"

"我说的是真的,虽然他们刚开始不理解,也强烈反对,但现在同意了,而且他们都已经开始筹备我们俩订婚的事了。"陈建海拉起刘晓慧的手,认真地看着她,"我已经把公司交代给了新招聘来的副总经理打理,他是我一个好哥们介绍来的,人很好,业务能力和管理能力都很强,而且我还可以用电脑远程控制公司的一些事情,有些必须我出面的,我就让爸爸代我去处理。你放心,公司的事情我已经处理妥当。现在我最需要做的事情就是陪着你一同去实现自己的梦想,等你什么时候想回来了,我们就一起回来,一起陪伴在父母身边。"

刘晓慧听出陈建海的话里没有丝毫开玩笑的意思,她不禁双眼泛红:"你为我做这么大的牺牲,值得吗?你不会后悔吗?"

"当然值得!而且是非常值得!我要陪你去做的可是一件伟大而有意义的事,能陪你一起去做这样的事情是我的光荣。"

刘晓慧已经感动得说不出话来,她扑到陈建海怀里:"谢谢你,谢谢你,谢谢你……"千言万语在这一刻化为无限感激。

"那你同意了吗?我们订婚吧!我要你正式做我的未婚妻。"

"好!我同意,我也愿意!"刘晓慧依偎在男友的怀里高兴地连连点头。

陈建海抱起刘晓慧转了一个大圈,可见他此时此刻的心情是多么激动和兴奋。

接下来就是两家人聚在一起商量订婚的具体事项。

最终日子定在八月十八号,一个好日子,接下来就是紧锣密鼓的筹备工作。刘晓慧和陈建海商量一切从简,但是陈建海的父母怕亏待了自己未来的儿媳妇,坚持大办。所以,一个小小的订婚仪式也让刘晓慧和陈建海累得不行。

时间过得飞快,转眼就到了订婚的日子。

订婚典礼安排得非常周详,双方所有亲朋好友相聚订婚仪式现场。在双方家长的面前,刘晓慧与陈建海相互交换戒指,然后接受亲朋好友的美好祝福,就这样,刘晓慧正式成为陈建海的未婚妻。

有了这层稳定的关系,刘晓慧准备继续前往李家坝中学支教的决定也就没有反对之声了。尤其当刘晓慧的父母听说陈建海也要陪同刘晓慧一起去李家坝中学支教时,心里安稳了许多。

刘晓慧母亲还是有些担心地问道:"建海,你也去那边,那你公司的事情怎么办?"

"妈妈,您放心,公司所有的事情都已经安排好了,去了李家坝我也能处理好这边的事情。"

"那和你爸爸妈妈商量了吗?"

"嗯,早就商量过了。他们都同意我去,您就放心吧!"

"那就好,有你陪着晓慧,我和你爸爸终于可以放心了。"

"嗯,请你们放心,我一定会照顾好晓慧的。"

第四十四章　别让儿童再留守

　　时光犹如一个安静的淑女,悄悄走过,让你无法察觉。一不留神,新学期又开始了。八月三十日这天新学期报名开始,已经一个多月没见到刘晓慧的学生们早早来到学校。

　　这天,许萌萌、付文娟和徐文君一起来到学校报名,可是接待她们报名的老师并不是刘晓慧。因为没有见到刘晓慧,她们心里咯噔一下,都在心里猜测,难道刘老师真的不告而别了吗？她们忐忑不安极了。三人找报名老师询问刘晓慧的情况,报名的老师是新来的,也不清楚情况,她们决定直接打电话给刘晓慧。于是三人跑到校门口的小商店,用公用电话拨通了刘晓慧的电话。电话通了,三人屏住呼吸焦急地等着,电话一直没有人接。

　　得不到确切答案,电话也无人接,这让她们更加不安。三人大胆地决定去找校长问问,去了校长办公室却发现空无一人。她们又找了其他几位熟悉的老师,他们的回答是刘晓慧会回来的,但都表示不清楚为什么她到现在还没有来学校。三人很沮丧地回家了,期待第二天能等到刘晓慧的到来。

　　第二天一大早,三人早早就来到学校,她们发现张承峰、王明明、陈立伟等一群同学比她们来得还要早,十几个同学围站在教室门口议论着什么。

"你们昨天不是都报过名了吗?"看见许萌萌、付文娟和徐文君三人走了过来,张承峰看着她们问道。

"我们来看看刘老师来学校了没有?"原来大家来的目的一致。

八点多,一辆绿色大巴车停在校门口,好几个人下车,其中就包括刘晓慧和陈建海。刘晓慧背着背包与拎着两只大行李箱的陈建海一同出现在大家面前。

看见刘晓慧,十几名学生蜂拥而至,围着刘晓慧和陈建海又蹦又跳,热烈地欢呼着:"刘老师回来了,刘老师回来了。"

"刘老师,您终于回来了,我们都以为您不回来了呢!"

"嗯,对不起,家里有点事儿,所以晚来了一天。"

"老师您回来了就好。"大家看到刘晓慧都松了口气。

"刘老师,您男朋友怎么也来了?"旁边有一个学生好奇地问道。

所有的学生都将目光投向站在刘晓慧身旁,穿着一身休闲装的陈建海,尤其是张承峰、许萌萌和徐文君,他们三人可是和陈建海一起去旅游过的。再次看到这个帅气幽默的叔叔,几个人都显得很兴奋,他们走上前去异口同声地说道:"欢迎您,帅叔叔。"

"哈哈,你们好啊!很高兴又见到你们。从这个学期开始,我就是咱们这个学校的新成员了,希望能和你们相处融洽,也希望你们能够喜欢我哦!"陈建海有些调皮地主动介绍起了自己的新身份。

"嗯,以后你们就要叫他陈老师了。"刘晓慧接过话说道。

"刘老师好幸福啊,以后有男朋友陪在身边了。"

"不是男朋友,是未婚夫哦!"陈建海马上纠正道,语气里充满着自豪。

"老师,你们也太快了吧!"

刘晓慧嗔怪地看了陈建海一眼,脸上却挂满了幸福的微笑。

"好啦,我先回宿舍放一下行李,等会儿去教务处报到。你们赶紧去报名,报完名就赶快回家休息。从明天开始要打起一百二十分的精神来上课,现在解散!"刘晓慧打发完一群看热闹的学生,赶紧回宿舍去收拾了。

许萌萌他们见到日思夜想的刘老师,心里自然开心得不得,三人手拉着手唱着歌欢快地回家了。新的学期,有刘老师在,就充满了希望和快乐。

陈建海被安排在柳成鹏之前住的三号宿舍。因为他是新来的老师,所以由他接替柳成鹏任初二年级的数学老师。

九月份,李家坝进入了初秋时节,地里的农作物收获在即,一派欣欣向荣的好景象。新的学期,大家开始进入新的学习,一切都是美好的。

每学期开学的第一周,学校都会举办颁奖典礼,专门对上学期考试成绩优异、学习进步的学生进行全校性表彰。

周五,全校颁奖典礼正式举行。学生们早早地就被安排在自己班级所在的位置坐下,主持人拿着话筒站在一边,主席台正下方坐着校长与副校长等校领导的,各个班级的老师则坐在自己班级队伍的最前方。

第一项,全体师生起立,奏国歌,升国旗。在耳熟能详、振奋人心的国歌声中,大家一起注视冉冉升起的五星红旗。

表彰大会上,成绩优异的学生和进步生将会被表彰并且上台领奖,其他学生深受鼓舞,不断激励自己要以台上的同学为榜样,争取下次也能站在国旗下领奖。

第二项,校长进行开学典礼致辞。他先是对过去一学年取得的成绩进行总结,然后表达了新学期对老师和学生的期望和要求。

第三项,学生代表发言。初一新生及初二、初三年级各派一名优秀学生代表上台发言。初二年级的代表是张承峰,他虽说并不是初二年级里成绩最优异的,但他是进步最大的,他被树为学习标兵受表彰呢。

初一新生代表王洋是全年级入学最高分。她的发言很精彩,赢得了大家热烈掌声。张承峰虽然之前已经有过一次上台的经历,但和王洋比起来还是显得有些胆怯和紧张,不过他的发言感情真挚,打动了在场每一个老师和学生的心。最后一位发言的学生代表是初三年级的,也同样很真挚地发表了自己的感言。

三个学生的成长经历各不相同,所以取得优异成绩的原因和方法也各不相同,但给了现场学生很多的启示。

让刘晓慧记忆最深刻的还是张承峰的发言,因为张承峰最后一句发言就是当初他在日记本上写的那句话:"刘老师,谢谢您,您是最好的老师。"

刘晓慧被自己学生的发言感动得流泪,是因为这句发自肺腑的感谢吗?并不是,刘晓慧感动的是张承峰真的凭借自己的努力战胜了一切困难,实现了当初在她面前许下的诺言。

这个世界上,承诺、决心容易说出,但是真正转化成持久的行动力却很难。尤其对于张承峰这个当初学习底子薄弱、性格又极为敏感自卑、家境困窘的学生来说,彻底地改变自己,让自己发生翻天覆地的变化,是需要很大的恒心和毅力的!

作为一名老师,看到自己的学生有这么大的转变,无论如何都是既自豪又有成就感的事。

接下来是颁奖典礼,取得优异成绩的学生上台领奖并拍照留念。

新学期的颁奖仪式就此结束。当然,学习之路才刚刚开始,考得好的同学依然需要继续努力,考得再差的同学也绝不能气馁,只要发奋向上,就一定能够更上一层楼。

陈建海毕业多年,已经很久没有参加过这样的颁奖仪式了,这样的场面和氛围让他倍感亲切。看着一群优秀的学生站在领奖台上,他在心里有些向往和羡慕,但更多的是为他们高兴。

当然,让他感骄傲和自豪的是,他的未婚妻刘晓慧所在的班级有好几个学生站上了领奖台,虽然他早就知道这样的结果,但当这些学生真正站在领奖台上的时候,他还是显得有些激动,他仿佛感觉自己也是这些学生当中的一员,他不仅为他们感到骄傲,还怀念起了自己的中学时代。刘晓慧所在的班级顺理成章地被评为全校"模范班级",她也成为李家坝中学最年轻的"优秀教师",刘晓慧也为自己获得的这些荣誉深感欣慰和自豪。

看见自己的未婚妻在这么短的时间内取得如此大的荣誉,陈建海也不甘示弱,他在心中为自己打气,告诉自己必须勤奋努力,为他将要带的班级和学生争取荣誉。

因为没有太多的教学经验,他必须在每次上课前进行精心的备课,他也会在自己没课的时候去其他班级老师那儿听课。他去得最多的是初二(3)班。初二(3)班的数学老师周春红虽说普通话不太标准,但她有着几十年的教学经验。年纪虽大了一些,但每堂课都上得生动有趣,很有感染力。陈建海没事的时候就会向她请教,因此他学到了不少经验,有了很大的进步。

当然一个好的老师不能只是模仿,需要在长期的锻炼和思索过程中形成属于自己的一套教学风格。这种风格不仅要有利于教学,适合自己,更重要的是要得到学生们的喜爱和认可,让他们能够更高效地获取知识。

陈建海不但接替了柳成鹏的工作,而且他还非常关心学生的学习和生活,常常利用课余时间去给一些底子薄弱,又想努力上进的学生补课。另外,因为他擅长计算机,在教学过程中,他还会时不时地给学生讲授一些计算机方面的知识,有时候还会带上他来支教之前专门下载的一些相关学习和励志的视频给学生们看。这让大部分的学生对数学课有了更加浓厚的兴趣和期待。

陈建海一直在思考如何引进更先进的教学理念和课程,能为这里的学生提供和获取更多的知识和帮助。于是他自掏腰包,在学校安装了无线网,还在公共教室里安装了多媒体设备。随着网络在学校的普及,全国各地的很多优质教学资源被源源不断地引进李家坝中学的课堂。

当然他一个人的力量毕竟是有限的,不过他相信,只要自己一心为学生们着想,该有的以后一定都会有的,一切都会向最美好的方向发展。

开学不久,就迎来了老师的节日——教师节。

教师节的前一天是周五,下午最后一节课是班会课。刘晓慧进教室时,就看到每个学生手上都捧着一小束花,这些花颜色各异,大小不同,被他们以各种方式搭配在一起。学生们看到刘晓慧进了教室,整齐地举起手挥舞着手中的花,齐声喊道:"刘老师,明天就是教师节了,您辛苦了!祝您节日快乐!"

然后他们依次把手中的花送到刘晓慧的手中。很快,刘晓慧就收到一大束各种各样的花,满满一怀抱。看着这样一群质朴的孩子以及他们亲手采摘的花,刘晓慧感动极了。

这些野花远不如玫瑰娇艳,不如丁香花芳香,更不如牡丹富贵,不如花店里那些经过专业人士搭配的花束美丽精致,它们甚至有些凌乱地聚集在刘晓慧的怀中,但这些花在刘晓慧眼里却是最美丽、最珍贵的。

刘晓慧捧着花,将鼻尖贴在上面深深地吸了一下,站在讲台最中间给学生们深深鞠了一躬:"同学们,谢谢你们!这是我人生当中收到过的最好、最珍贵的礼物。"

看见刘晓慧一副开心的样子,每一个学生都跟着她一起开心无比。

下午放学后,刘晓慧让学生们帮忙把这些花送到她的宿舍。晚上她把这些花精心地摆放在房间的各个角落,她想让自己每天都能看到。陈建海也过来帮忙,看着刘晓慧像一只蝴蝶一样穿梭在这些花中乐此不疲的样子,他也为未婚妻感到高兴。

但是花儿离开了土壤注定存活不了多久,于是刘晓慧把一些已经枯败的花晒干,做成干花标本收藏了起来。她希望若干年后,当翻开这些标本的时候,这份美好的记忆会涌上心头,成为她人生当中一段美好而温馨的回忆。

周六教师节,学校推荐刘晓慧去市里参加教育局评选的优秀教师表彰大会,刘晓慧作为优秀教师代表上台发言。刘晓慧作为代表中最年轻的一位,一上台就让台下的领导和来自各个不同地方学校的老师代表眼前一亮。她娇小柔美的身材、青春靓丽的容貌、得体的装扮、落落大方的举止引起了在场所有人的关注,她成了会场的焦点和一道亮丽的风景线。

刘晓慧缓缓地走上台,站在主席台最中间的位置深鞠了一躬,随后她接过主持人递给她的话筒,展开手中早已准备好的发言稿,声音甜美而洪亮地开始发言。她这次发言的题目是《别让儿童再留守》。

尊敬的各位领导,各位老师代表们:

大家上午好!很荣幸我能作为优秀教师代表站在这里,来接受这份人民教师都渴望得到的荣誉,更荣幸的是,我能作为一名支教教师代表站在这里进行发言。

在来李家坝中学之前,我只是一个生活在所谓的大城市里的白领一族。从小,我的父母就一直陪伴在我的身边,我很幸运,他们给了我儿时足够的关爱,而且我从小就生活在一个条件优渥的环境中。

大学毕业后,因为父亲的关系,我去了当地最好的企业工作,不但工作轻松,收入也比较丰厚。这一切都是那么自然,可是渐渐地我感觉到了一种空虚和落寞,当我慢慢地意识到自己的未来也许将会这样度过,我清楚只要我愿意,我就可以一辈子过这样安逸的生活。然而,我却在心里越来越害怕这种平静如水、一成不变、毫无生气的日子伴随我一生。

直到有一天我去参加同学的婚礼,见到一个昔日舍友,一年没见,她变了很多,皮肤黝黑却充满活力,仿佛身上有着无限的力量。问了她我才知道,她大学毕业后便直接选择去山区做了一名支教老师。那一刻我才知道支教是怎么回事,才知道这个世界上还有那么多需要关爱的孩子。

看了她发给我的一些贫困山区孩子生活、学习的视频,我毅然决定放下一切选择来李家坝中学支教。当然我的决定遭到了全家人的强烈反对,但于我而言,一颗沉睡许久的心一旦被惊醒,它所爆发出来的力量是绝不允许自己退缩的。最终我还是在所有亲人和朋友的反对声中踏上了这条支教的道路。

没来李家坝中学之前,我就已经通过网络详细了解了这里的偏僻、荒凉和贫困,但当我真正来到这里之后我才真实地体会到什么是艰苦的生活。我也曾害怕过、犹豫过,但从未后悔过,更没有退缩过。

待在这里越久,看见的东西就越多,我就越不想离开。我亲眼看见有那么多家境贫寒的家庭为一日三餐而发愁，依然过着衣不遮体、食不果腹。我看到那些背井离乡的父母在离开自己孩子时的肝肠寸断，看到那些与父母分别时哭得撕心裂肺的孩子，看到那一双双望着远方渴盼亲人归来的眼睛，和那一个个因为没有父母陪伴而日渐变得敏感脆弱的孩子。我也看到了许多偏远山区的孩子每天跋山涉水几个小时往返于家里和学校之间。

当然，我也看到，虽然幸运并没有眷顾到他们每一个人，但他们始终乐观、勇敢、坚强、快乐地活着。他们淳朴善良，内心纯净，懂得感恩。他们在最艰难、最恶劣的环境下依然能顽强地开出最纯洁美好的心灵之花。

在这一年多的时间里，让我感触最深、接触最多的是这里的留守儿童，他们的父母大多因为生活所迫，选择外出务工。而这些家庭的孩子就只能留在家里跟年迈的爷爷奶奶一起生活，或者寄养在他人家里，或者独自一人生活。他们本该是天真烂漫、在父母跟前撒娇的年龄，却早早地背负了生活的苦难、与亲人别离的苦痛。他们对生活、对学习甚至对未来一片茫然，小小的年龄就被生活的重担压得喘不过气。他们甚至没有时间去思考自己的未来，不知道自己为什么要读书，也不知道知识会改变命运。他们甚至不知道这样的生活会伴随他们到什么时候。他们只是把学习当成了一项任务去完成。他们总以为完成了任务，自己也就长大了，然后像自己的父母一样选择一个陌生的城市去打工……

这些孩子的父母大多是一年回来一两次,还有很多年都不曾回来的,每一次归来时的喜悦,注定了短暂的团聚后分别的痛苦。这样的生活他们早已习惯,虽有万般不舍,但无力改变。他们只能在日复一日、年复一年的期盼与别离中度过。

我们班里有个学习成绩非常优异的学生,记得我刚刚接触她的时候,这个学生的表现一直都是高傲冷漠的,不愿和班级里的任何一个同学打交道。刚开始,大家都以为她是因为家境富裕,不愿与其他同学往来。后来才知道,她的父母在国外务工,虽然为她争取了其他同学都没有的优越生活,可是她的父母一年,甚至两三年才能够回家一次,而她一出生就被寄养在姑姑家。虽然父母给了她衣食无忧的生活,但从小就没有父母陪伴的她内心却无比自卑、脆弱和敏感,而这些他只能深深埋在心底,她试图用高傲冷漠的外表去掩饰内心的自卑和脆弱。

当然她是幸运的,她的母亲已于今年六月份毅然辞去工作,选择回到女儿的身边。有了母亲的陪伴,她每天都快乐得如同一只小鸟,笑容取代了她脸上原有的忧郁和冷漠。短短几个月的时间,她由以前的沉默寡言变成现在的天真烂漫、活泼可爱,和班级里的每一个同学都成了好朋友。

但是,更多的孩子是不幸的,他们的童年注定是孤独的,是缺乏父爱和母爱的。他们从小就体会到了生活的艰辛,还有现实带给他们的无奈和不知所措。他们需要从很小的时候学会独当一面,他们只能依靠自己。

每一个孩子都是单纯善良的,他们应该快乐地在阳光下奔跑,他们的脸颊应该是红润的,是挂满笑容的,他们的内心应该是安全的,是温暖的,可是这些留守儿童没有这样的童年,他们的童年是灰色的。

看着他们,我多么希望他们的父母都能够明白过来,即使生活再艰难,即使走得再远,也请带上你们的孩子,不要让他们与你们之间的距离越来越远,不要再让你们的孩子独自留守。

我相信,天下所有的孩子只要在父母身边,只要有父母的陪伴,即使吃得再差,穿得再破,他们的内心也一定是开心的,是富有的。

在我的班级里就有许多这样的留守儿童,我除了每天给他们上课,教授他们以后走上社会所需要的文化知识外,我更多的是去关心、呵护他们心灵的健康成长。

事实上,作为他们的老师,无论我为他们做什么,都无法替代他们的父母给予他们的爱。但我明白,更多的关心,可以让他们多一些快乐,多一些幸福。无论如何,只要他们需要我,我就一定会陪伴他们。

在这个美好的时刻,在这个丰收的季节,我希望天下不再有留守儿童,希望每个孩子都能够拥有一份完整无缺的爱,希望每一对父母都能够永远地陪伴在孩子们的身边,希望阳光能够永远地照耀着他们的童年,希望灿烂、开心的笑容永远地洋溢在他们的脸上,伴随他们快乐健康地成长。

謝谢大家!

刘晓慧收起发言稿,双眼噙满了泪水。她再次缓缓地走向台中间,深深地鞠了一躬。

台下响起了雷鸣般的掌声,经久不息……

后　记

　　2009年元旦期间，我随几位好友去郊县山区参加一个资助留守儿童的公益活动。那是我人生当中第一次参与这样一项有意义的活动，也是第一次面对面地接触这样一群特殊的孩子，我们所去的地方陕西省的永寿县。永寿，被称为"古丝绸之路"第一站，是秦陇咽喉之地。事实上，全域梁峁起伏、沟壑纵横的永寿，在当时仍是一个国家扶贫开发工作重点县，贫困村百余个。

　　我们一行十几人，开了三辆轿车、一辆中型货车，车上载的全部是孩子们过冬需要用的衣物、被褥及米面油、学习用品等物资。到达目的地后，我们发现一些孩子的家里，真的是可以用家徒四壁来形容。零下十几度的天气，加上山里的风本来就大，吹在身上和脸上跟刀子割一样的疼，即便是穿着厚厚的羽绒服都会让人忍不住打哆嗦，但呈现在我们眼前的一幅景象却是：村里有好多孩子甚至脚上还穿的是夏天的凉鞋，且已经很破旧，身上单薄的衣衫让人不自觉地有种瑟瑟发抖的感觉。走进家里，家家户户的炕上往往是有铺的没盖的……整个村子里只能看到老弱病残的孤寡老人和留守在家的孩子或者孤儿。面对这样的情景，我除了深深感到震惊和心绪难平外，更多的是为这样一个特殊的群体而忧心忡忡。自此，我便一发不可收地走上了资助留守儿童的这条路。自2010

年起,我便先后资助小学生及初中生60余人,资助大学生20余人(直至大学毕业),除了孩子们的学费和生活费,衣物、学习用品,乃至生活所需的米面油都是必不可少的。但我深知,个人的力量毕竟是有限的,类似的单纯资助虽然不可或缺,但应该尽快提升到"社会扶贫"的高度,毕竟"授人以鱼,不如授人以渔"。党的十八大以来,习总书记曾多次强调过扶贫工作的重要性。"贫困之冰,非一日之寒;破冰之功,非一春之暖。在扶贫的路上,绝不能落下一个贫困家庭,丢下一个贫困群众;绝不能让孩子输在起跑线上,尽力阻断贫困代际传递"。

留守儿童不仅仅是一群缺少父爱母爱的孩子,他们是这个时代的"孤儿",他们的成长关系到国家的未来。所以应该呼吁和调动更多社会力量参与帮扶留守儿童的工作中,作为地方政府的有力补充,应当让社会扶贫成为一种常态。

通过我自己这将近十年以来对留守儿童的资助,以及与这个庞大群体的近距离接触,我深深感觉到要从根本上解决这个问题,单靠个人的力量是不够的。要真正做到"真扶贫、扶真贫、真脱贫",需要发动全社会的力量,让我们每一位公民从根本上认识到扶贫的重要性。希望在不久的将来,让儿童不再留守,让扶贫成为历史。

《花开有声》这部长篇小说是我这么多年来与一群留守儿童接触的过程中所萌发的想要创作的一部关于留守儿童生活、学习、成长的小说。我想通过文字的形式记录他们生活、学习、成长的点滴,想通过小说的形式让更多的人知道这个群体、了解这个群体,从而引发更多更有力的关注,使得他们早日回归有父母陪伴的幸福生活,希望每个孩子都拥有健康、快乐、无忧的童年。

  最后再说说这部小说为何起名为《花开有声》。我们时常比喻孩子是祖国的花朵,而每个孩子从出生时的第一声啼哭,一直到长大成人的过程中,都需要我们去及时发现和倾听他们的内心世界,随时学会与他们交流沟通,从而了解他们的内心需求。中国农村目前留守儿童数量还很多,其中留守儿童心理问题的检出率达 50% 左右,且父母打工年限越长,孩子的心理问题越严重。现实生活中,几乎每一个留守儿童的内心都是封闭的,他们最需要的是倾诉……希望每一个孩子都能够打开心扉,吐露心声,如花朵一般绚烂地绽放。